北の王子
クリストファー
さまざまな
学士号を持ち、
研究熱心
北の姫君
ミシェーラ
女王になるべく
努力を続ける
エルの友人
新人冬姫
エル
冬姫のことを
実習中
冬の大精霊
フェンリル
エルの成長を
傍らで見守る、
当代のフェンリル

♪
冬姫の補佐官
グレア
手厳しいコメントをしながらも、全体をサポートする
古代雪豹の子ども
プディング
元気いっぱいで天真爛漫
!?
緑の国の姫君
メイシャオ・リー
ラオメイからの留学生。問題児

冬 フェンリルの愛子となった私が、絶望から癒されていく話 2

黒杉くろん
illust. 花ヶ田
キャラクター原案 正田しろくま

目次

プロローグ

❄冬の中日

「では、冬姫様は素晴らしいお方なんだね？」

フェルスノゥ王国の玉座の間。

そこには白金の髪をなびかせた国王と、そっくりの色合いを持つ姫君が向かい合っていた。

国王はどっしりと胸を張り、アイスブルーの瞳で娘を見下ろしている。

あえて、素晴らしい者かと問うた。

それは生半可な答えを許さぬために。

ミシェーラ姫は薄氷のような鋭い微笑みを浮かべて応える。自信があるから。

「はいお父様。その魂、魔力、お人柄、疑いようもございません。それに大精霊様ご本人が認めていらっしゃる唯一の【冬フェンリルの愛子】でございますわ」

冬の大精霊フェンリルとは、四季のうち「冬」を世界に呼ぶ存在だ。

代替わりによってその種族は受け継がれる。

数百年の寿命を持ち、先代が弱ってくると、最も氷魔力の多い娘が捧げられる。フェンリル族の魔力を継承させたら幼狼（ようろう）に姿が変わり、フェンリル二人が仲睦（むつ）まじく過ごすこと一年。その間に、四季の流れを学ばせる。翌年の冬になれば、先代フェンリルは永遠の眠りにつく――。

ここにいる、ミシェーラ・レア・シエルフォン姫こそが幼狼を継承するはずだった。

ところが、そこに割り入ったのが「プリンセス・エル」。

日本という異世界からやってきた、魔法を知らなかったはずの成人女性。彼女が現れたことによって、ミシェーラ姫の継承は無効とされた。いつの間にか冬が訪れて、確認のため訪れた雪山で、ミシェーラ姫とその兄たちは、今代フェンリルに寄り添いつつ立つ白銀の半獣人プリンセス・エルを見たのだ。

補佐官のユニコーンも、彼女だけを【冬姫様】と認めていた。

継承直後だという彼女の魔力は圧倒的で、ミシェーラ姫など足元にも及ばないほど。さらには名前の一部を捧げる（魔力は真名（しんめい）に宿るとされている）という古代作法を使い、もう命の灯（ともしび）が消えかけていたフェンリルを全快させたのだという。

これらの報告を雪山調査隊が持ち帰ったとき、フェルスノゥ王国は混乱の渦に飲み込まれた。

されど、冬をつかさどる大精霊の成すことを小国がどうにかしようなどありえない。

ミシェーラ姫自身も、プリンセス・エルを信じる方針をもって帰還していた。

（この強情な娘がそれほどまでに懐くとはのぅ）

国王は、雪のように真白な髭（ひげ）をゆったり撫（な）でた。己を落ち着かせるための癖だ。先ほどの娘の言葉を感慨深く頭の中で復唱してゆく。親としては、有能な娘が獣にならずここに戻ってきてくれたことは嬉しい。王としては口にできなくとも、幾分か目元を和らげた。

「ほう。愛子とまでおっしゃったのか…………………え、もう？」

「もうです」

「一般的には一人前のフェンリル様になったときにようやく……」

「もう、です」

「であるか……」

荒れるな。また連日、怒濤の会議となるだろう。

ミシェーラはこのように、ふとしたときに小出しに情報を漏らしてくる。

小娘のやることですから……と装いつつその情報制御は計算ずくであった。

「儂が受け継いできた知識では、幼狼のときには可愛がるという意味で『愛娘』、ひとり立ちを祝って『愛子』であるのだと。重要なことゆえに、絶対間違えないようにと反復学習したものであった。ううむ、間違いであったか……？」

「いいえ。合っております。プリンセス・エルはすでにその立場にあるだけのこと。見たでしょう？　あの雪山にそびえる氷の城に、そこから打ち上げられた氷の華を！」

魔法の才女・ミシェーラが何年もかけて習得した極大魔法にも近しい、東国の花火を模した魔法【氷の華】。それをプリンセス・エルは初見で、やすやすと真似してみせた。ミシェーラであってもあの魔法を使ったあとには倒れ込んでしまうほどなのに、プリンセス・エルはそのあともさらに

極大魔法を重ね、雪山の頂上に氷の城を完成させてしまったのだ。望遠魔法で様子を見ていた大臣たちも、これにはあんぐりと顎を落としてしばらく放心してしまっていた。

証は十分。新たな冬姫の誕生である！　そう言ってしまうのはたやすい。

ううむ、とまた国王は唸る。

「先代の補助があったのではないのか？」

「なりませんよ！」

「なんとしても問わねばならん。この世界を誠に想ってくださる方なのか。これからも冬をつかさどり守ってくださる方なのか。異世界の記憶を持ったままだという彼女の心を真に知らねばならん。たとえ国家などが判断する立場にないのだとしても……人の世はそのように回っているのだから」

異世界人を見たことがない者にとっては、未知の可能性がおそろしい。国王はまだ冷静な方だ。大臣の中には、まったくの未確認生命体なのではないか？　凶暴だったら？　醜かったら？　など と恐怖から疑心を持つ者も多い。

ミシェーラは頷いた。戦う者の目である。その迫力は吹雪をガラスに閉じ込めたが如し。

「季節の変わり目にはホヌ・マナマリエにて、世界会議がございますね。とくに今年は、冬と春の代表国が各大精霊様についての報告をする予定です。そのときの報告材料はできるだけ必要ですからね。フェルスノゥ王国にも世界にも、彼女のご意思を、認めていただきましょうとも。

――近々、フェンリル様方がこのフェルスノゥ城にいらっしゃることでしょう。精いっぱいのおもてなしをします。最上の環境に置かれたときにこそ、その者の振る舞いがよく表れる。驕るのか、暴れるのか、見下すのか。それとも謙虚であるのか、それさえ作戦なのか。それぞれご自慢の観察眼で見てごらんになったらよろしいわ」

「勝気なものだ」

「当然ですわ」

「しかし、ここにいらっしゃるか。不安材料もあるがのぅ……」

ミシェーラもこれには額を押さえた。さっきまで、どのようにもてなしてみせようかと弾んでいた気持ちが急速に萎(しぼ)んでいく。考えたくもない不安材料が、この城には滞在しているのだ。

「よりにもよって、今……！」

——遡ること五〇日前より。

他国からやってきた船には、予定外の留学生が乗り合わせていた。了承もないままにフェルスノゥ王国に居着き、さらには国家内を我が物顔で闊歩(かっぽ)している。フェルスノゥの言葉を学ぼうとしないため、数少ない語学に通じた上層部がこの留学生の対応にかかりきりになっており、あちらから目をつけられたミシェーラも業務妨害されることが少なくなかったのだ。その当時はまだ、後継候補としてミシェーラは勉学に集中していたというのに、邪魔をしにやってくるあたり、大精霊への敬意が薄いことは明らかであった。

しかし五年の不作を経験して、かの国から医療支援をしてもらっていたフェルスノゥ王国はこの留学生を追い返すことができなかった。そうしているうちに豊かな冬がやってきて、海路は氷に閉ざされてかくまうしかなくなった。

「恩も恨みもございます。けれどフェンリル族の方々への無礼だけは避けなくては」

怒濤の日々の疲労を思い出して伏せていたミシェーラの頭は、グッと持ち上がり、先ほどよりもさらに鋭い目で国王を見る。

（この迫力があれば留学生も寄り付かなかったかもしれんのぅ）

あとの祭り。

ミシェーラがこれほど持ち直したのは、雪山に行って己を見つめ返すことができたからだ。夢を示した。フェルスノゥ王国の初代女王になりたいのだと。

冬姫を真似て。己に訪れたチャンスを逃すまいと。

これを、冬姫様にそそのかされたのだろうという慎重派は多い。

国王は中立だ。実績を示して玉座を勝ち取るならば承認しようと、その未来を待っている。

「フェンリル様を敬愛するユニコーン様。冬姫エル様を溺愛しているフェンリル様。フェンリル様とユニコーン様に追いつこうと懸命に励んでいらっしゃるプリンセス・エル様。この敬愛トライアングルを崩してはなりません。不快感を与えたらフェルスノゥ王国は雪に沈みますからね。さあ、おもてなしの準備をいたしましょう」

「ちょっと待て。そこまで過激なお方なのか？　報告によるとむしろ反対であると……」

「お父様。それほどに我が国が粗相をしたなら、潔く雪に沈むべきなのです」

「お前の独断なのではないか」

まったくよく懐いている！　と国王は目を見張った。

わざわざここではお父様などと呼んでみせる。もちろん、もし国王陛下と呼んだらこれを妄言だと詫びねばならないことを知っているからだ。お父様、と言う限りは、娘の戯言としてそれなりの発言は許される。

この手腕を持つミシェーラや、雪山にまだ滞在中の王子クリストファー・レア・シエルフォンの心も手中に収めているであろう、冬姫のことを国王は考える。細く息を吐く。考えたところで悪いイメージがつくよりも、本人を前にした方が早い。慎重な意見は大臣たちが山ほど出しているから、己はおおらかにものを見るくらいでバランスが取れる。

王妃が入室した。会議が長引きすぎたため、切り上げなさいと苦言を言いに来た。

みなでテラスに行くと、ふわふわと宙を舞っていた淡雪を手のひらに載せてみる。しゅわりと素直に溶けて、わずかに残っていた魔力が国王の指先をひんやりと心地よくさせた。

街並みを見下ろすと、国中がこのような淡雪に包まれている。真っ白に染まる世界は美しかった。その雪の下で大地は豊かに肥え、冬特有の植物がわんさと生まれ、動物は体を冬にふさわしく作り替えて〝冬毛〟で活発に活動している。

幸福だ、と国王は白い息とともに呟いた。

祈るように手を組み、雪山に向かってまずはこのたびの冬への礼を。

「冬姫エル様という方は――きっと恵むことがお上手で、雪のようにお心が柔らかで、冬の日差しのようにすっきりと綺麗なのでしょう。このたびの冬のように――」

私、冬姫エル。

今、雪山にいるの。崖えええええええ！

「おあああああああ――――⁉」

風が髪を巻き上げる。いやぁな浮遊感に内臓が……うぷっ。

どうして崖を下っ
ているのかわからないの！　さっきまでのことを振り返ってみようかな！　雪山における冬姫の仕事というのは、動植物が活動しやすいように冬毛にしたり気候を涼しくしたり、パトロールでユニコーンに乗って巡回したりするの！　していたの！　早朝から活動開始してとっても順調だったはずなのにこのユニコーンときたらね、いきなり脇道に逸れてほとんど垂直な崖をガンガンガンガン下っているわけですよなんでえ――――⁉

ユニコーンは崖を下るなどして足腰を鍛えて、走行がうまいと誇りになるらしい。

でもそれって自由な鍛錬じゃん、少なくとも冬姫とのパトロールにやらないじゃん。

このユニコーンは馬鹿じゃない。

それどころかユニコーン一の秀才であり、冬姫の補佐役を務めるエリートなんだが。

「だからって許されなななななあわわわわ――――……！」

――ドシン。

止まった。地上だ。

衝撃はそれなりに緩和してくれたらしいものの、あんな見上げるほどの高さから立派な牡馬と成人女性四八キロが落下したら、えぐい重い音も出るし揺れるよねぇ。

酔ってる。うえぇっ。

風によって髪はボサボサ、冷気でパリパリと凍り付いてすらいてロックスターさながら。手綱にしがみついていた手のひらは赤くなっている。滑り落ちるようにして落馬した。ふんわりと包んでくれた淡雪は私がいい冬を呼べた証ってことですね、わーい。それなのになんでこんな仕打ちを受けているっていうんだちくしょうめぇ……。

ごろんと体勢をかえて、雪原に大の字に寝転んだ。ふはー。

〈みっともないですが〉

じとりとした漆黒の半目で見下ろして、ユニコーンのグレアは私にのたまった。

くわっ！　と目を開いて私は言い返してやる。

「られかみっともにゃくひひゃんれすかにぇぇ⁉　ばか、ばか――――！」

さっき馬鹿じゃないとか言ったのは取り消そう。頭のいいお馬鹿さんだよ！

這いつくばって馬の足元に行き、ぽかすかと小刻みに叩く半獣人・私。呆れ返った鼻息を吹くユニコーン・グレア。これって非常に馬鹿馬鹿しい光景ではないでしょうか。よそから見られたらフェンリル族の尊敬が爆下がりするような気がしますね。

いつもこんなわけじゃない。今は特別、グレアが不機嫌なんだ。

グレアは私のスカートの裾を噛むと、引きずって木の近くまで移動させて（まじで冬姫にしていい仕草じゃなくない？　というか他人をこんなふうに扱ってはいけない）私の背中の下に鼻先を潜り込ませてきて、うひいっと上半身を起こしてしまった隙に、後ろに入り込んだ。今は、グレアが体をねじりながら地に伏せていて、私がそのお腹のあたりを背もたれにしているような状態だ。

針葉樹の葉が風にさざめいて、乗っていた雪が少々落ちてきてひんやりと心地よく、朝日がささやかな木漏れ日として足元に散らばっている。

空気が穏やかだから、ふと、肩の力が抜けた。

だらーっとグレアに体を預けた。

「ねー。なんであんなことしたわけ？」

〈その尋ね方ではまるで、俺が碌でもないことをしたみたいではありませんか〉

「自覚がないならどうかしてる」

〈まずはご自身で考えてみてはいかがですか〉

ほんっとうに機嫌が悪いみたいだ。しょうがない。こうなったら頑固なグレアは絶対に口を割らないから、ちょっと振り返ってみよう…………。

昨日の朝は、まだ薄暗いうちから起きた。

遠くの方でフクロウが鳴いた音を聞いて、ぱちっと目が覚めた。困っているような鳴き声だったから、そういうのには反応してしまう。ちょうど社畜が枕元でスマホの着信を気にしてしまうような感じだ。

フェンリルの側から抜け出してフクロウから事情を聞くと、足にトゲのある草のツルが絡まって痛いのだと。くちばしでは苦味と痛みで取ることができず、翼では細やかな作業はできない。取ってあげることはできたけど、一羽を助けると、わんさかと鳥類が集まってきた。それぞれの体に絡まったり食い込んだ草のツルを取ってあげつつ、情報を集めて過ごした。

朝日が昇り始めたので、起きてきたフェンリルたちに相談してから、私はグレアとパトロールに出かけた。

朝食は凍ったフルーツを移動しながら食べる。冬を呼ぶという魔法は便利で、術者の扱える魔力をもとにして、イメージしたものをだいたい作ることができる。この日は深緑の葉を持つ低木と、青色の皮を持つリンゴを作った。蜜が入っていて甘酸っぱい日本風の味は、私にとっても美味しい。あるところでは動物と魔物がその低木を巡って争いを始めたので、仲裁。いったん生ったばかりのリンゴをすべて割り、それぞれに配る。氷の粒みたいな種が入っていたから、それをエゾリス・ヤマネコ・雪うさぎ・黒鳥などに持ち帰ってもらった。冬の間だけの植物だけど、即座に育つこの種は十分な食料資源になるだろう。

そのあとはお祈り。

「〝凍てつく水が喉を潤し、恵みの肉は体を冷やし、果実の香りに心が癒される。冬の食卓に、我らの感謝を〟」

これによって食べ残しには霜が降りてしばらくすれば自然に還る。

それから精霊種スノーマン族の体積の調整。スノーマンは土地の気候を整えてくれる精霊だけど、大雪が降ったあとには雪を吸収しすぎて膨れあがる。表面を削ってちょうどよい大きさに削ってあげる。フェンリルならば風を操って切るようにするらしいけれど、私はまだ風の管理が未熟なのでせっせとスコップでスノーマンを整えた。美しい丸みに仕上げられたのは達成感があった。

スコップは〝異世界の落し物〟。

まれにこの雪原には、異世界(地球。主に日本地域)からの道具が紛れ込む。世界同士が近くなったときにポンとはみ出してくるらしく、私自身に起きた【異世界トリップ】もその一例なのではないかとミシェーラ姫が教えてくれた。いつもは靴下片方だけとかしょぼいものらしくて、人間が丸ごと落ちてくるなんて異例だって。一年に一度くらいだった異世界の落し物は、ここ最近では、一日一つは見つかるようになっている。この調査も必要だよね。私のせいなのかなあ、ってちょっと不安。だからこそしっかり調査しないとって気をつけて周りを観察する。

この日の午後にはスコップとバケツを拾った。子どもが公園で忘れていったものだからか、砂がついてた。ファンタジー世界にとって未知の雑菌がいるといけないので、フェンリルのところに戻って【永久氷結】してもらった。

またパトロールに出かけて。それから動植物に気を配って。いつのまにか外で一夜を明かし、次の日の朝——

ああ、体がだるいはずだなー。

深夜オールで仕事をしてしまったのって、久しぶり。

以前勤めていたブラック企業でデスマーチしていたとき以来だな〜。ここまで思い出すと、私の顔色はゾンビのように青黒く青ざめていた。わかった。グレアの不機嫌の原因。

〈おわかりになってくださいましたか〉

「やりがいあるからって張り切り続けていました。過剰なくらい」

よろしい、と頷くと、ユニコーンの角が淡く光る。体が接している私もともに輝きを帯びて、なんとも心地いい満たされていく感覚が全身を包んだ。

森の神秘の一つ・聖獣ユニコーンの癒しの力はとろけるように馴染（なじ）んでいく。

「はああ。気持ちいいな～。しかも背もたれの毛並みもさいっこ～」

〈は？　フェンリル様の毛並み以上に素晴らしいものはこの世にありませんので最高は拒否です〉

「そこ⁉　張り合うポイントがさーグレアらしいよねぇ。フェンリル信者だ。あのね、もちろんフェンリルの毛並みも最高だよ。最高がいくつあってもいいじゃないの」

ハン、と鼻息で小馬鹿にしてくる。ほんっとうにこの馬は歪（ゆが）んでいる。

「尻尾が揺れて照れてるくせに。包んでくるオブラートが全部皮肉なのはなんとかしよう？」

〈オブラート？　それは知らない単語ですが、俺が覚える必要のあることでしょうか〉

「ううん。少なくともこのファンタジー世界ではいらないかな」

〈じゃあどうでもいいです〉

「白黒はっきりしているのがあなたの良いところでもあり悪いところでもある……」

〈そして。その白黒はっきりしているところが長所の俺は、雑談を切り上げます。ご自身の反省が済んだならその旨を聞かせてください。ユニコーンの血に誓って、真実の言葉を頂戴したい〉

「あまりにも重い～」

苦笑した。グレアがぺらぺらと喋（しゃべ）るときは、感情が漏れ出しているとき。もともと感情豊かな若馬だけれど、補佐官の仕事のために冷静であるように努めている。それがここまで言う場合って、堪忍袋の緒があと一歩でプッツンといくという目印だ。

　それくらい心配をかけてしまったんだ。

「ごめんなさい。グレアが崖下りしたのは、私が頑張りすぎていたからストップをかけてくれたんだよね。しばらく動けなくなるくらいじゃなきゃ、私は多分また、少しだけ休んで仕事に出かけてしまっていたような気がするし」

〈エル様の癖なら確実にそうなっていたでしょう〉

「癖っていうか。性格だし」

〈いいえ〉

　頑固！　そんなにこだわるところかな。

〈癖ですよ。生まれ持って、それほど懸命に働く者はいない。自分の命に関わることでもなく、種族として刻まれた本能でもなく、別の種族のために御身と御心を砕かれるなど、そのようにたまたま生きてきてしまっただけですよ。性格だというならば、いつまでもその苦境から抜け出せないではありませんか。俺の仕える方がそのような働き方をするなど御免です。許しません〉

　グレア頭突きしてきたんだけど！　うわっぷ！　紫のたてがみが口に入ったあ！

……それにしても心に刺さるなあ。生きてしまった故の癖、か。

日本での生活が苦く思い出される。

私――藤岡柊は、約三年弱（三年目にはギリ届かないくらい）ブラック企業で働いていた。深夜最終便までの残業は当たり前、休日出勤に地方出張、事務職なのに駆り出されての営業の手伝い。やってもやっても積まれていく書類の山に囲まれて、一枚こなすごとに心がすり減る日々を繰り返した。怒鳴る上司に、ミスがあっても嘘をついて原因をうやむやにする同僚、即辞めていくバイト。頼れる人なんていなかった。ゼリー栄養食を喉に流し込み、ゾンビみたいな顔でフラフラになりながら働いていた。

「あの頃みたいなのは、いやだいやだいやだ……」

〈そうでしょうそうでしょう〉

ほくそ笑んでいる。一時期、私なんてどうせとか落ち込んでて心配させたから、根が深い。

「グレアにもそういう病んだ時期ってあった？」

〈俺が幼少期まで、ユニコーンのくせに紫のたてがみを持つ忌み子扱いだったことを深掘りしてくるなんてやってくれますね。いいでしょう喧嘩を買います〉

「わくわくと尻尾を揺らして喧嘩を買わないの！　売ってない！　グレアが癖だって断言するようになったまでの、そう思えるような、考え方を知りたくて。もーごめんってば。ごめんっ」

ふむ、とグレアが小首をかしげる。

そのときのたてがみ攻撃をサッと避けて呼吸が塞がれることを回避して、けれど手持ち無沙汰だったから、あみあみと紫の三つ編みをつくっていった。気まずくて。

〈昔、紫のたてがみを持つユニコーンなど恥ずかしいものだとされて嫌悪されておりました。子馬はすっかり己を否定していた。どうせ環境は変わらず、何もできずに死んでいく命だと。しかし集落を訪れたフェンリル様が、子どもの人数が足りぬはずだと草波をかき分けて見つけてくださり〉

（どうしてもそこから、語らずにいられなかったのね）

〈小声が漏れてますよエル様。フェンリル様を讃（たた）える隙を逃すなどもったいないので。……さて、フェンリル様に認めていただけた子馬はその後、補佐官になるという夢を持ち、勉学に励み魔法を練習して同期のユニコーンをねじ伏せてみせました。どちらを性格としたいですか？〉

そういうことなんだ。

「自分で選んでいいんだね。自分のことを信じていいんだ」

〈そう。よそから与えられる評価など所詮、場所が変われば変わります。周りにいる者が違うのですから。いつも必ずあるのは己だけ。己が持ち続けたいものを性格に選べばそれでよろしい〉

「グレアの癖は、ツンデレだと思うよ～」

〈それは俺が覚えた方がいい言葉ですか？〉

「ううん。知らなくても大丈夫。愛嬌（あいきょう）があるねってこと」

うーん！　と伸びをして、馬のしなやかな首の方に頭を傾けた。

紫のたてがみは、朝に通りかかった冬の草原の葉っぱの清涼なにおいがしていて、とてもいいものだ。三つ編みがあるのはちょっと可愛い。あ、頭を振って三つ編みがほどかれちゃった……細かなウェーブがひと房にだけ残っていて、癖か、ってふと思った。風にふんわりと揺れて、視界に紫のたてがみがなびいたら、朝日が透けていろんな紫色に見える。このたてがみは魅力的だって、私は感じるし他のユニコーンみたいに蔑む気持ちは起きないよ。そういうこと。

立ち上がってグレアの全体を見たら、肢体を覆う月毛も艶やかで、ほんとうに見目のいい馬だと思う。性格は難ありだけど可愛いとこあるし。ジト——、と黒い目でこっちを見上げてきた。

〈もう体調はよろしいでしょうか？〉

「それなりに動けそうだよ」

〈まだダメです〉

「なんでぇ⁉」

〈エル様の〝それなりに動けそう〟は〝無理をしたらいける〟なので。己の経歴から学ばれてしまうとは無様ですね。これからはもっと口調と演技を磨いて出直してください。ひとつ教えておいてあげましょう。絶対大丈夫、などというときはまったく信用しません。絶対なんてないということにあなたが思い至らないなど、精神面でも限界がきている証拠です。許しませんよ。寝ろ。命じます〉

「あまりにもツンデレが過ぎるよ⁉」

〈褒められていないようだ。言葉の意味は？〉

「おやすみなさい」

ここで口喧嘩する元気はないし勝ちたいわけでもないから、寝よう。

私が眠ると決めたからか、今度は意識もなくストンと眠っていけた。

ひんやりとした雪の世界で、心地よく眠って、また冬姫エルとして目覚めるの——。

〝見つけた。〟

おはようございます。といってもお昼過ぎちゃったんですけどね。

ユニコーンの癒しの本気を見せられた。全力の癒しを使われると、気絶するように深く寝入ってしまうのは、体の魔力があまりに急激に回復するので意識が耐えられないからだそうだ。痛みのない強制治療のようなものだと。その説明を先に聞いてたらきっと拒否してたから、強制実践でよかったナー。ウン。いざ体感してみると、起きた瞬間に体の調子が良すぎて最高だった。夢はいっさい見ない熟睡だった。

「こんなに魔法使っちゃって、グレアは体調が悪くなったりしてない？」

〈俺が補佐官であるとお忘れで？〉

「たまに忘れそうになることはあるけどね。態度とかね」

〈補佐官たるもの己の体調管理くらいできなくてどうします。つまり無事ですのでお気遣いなく。もしものときには体調が悪い演技くらいはしてみますので、そこまでさせたらエル様は俺を気遣ってありとあらゆる活動を停止して休むように〉

「すっごい根に持つ！　わかった、わかったってば」

一度会ったことを数年レベルでネチネチと言われそうだ。この馬なら、言うだろう。

ぺこり。としようものならグレアの小言が飛んできそうな気配だったから、片手を上げた。

「はいっ。人前では冬姫様は軽率に頭を下げないこと。補佐官に軽口を叩かず、言葉を丁寧に使うこと。補佐官からの尊敬を広く受け入れること。ですよね！　でも今はごめんねって意思表示をしたかったから許してね！　よっしゃこれから頑張るぞ。……じゃあ帰りますかー！」

〈はい〉……いろいろ飲み込んでくれたみたいね。

私たちが滞在している気配に気づいたのか、動物たちがじわりとにじり寄ってきているような気配がある。空気がざわざわとしてる。動物の囁く声〈やっぱり冬姫様だ〉って聞こえる。何か願いたいことがあるのかも。けれどすべて聞いていたら、さっきの二の舞になる。唇を噛んで（また来るから）と念じた。もっと成長していくからね。

幸いにして、助けを求めるような切羽詰まった声はここにない。

グレアが背を低くしてくれたので、ゆっくりとまたがる。白銀の鞍と手綱がつけてあるからつかまって、あとは優雅に歩いてもらうだけだ。

私は氷色の爪を光らせて、髪の毛とドレスの裾をはらう。

白銀の髪の毛はストレートにさらりとなびき、ドレスの裾は皺ひとつもなく上品に流れた。背中を覆うように薄氷のショールを羽織る。冬姫としての存在感が出てくると、雪山のあらゆる生き物たちからの視線がさらに集まってくる。尊敬を、畏怖のさざめきを感じる。

〈黒の〝すーっ〟などよりもドレスの方が似合っていますよ〉

グレアが言う。そう、このドレスって元はと言えばくたびれた黒のスーツ。異世界トリップしてきたときに私の〝毛皮〟として定着してしまったんだよね。魔物が人型になるときに、毛皮から服をつくるように、黒のスーツを冬姫らしい白銀のドレスにテイストチェンジさせることができた。

「うん。私も今の仕事着の方が好き」

伸ばしっぱなしだったキシキシ傷んでいた黒髪も、ささくれていた爪も、目元のクマも、ウソのように白銀色を帯びて美しい。

――いやぁ、自分で美しいとか言うのはアレなんだけどさ。フェンリルが魔力とともに私に贈ってくれた綺麗な容姿だから、えっとその、誇ってもいいじゃない？

頭の上で揺れる獣耳は動物たちの声をよく拾う。またね、だって。待ってくれて、ありがとう。また来るからね。後ろを振り返って、大きく腕を伸ばして振った。

冬フェンリルの愛子、ってフェンリルは今の私のことを呼ぶ。

堂々として前に進もう。

まだまだ癖が抜けなくても、これから期待に応えてゆきたいから。

「よぅしグレア。前進～――――ぐええっ」

〈全速力で参ります〉

風圧――――！　せっかく整えた髪とかドレス――――！　おいおいおい――――！

「自分が早くフェンリルに会いたいだけじゃん……！　私もだけどさあ！」

〈気が合いますね〉

「ほんとそれェ！」

あっという間に景色が変わっていく。

一面の雪原地帯にやってきた。ぴかぴかの淡雪の中で、いっさい足跡がない場所がある。

中央はどのような動物も通ることができないんだって。そこだけは、冬の大精霊の通る場所であると本能に刻まれているから。

そこを！　いけるのは！　フェンリルと冬姫！　あと私を免許証にした暴走ユニコーンとかね！

バイクかよ！　ってつっこみたくなるような鋭さでグレアは走行する。さっき手綱さえ握っていたら安泰なんて考えてたのは嘘だ。必死にしがみつくっきゃないわ。落ちても雪だから大丈夫とかそういう問題じゃないんだよ？　息をするのに必死。

そして小高い丘へ。ここに戻ってきた。ちゃんと、待っててくれていた。

冬の大精霊フェンリル。

とっても大きな獣耳がピンと伸びている。小山ほどもありそうな巨大オオカミ。丘の高さをさらに押し上げているかのようだ。白銀の長毛がふわふわさらりと北風に揺れていて、目にも涼やか。

近づくと、顔つきの端整さに気づかされる。神秘的で凛々(りり)しい。瞳は青く優しく、口元はやんわりと微笑んでちらりと獣の牙が覗(のぞ)いた。私とフェンリルはパチッと目が合う。

〈おかえり。エル〉

ちょっとフライング気味に私のことを呼んでくれた。いい声。安心する。

グレアが高くジャンプ。っア――――――――――⁉

「ただいまフェンリ――――ルっ」

もっふん！　……胸毛にふっとんでいって思いきり埋もれることになった。

急ブレーキのせいだ。グレアおいこら。私が胸毛のところから足だけ飛び出してジタバタしているの、格好悪いでしょう⁉　フェンリル笑いこらえて震えてるじゃん。

〈グレアもおかえり。しきたりで順にしか名前を呼んであげられず、すまないね〉

〈フェンリル族伝統のしきたりをこの身に浴びられるなど光栄の至りでございます！〉

ぷはあっ！　白銀の長毛をえっちらおっちら分けて、やっと外を見ると、グレアがとっても器用に馬の体で土下座をしてた。うわぁ……。蹄（ひづめ）の先までぴっちりと揃（そろ）えていて、静止している中、馬のしっぽだけがやたらと機嫌よくぶんぶん振られていた。これを見たら怒りとか吹っ飛んでったわ。

「ぷぷっ」

〈ム……〉

〈おや、機嫌がいいねエル。ここまで快速で走ってきていたし、体調も良さそうだ。それから肩掛けのカバンに入っているのは、動物などを治療してやった礼の品か？　随分とたくさんある。それだけ助けを求める声を聞く耳をもち、雪原で目当てのものを見つける視点を磨いたのだろう〉

「そう、そうなのフェンリル」

カバンの中を見せたくて、フェンリルの前足のあたりに移動して、足を伸ばして座ってスカートの上に品々を広げて見せた。ぴし、っと敬礼。

「冬姫エル、礼品の報告をします。フクロウの宵羽根、これは身につけていると暗いところで気配に敏感になるんだって。雪ウサギの涙赤石、いざというときに食べたら血液の代わりになるからひもじいときにセルフ非常食にしてるって。人の世界では宝飾品にもなるのかも？　これはモルフォ蝶（ちょう）によく似た珍しい蝶々、ヤマネコがくれたの」

〈貴重品ばかりだ。よほど困っていたのを助けてやったんだね〉

「そう。ありがとうって言ってもらっちゃった」

　仕事をしてお礼をもらえるのって、こっちも嬉しくなる。謝礼欲しさにやっているわけではないけど（私のお給料はフェンリルたちとのスローライフだからね）、動物や魔物って素直だからいちいち言葉にしてくれるので、気持ちをありがたく受け取っている。植物は多めの魔力を持っているものなら、おじぎ草のように動いてから実を分けてくれることが多い。……。

〈おや。その布袋は？〉

「ハンカチで包んだ植物の種〜。お礼にもらったんだけど、今雪原に転がしちゃうと不用心に発芽させてしまうかなって。フェンリルたちの指示を仰ごうと思って」

　フェンリルは一拍おいてから〈ふむ〉って言った。

　……なんか難しい顔してる？　それでいいよって言ってくれるかと思ったんだけどな。ええとグレアにも一応確認はしたし、大きなミスはないと思いたい。あ、ちょっとお腹痛くなってきた。緊張したり失敗の気配がすると、すぐにこういう反応が体に出てしまうようになってる。これも前の職場から引きずっている……癖だなぁ。

こそっとお腹をさする。大精霊に近しい存在である今の私は、幸いにして排泄の必要もないので（食べたものはすべて魔力に変わるだけ。そして冬の魔法を使ってあげれば自然に還るというしくみ）ただ〝ストレスでお腹が痛くなっているような気がする〟に悩まされているだけの、困ったヘタレです。

フェンリルは前足で私の頭を押さえた。水色の肉球が柔らかくてプニプニ。これは……今からちょっとだけ厳しいことを言うから先にご褒美を渡してきたパターン！　どんとこいや！　お腹いたーい！

〈エルはもっと自由にしていいよ〉

「ごめんなさい。そして、もっとどんと来てもらってもいい？　覚悟が決まっているうちに」

〈どん……？〉

小首をかしげてみるフェンリルはなんだかあざとい。

グレアが衝撃を受けた顔をしてる。背景に雷でも落ちていそうなコミカルな表情は、クールぶっている普段の様子とはまた違う。シンプルにかっこ悪いぞ。フェンリルの仕草がよかったのは認めるけれども。

〈腹を割って、詳しく、ということだろうか。自由にしてもいい、と言ったのは……エルの〝勘〟が磨かれてきていると感じたからだ。冬を呼んで、雪山を管理するという仕組みを理解しているし、初めてぶつかった問題のこともよく考えて動いているから。ほら、耳を伏せなくてもいい〉

「んん〜。私が、指示待ちをしすぎちゃってたのね？」

〈なるほど。そう伝えたらよかったのだな。その方がわかりやすい〉

ふ、とフェンリルが息を吐いたら、つむじ風が舞う。

私はフェンリルの尻尾を布団にして埋もれながら、思考に耽(ふけ)る。

「指示待ちから自由度を上げていくとなると……知識が足りないなー。雪山のおおまかな仕組みは知ったと思うけど、ここで暮らす動植物は数多いし、それぞれが自分の種族特性をわかっていないから、ヒアリングしつつ個別対応するのってけっこう難しい。動物たちは本能的に行動しているから、どこが異常なのかとか、言語化して話せるような子の方が珍しいんだよね。だから私が特徴を暗記して対応していくしかなくて、それにはグレアの知識が役に立つけれど今回は指示待ちではなく私自身の成長が望まれるわけだから。口伝えで聞いたものを反復してなるべく正確に解釈、覚えるよう努める。うん……！」

〈ブツブツブツブツと……はあ——。エル様は幼狼のように思考が漏れるところもあり、成体のように考えが深いところがあり、大変そうですよね〉

「そこ他人事(ひとごと)にしないで一緒に頑張ろ？」

〈補佐官として当然ですが？〉

協力してくれるんだ。ありがと。

私の獣耳はまだ小さい。フェンリル族として変化したばかりだから、幼狼というくくりになる。

幼狼の特徴として、考えていることがそのまま口に出てしまうって症状がある。

出会った当初にフェンリルに「巨大オオカミ」って言っちゃったり、情緒不安定だったり、好奇心がふと疼いたり。まだまだ幼狼の性質に振り回されている。フェンリルはもっと幼くても構わないくらいだが、って言うけどね。

ふと、フェンリルが上体を伸ばして、空気中に耳をすませた。私よりももっと遠くの音を聞ける。ここまで優先して耳を傾けるのは、焦りがあり重要な危機の声……だったのかな。

〈エル。雪妖精を助けたようだね〉

「え？ うん、さっきパトロールをしたときに助けたよ。翅が壊れてしまってたから、治るように〝冬を呼ぶ〟魔法をかけたんだ。そのあと飛べるようになったのを確認して解放した。あのぅ、何か問題になっちゃった……？」

〈礼に来ている。しかしなぜか非常に緊張したような様子だ。少々静かにしていなさい〉

フェンリルが私を包むように尻尾をくるんと巻いてくれた。何かあっても守り対応してくれるみたいだ。頭が下がる。膝の上に広げていた品物たちをサッとカバンに戻して……おっとスマホが落ちちゃった、全部しまい直してようやく、フェンリルと同じ方を注視した。

氷色の線がこっちに伸びてきて、周りを大きく旋回してゆく。飛ぶ速度が速い！

リリリリー、と翅が擦れるのはベルを研ぎ澄ませたような響き。

私の方に何かがポーイと投げられて、そして氷色の線は見えなくなった。帰っちゃった？

「なんという恥ずかしがり屋さん」

〈エル。頭の上のものを拾ってごらん。いくらエルとはいえそれを載せているのは重いはずだよ。

どっしりと重厚な古代魔法がかけられているからね〉

「そんなのもあるの？」

四季の魔法というのが一般的だ。私は氷魔法に適性があり、その中でも最も高度な〝冬の魔法〟が使える。古代魔法というのは、一体どんなのだろう？

〈古代魔法の招待。エルには早いと思っていたが……しかしあちらから来てしまったか。もしも雪妖精が嘘を言っていたらこの招待をそもそも受け取らせなかったんだけどね〉

「え、雪妖精が嘘をつくことはあるの？　精霊種妖精族、って誠実でよく働く聖なるものでしょう。フェンリルと契約してる雪妖精が特別おとなしいだけとか？」

フェンリルは空中に魔法陣を三つほど作り上げた。直径二〇センチほどの円で、模様が描かれている。そこからは契約雪妖精がするりと出てきて、優雅にお辞儀をした。

〈契約をしていたら嘘をつかない。しかし契約をしていないと、その者のものさしによっては嘘をつく。まあ、叱られたくないから言い訳してしまうようなものなんだ〉

「そっか。じゃあこの葉っぱは嘘偽りのない」

〈正真正銘、【妖精の泉】への招待状だといえよう〉

言った瞬間、フェンリルの契約妖精たちが驚くほどの速さでこの葉っぱから距離をとっていくのが気になりすぎるんだけど！　そして疑問にも思う。妖精の泉と古代魔法の関係性って？

「えーと。招待状って、雪山にいるときにももらったよね。普通の葉っぱの。それはいったん全部断っちゃったわけだけどさ、古代魔法はもっと特別なの？　そういえばおかしな魔力の感じがする。

とらえどころのない、見つけにくい魔力。でも重さは、重いの。伝わる？」

分析、間違ってなかった。ホッ。にこ、とすると同時に私の獣耳がフリフリ揺れた。

〈よくできた〉

「けれどこの招待状だけ受けちゃったら、不平等にならないかな？　あっ、待って。でも私が自主的に考えて行動を……うー、これから覚えるから足りない知識の分を貸してもらってもいい？」

〈もちろんだ。これは指示待ちとは違うものだからね〉

ホッ。ちょっとお腹が痛かったのは、癖、癖。

空を見る。フェンリル族がこの冬を保ち続けているから、もしも私が不調になると天候が荒れたりしてしまう。私のお腹はピリリとしたけど、快晴のまま。ということは、気持ちが負けちゃったら曇り空になるのかもね。経験として、心のレポートに書き加えておこう。

〈事情は私の雪妖精たちがきちんと見ていたからね。この個体らは有名なので、雪妖精間でも根回しをしてもらえる。エルは評判を気にせずとも大丈夫だ。一人の手では足りないくらいに冬姫の仕事を望まれるようになっていることだし。妖精の泉で【妖精契約】を行ってもいいだろう〉

私にもついに契約妖精が……！

雪妖精の子たちを見ると、二〇センチくらいの体に白い貫頭衣をまとっていて、薄氷の翅を持つ。髪型や服の刺繍(ししゅう)には個性があって、これが彼女らの〝冬毛〟にあたる。翅の色も淡い紫とか透き通ったピンクとか、さまざま。私の契約相手はどんな子になるんだろう。

目当ての雪妖精もいたけれど、複数体と契約ができるなら、もしも会えたら声をかけよう。

〈契約までの流れは俺が教えることができます〉

グレアが進み出た。

じっ、とフェンリルの青の瞳が私たちをまっすぐに見つめてくる。とても大きな青の鏡みたい。自分たちの姿がここによく映されている。

目をまん丸にした白銀美少女は、獣耳がピンと立っていて、やる気ありそう。

ユニコーンは決意をあらわにしたような凛々しい表情で映っている。

私はもっとアピールしようと、お腹に添えていた腕を、ムン！ と力こぶが出るように曲げた。気持ちは、動きでも表す！ 雪山にやってきてから動物たちとコミュニケーションをとる際に、こうやって表すことが有効だった。この癖はね、ちょっと気に入ってる。フェンリルはゆったりと頷いた。

〈では二人で行っておいで。私はクリストファーのところに用があるので、少々席を外す〉

フェンリルはふわっと尻尾を解いて私を解放すると山の方に歩きかけて、くるぅりと振り返る。

〈一晩帰らなかったことを叱ろうとは思っていたのだが〉

「〈ひいっ〉」

私とグレアが思わずシャウト。嫌われたくなぁい！

〈こうしてともにいることができたなら、喜びの方が勝（まさ）っていたよ。また、会おう〉

一呼吸。抱き合っていた（私がグレアにしがみついてしまっていた）私たちは胸を撫で下ろしてから、背中を向けているフェンリルの方へ向かって、たまらずブンブンと手を振った。

「そんな言い方されたらもっと好きになるし今生の別れみたいな言い方になってるから言い直そう――!? またあとでねフェンリル。私たち頑張ってきまぁす！」

〈道中お気をつけて！　フェンリル様の行く道に祝福あれ！〉

フェンリルが去ってゆく肩のあたりがちょっと震えていたような。あれ笑ってるな。氷道を敷く魔法を使うために大きく揺れたフェンリルの長い白銀の尻尾が、ごきげんの証みたいに見えた。

はらはらと粉雪が降ってきている。歩いていると身体中にくっつく。

もう少し降雪は続きそうだ。

「自分の体の中からほんのわずかずつ、魔力が出ていってる感覚があるね」

冬を呼ぶ魔法は、フェンリル族の莫大な魔力で地上を覆うもの。魔力が雪という形をしている。

ふんわりと地面を覆っているその下で、大地は春まで時間をかけて癒す。雪が溶けて川に流れ込むことで海が癒されて、その水分が空に上ることで魔力をたっぷりと含んだ雪がまた降り始める。ゆえに冬フェンリルは雪をつくる。

世界中を癒して、保つために。

……というのが私が座学で知った、フェンリル族のお仕事なんだけど。

今、空は雲ひとつない快晴だ。雪雲すらないのである。

私が呼んだ冬はちょっと違う。

私、藤岡エル（元はノエルだったけど、〝ノ〟の字はフェンリルの体力回復に使ってしまった。

真名には生命の魔力が宿るらしい）は、ちょー莫大な魔力を持つ・獣姿になる前の記憶を持つ・異

世界人としての知識を持つ、初めてづくしの冬姫。空からの淡雪も、海の流氷も、冷風も、何もかも全部「力技の魔法で」作っている。

自然の循環を待たずとも、すでにまるごと超豊か。

やってしまいました。

代々、初めて冬を呼んだ幼狼というのはそれぞれ未熟ゆえの独特な冬を呼んだらしいので、これについて私に求められているのは反省ではなくて、このたびの冬をいかに保つのかという練習だ。

この冬の差に進言をしてくれたのは、ふもとの国からやってきた雪山調査隊の知識人たち。祖国全体がフェンリル信者だという価値観に助けられたんだけど、現地の人にとっては、柔らかな雪に足を取られたりこれまでとは雪かきの具合が違ったりと、暮らしに影響も大きいらしい。

私がやった。

だから手を尽くしたいんだよね。

ありがとうって言ってもらった以上のことを、できるだけ返したい。

みんな、不便なところがあれど、私を責めたりしないからだ。前の職場とは違って、ここの環境はとても優しい。だからもう前のようなことになりたくないの。信じていないわけじゃなくて、気合いなの。えいえいおー！

「いてっ。なんでちょっと首を後ろに下げて頭突きしたの⁉」

〈振り返ったら眉間にシワが寄っていたからです。せっかくの美しい顔がもったいないない〉

グレアア……。彼は、宝石や雪景色など美しいものが好きだし、フェンリル由来のものを崇める癖があるからなぁ。美的根拠で叱られることは珍しくない。ただムスッとはするでしょ。

〈その葉っぱが反応するようにと、念じてみてください〉

フェンリル族には〝大精霊の勘〟があるらしい。

幼狼のときにはこれが純粋に表れていて、記憶をなくして生きていく上での大きな礎となる。

〈……記憶をなくしていないからでしょうかね〉

「うんともすんとも反応しなーい。くうぅ」

記憶があったことで便利なことも多いけど、こればかりは損だなあ。感覚を研ぎ澄ませて、感覚でゴーって任せるような気持ちで。そうやったらたまーに、勘がピンとくることもあるんだけど。たまーにね。頻度を上げていこう。

葉っぱをダウジングのようにして何か反応がないか、違和感はあるか、試していく。何度も。もしかして動いた？　と思えば、ただ北風が産毛に触れたくすぐったさを誤解しただけ。難しい！

「方向性を変えてみようかな。この葉っぱには古代魔法がかけられているんだよね？　そっちのことを探るのはどうだろう。ええと勘で」

〈自信なさげですね。耳しょげてますよ。試してみる価値はあるんじゃないですか〉

よっしゃ！　葉っぱは卵形で縁がトゲトゲしている。表が濃い緑。裏側が銀色。葉脈のところに氷の魔力を感じる！……ような気がしなくもなくもなくも、ない。どうだろう。いけるか？

かけられている魔法は招待状。

雪面にぐっさりと葉っぱを刺してみた。

「鍵、っていう線はどう？　この葉っぱが招待したい場所まで連れていってくれるのかと思ってた。けれど音沙汰ないし、じゃあ〝繋（つな）がる〟かなって方向性を変えてみた。……反応なーい。ん？　葉の裏側の銀色がちょっと雪に染みたような……やっぱり反応なーい」

〈まあ、いい線いってます〉

グレアがよっこらせと私を背負い直し、どこかに向かって走り始める。

崖！！！

〈ここよりも環境魔力が濃い場所で試してみてはいかがでしょうか〉

「ねえ、ここって特別な場所なんだよね。ただの趣味ならショックだよ？」

〈無駄なことは嫌いです。崖の手前に冷気がとくに濃い場所がございますから〉

ホッ。ここは崖がそびえる下のところで、周りは薄暗くて空気が濃いような感じがするけどそれだけ。なんてことないような……ここって環境魔力が濃いの？

〈よく平然と歩き回れますね……。このあたりは体が重く感じる、事故が多発しているところです。そのかわり重さの原因は魔力の濃さなので、影響を受けないくらい己の魔力で圧倒していたらまったく問題ございません。エル様の規格外さが現れていますね〉

「ここに葉っぱを刺してみるね」

雪面に葉を差し込んで、鍵を回すようにひねる。するとわずかずつ、銀色が雪に溶け始めた。

「どうして、魔力が濃い場所があるの？」雑談でもしていよう。緊張するし。

〈風が吹き抜けるところもあれば、木々に遮られて風が生まれないところもある。風がないと環境魔力がたまって淀む。ここはそれが積もり重なっている。体調不良を起こし死に至る動物もおりますが、ここは俺たちがわざわざ手出しする場所ではありません。そういう場所でしか生きられない魔物もいる。環境は平等ではなく、ゆえにいざというときに助けにもなるのですよ〉

牽制されたな。私が助けに走ろうとしないように。はい。補佐官の言うことはよく聞きます。内容にも納得したしね。

「私でも寒くなってきた」

異常な冷え込み。銀色の浸みたところからじっくりと時間をかけて魔法陣が現れる。

バラの花が一輪、現れた。新しく咲いたのではなくて、もともとそこにあったものが透明に目くらましされていたんだ。なんのために？　私が置いた葉っぱは、そのバラの根元にピタッとくっつく。

周辺に一気に咲き乱れる。

銀のバラのアーチが持ち上がり、その向こう側はまるで霧がかかったように何も見えない。異空間にでも繋がっているかのよう。アーチ越しに覗き込もうとしたらその瞬間、濃い霧がふわっと溢れてきて、私の鼻先を凍らせた。

「みゃんっ」

〈結界ですね。今の仕草は褒められたものではないですが、そうして近づいたおかげで、あなたは招待した者であると証明されたようです。これに触れて凍らないほどの魔力をお持ちの方なのだと。ほら、頑なだった結界が柔らかく解けた〉

「お腹痛いかも」

〈なぜ？　朝変なものでも食べましたか？　ネズミ？　カエル？　それとも魔力酔い？〉

「緊張かな」

ハッ、とグレアが鼻で笑った。ジト目で見やると、しょーがねーからもーちょっとフォローしてやろうかまったくしょーがねーなー、みたいに口を開く。

〈まあ、その反応で構いません。この向こう側にあるのは雪山からは一つ隔離された空間。フェンリル様の統治の範囲外ですから、その得体の知れなさを警戒したのはむしろよかった〉

「正解だったのになんで一度笑ったの⁉」

「緊張をほぐすためです。俺、補佐官なので」

言いつつ――グレアは人型に変化していった。

淡い光をまとう。しなやかなユニコーンの肢体は人間の青年の長い手足になる。紫のたてがみは豊かなロングヘアに、頭の後ろでくくると馬の尻尾みたいだ。つまりポニテね。長めの前髪の間からめちゃくちゃ整った美貌が見える。切れ長クールな黒い目が、こちらを向いてやっぱり挑発的に細められた。見惚(みと)れていたけどここでグレアくささが出るので、ああーあの馬だわーって肩の力がすごく抜ける。

「一緒にアーチをくぐってくれるの？」

「見送ることも考えましたが、エル様はビビっているようですから。勇猛果敢ではないときには、俺はいつでも側にいるべきなんですよ」

そういってグレアが私の手を摑(つか)んで、自分の手とともに、霧に触れさせた。

氷の爪が認証システムになっているような気がする。おお、グレアも中に入れるみたいだ。

「そーなんです。ビビってる。いやーな予感がするんだよね……」

「ついに幼狼様の勘が」

「わかった。これって就活の面接会場に行くときに似てるんだ。たくさんの人に眺められて、あなたは御社にふさわしい人物ですって言われるように振る舞わなくちゃっていう緊張と。採用されたからといって大事にしてもらえるかは運という現実うわああああああ」

「はいもう吹っ切れましたね。おしまい。吐き出せるようになったことは進歩です。おめでとう」

「すっごい声が無表情」

「相手を落ち着かせるためには自分が落ち着いている必要があるからですよ。だから補佐官はこの先のことなど何も怖くはございません。フェンリル様から任されたわけですし」

そっか。フェンリルが私たちをただ怖いところに行かせるはずない。ごくんと弱気を飲み込む。

「行こう」


〝ようこそ。ようこそ。やっときてくれた。

冬は退屈、いつまでたっても土の中。冬は窮屈、いつまでたっても見張りの中。

冬は辛辣、どれだけ待っても爪弾き。冬は唐突、これだけ待ったら――〟

✳妖精の泉

アーチを抜けたら一気に視界が開ける。

ドーム型の天井はステンドグラスの輝きだ。これ、まるごと結界なのかな。

差し込んでいる光の質にぎょっとする。すべて魔力だこれ……！

私も魔力で冬を作ったけど、光そのものを魔力で作るという発想はなかった。ここは異空間だから、光を作る必要があるのかな。太陽の光が届かないような場所ってことかな。ううん、異空間についても場所って発想はそもそもおかしいのか。

なんだろう。混乱してくる。ここにある魔力、私と馴染まなくてざわざわする。

外にあったのと同種の、銀のバラが一面に茂っている。ツルバラもあれば、株のように茎がどっしりとした種類もある。足元がチクリとしたのは太い棘のせいみたいだ。

「このままじゃ前に進めないね」

「エル様、右手の爪を高く掲げて」

言われた通りにする。すると、目の前のバラが意思を持ったかのようにスススっと動いて。小道を作ってくれた。そのまま歩いていく。もっと狭いかと思ったのに、歩いてみると結構広いんだ。

感覚がおかしくなってくる。

――大きな泉がある。さっきまではこれを蓋のようにバラが覆っていた。バラがスススッと周りに避けたので、泉を囲むようにバラ園になっている。花々の隙間から何やら視線を感じる。

泉の水はとろみのある銀色をしている。表面が鏡のように艶やかだけど、何か映すことはなく、天井からの光さえも吸収して沈黙していた。

「不思議……」

「それが妖精の泉の本質です。妖精族にしか理解できないもの」

普通の感想しかなかったけど、これでよかったんだ。妖精の泉というのはいくつもあって、それぞれが独自の環境を築いているそう。見つけるのは難しく、入るためには内側からの招待が必要。グレアも訪れたのは初めてだそう。知識はすべて先代フェンリルたちが残した伝承を暗記したものだって。

転ばないように、棘に足を引っかかれないように、気をつけながら歩く。

バラの小道の行き止まりで、足を止めた。

ジリリリリリリリ!! 妖精たちが一斉に翅をこすり合わせる音だ。あちこちから響いてくる。とんでもない不協和音。私は思わず耳を押さえてしまいそうで、グレアが止めてくれた。いかにきつい環境であってもここでは冬姫エルとしてみられているからお行儀大事。耐える! くう!

(グレア。つっ立ってるだけでいいの?)

(あちらからの挨拶があります。招待された側のエル様は、あとで。ここで正確に力関係を築くこと。そうすれば望む結果が得られることでしょう)

小声で話す。聞いておいてよかった。けっこう待たされた上にこの視線や翅音だから不安で動いてしまいかねなかった。

どちらが望んでいる側なのか。それは営業にヘルプでついたときに学んだ。望んでいる側が基本的に、弱者となる。請い願う方だからね。こっちから提案したいこともあるならば、上座を守るに越したことはない。とはいえビジネスでもないから、雪妖精とは心地いい契約を結びたいなあ。

グレアが、ふ、とわずかに肩の力を抜く。なんか私のお気楽な感じが顔に出てたのかな。

「あちらが礼をしたら、礼を返してもいい。そこは威張る必要はありません。優秀で助かります」

グレアが素直に褒めたぁ……⁉　あまりに珍しいのでじっくりと見上げていたら顔を逸らした。

「そろそろ来ますよ」

オッケー。と頷きで伝えて、背筋を伸ばして待機。ほんの少し髪とドレスに魔力を通して、身だしなみを整える。これだってすべて私の毛並みだから、冬姫の価値となる。

泉の表面に、波紋。

円が二つ。とてもゆっくりと広がっていって……直径一メートルほどになったとき、ミルククラウンのように持ち上がった。スローモーションを見ているくらい。神秘的で目が離せない。銀色がとろりとしていて、なめらかな銀の王冠みたい。

円の中心からは、見たこともないくらい大きな妖精族が現れた。

「「やあ」」

高いような低いようなとらえどころのない声。

子どもくらいの身長に、幼子でも中年でもなくかといって少年少女でもない、小さな顔をもつ。

体は大人サイズをそのままミニマムに縮小したような比率で、複雑な織物の衣類を〝冬毛〟としてまとっていた。それを重ね着しているので、一般的な雪妖精よりも非常に豪華な印象がある。

手を口元に添えてクスクス笑う、その爪の形に驚く。

氷色の尖った爪、先端は銀色で、ペン先のように細いんだ。

私たちにとって爪の色は大事だけど、形がこんなに違うのは初めて見た。

それだけじゃない。

銀の泉のミルククラウンを爪先の動き一つでスパンッと切り離し、工作みたいに瞬く間に形を変えて、豪奢な王冠にしてしまうとそれぞれの頭に被った。

髪の毛はあらゆる色を詰め込んだ結果黒になったような印象を受ける。光沢がオーロラカラーだからだ。瞳は夜空みたいに神秘的で星の瞬きのようにたまにキラリとする。

六枚翅。これも、見たことがないよ！

特別な存在に決まってる。指摘して刺激しない方がいい？　どう対応するのがいいだろう。

「我はオーヴェロンである」

「妾はティターニアである」

いきなり正解がきたんですが。噴き出してしまったりしないよう、顔をピクピクしながら耐える。

名乗りをあげるとそれぞれに服の裾を見事にさばきながら、優雅に一礼をした。

ふふ、と微笑するようにささやかに翅が擦れている。

あっ。

雪妖精との会話はこの翅の音の理解によって行われる。これまで他の雪妖精の言葉を聞いていたときは頭上の獣耳で理解していたけれど、このお二方の言葉は人間の耳の方にもするりと伝わってきた。まるで思考をそのままテレパシーされているようになめらかに、ノイズがかけらもなく聞き取れるんだ。どんな仕草であっても、いちいち特別感がすごいな。そうだ、礼には礼を、だ。

「お招きいただきありがとうございます。冬姫エルと申します」

私の礼は、フェルスノゥの動きと日本のお辞儀を混ぜている。会釈ぐらいに軽く頭を下げながら、手は胸の前で拳を付き合わせる。日本の最敬礼となると地べたに頭をつけることだし、フェルスノゥの最敬礼をするには丈の短いミニドレスでは足の曲げ方がかっこ悪く見えてしまうから。

お二方はジ――――と私を見つめてから、こしょこしょ、内緒話をした。

「新しいな！」

「新しいわ！」

うわっ！　声が大きい！　ど、どうして。内緒話をしたかったのでは？

想像してみよう。……お二方は妖精の泉で普段身内としかお話をされない。だから外部の私たちがいることがイレギュラーで、声量をミスってしまったようなイメージが導き出された。

ほら、私たちが声量のせいで獣耳を伏せさせたから、なんか、きまりが悪そうに翅をそわそわさせている。恥ずかしかったんですか？　そうなんですか？　聞きたくなっちゃう。

ごっほぅん！　とお二方が咳払いをした。声でっか！　でもこれを機に声量を調整したようだ。

「冬姫エルよ、よくぞまいった。褒めてつかわす。喜ぶとよいぞ。そなたをここに呼んだのは他で

もない。冬姫を名乗るならば、後始末をしてもらおうという話じゃ」

「およ？　何ゆえそなたは手を挙げておるのじゃ。その仕草はどのような意味をもつ」

「発言をしたいという意思表示です。よろしいでしょうか？」

「「苦しゅうない」」

「では。後始末とはどのような意味でしょうか？　何か不出来なことがあり、私に責任が？」

これればかりはお腹が痛くなろうが聞かなくてはいけない。私が謝るべきところなのか、それとも勘違いだったらそのように指摘をするのか。これまで私は……とりあえず謝ってしまうことが多かった。悪い癖だった。藤岡柊はこれを繰り返して自分を嫌いになった。

これからは納得をしたうえで、一度ごと、気持ちを込めて謝りたい。それだけでは終わらせたくないから改善を提案したい。フェンリルたちに育ててもらった、冬姫エルだから。

変わりたい！

「状況を見させながら証明していくとしようかの」

「ほれ。そこな雪妖精たちよ、出て参れ」

葉の陰からおずおずと雪妖精たちが出てきて、オーヴェロンたちの前で一礼する。

「小さく、頼りなく、幼いと見えるじゃろう？　それは妖精の泉の回復の力がすり減っているため。外でよく働いた雪妖精はこの泉で傷を癒すこともできず、生まれ直すための順番を待っていてまだ底に沈んでいる者も。このような泉の状態を招いたのは冬の枯渇のためである」

なんてこと。

このことによってオーヴェロンたちは怒っているんだ。翅の音が鋭くて斬りつけるように痛い。落ち着け、私。初めて聞く情報が多いから、頭の中で整理していく。そもそもこの妖精の泉というのは、雪妖精たちにとっての回復場所。けれど五度、まともな冬の癒しがなく、調子が悪いと。お二方は妖精の常識が当たり前になっていて省いた物言いをする。気をつけながら耳を澄ませる。

「『そこな冬姫よ。治してみせよ』」

そういうことだったのか。

妖精契約〜、って浮かれていた自分に、心の中で、ドンマイと言っておく。

「しかし……」

グレアが口を挟みかけたら、お二方の目尻がキッと吊り上がった。空気が重い。

「お前には発言を許可していない。立ち入ることについても、寛容に許してやったことをゆめゆめ忘れるでない。話を遮るその立ち振る舞い、無礼であるぞ」

「ぐっ」

グレアが膝をついた。重い空気に押し潰されたように、苦しそうだ。

私も動けない。ゾッとするような圧力がある。長生きしている雪妖精のさらにそれを束ねる方々だから、ひょっとしたらフェンリル以上に長生きで、その威厳を睨みに込められたのだろう。

グレアを後ろにかばう。私が言わなくちゃ。

「治す方向で進めたいと思います。どのようにしたら治せるのか、お二人のお考えを聞かせてもらえますか？　恐れ入りますが、妖精の泉を訪れたのも初めてのことなので以前の様子を知りません。

けれど冬姫エルとして、このたびの冬の間の困ったことには対応したいんです」

「「ほほう」」

グレアが体勢を整えている。重圧が軽減されたんだ。私だってなんとか動くことができる。すううっと近寄ってきた小さな二人に触れられると凍えるくらいに冷たかった。そのまま手を取られて、私は泉の方に歩んでいく。実質、拒否権はないようなもの。

「縁のところに水位が下がった跡があるじゃろう。そこまで泉の水を満たさねばならない」

「質が大事じゃ。冬の終わりの雪解け水、氷の魔力がとくに凝縮したもの。それが泉の水」

すぐさま返事はしない。

そんなものどうやって用意したらいいっていうんだ。まだ冬の真っ最中。この泉のために冬を終わらせるなんてことはできない。だけど放っておくのはだめ。フェンリルがここに私を行かせて、二人はなんらかの見込みがあるから私を呼んだはず。冬を終わらせろ、なんて一言も言われていない。きっと何か方法が、もしもなくても、新しく考えられる解決方法を何か口にするんだ。

私はしゃがみ込み、縁のところから泉を覗き込む。不純物がいろいろ見える。土、枯れた草のかけら、不思議なことに雪が溶けないままとどまっていたり。本当に不思議な環境だ。

「触っても？」

「ダメです！」

グレアがダッシュで寄ってきて、ぐいっと私を後ろに引いた。後ろに尻餅をついてしまった。グレアの顔が青い。この症状って……魔力酔い。ユニコーン族でも酔うくらい魔力が濃いらしい。

オーヴェロンたちを見ると、泉とグレアを交互に眺めて、ニンマリと口元だけで笑う。

「ほ。今のはまあ許す。よいか若き冬姫よ。意志ある者が泉の水に触れたならば、必ず変質してしまうと心せよ。どのような変化を遂げるかはわからぬ、良くなるか悪くなるかわからぬ。しかしこの泉は冬のためであれとする力があるでの。見たこともない〝適切な〟姿に変えられてしまうであろうよ。ただただ祈りが込められた水じゃ。ゆえに生き物らしい美醜など気にはかけてくれんぞ」

こっわ！　変質させる力がある、とは聞いていた。けれどその真実がえぐかった。

グレアが止めてくれてよかったよ。そのままグレアが膝をついたから、ずずず、と引きずって泉の側からは遠ざける。図らずもさっきグレアが私のマントを咥えて引きずったのと似た光景だ。

ぷ、とオーヴェロンが口元を押さえる。ティターニアは気だるげに扇で口元を隠した。

「不調の原因を教えてやってもよかろ。やる気があるならば。ここしばらくフェンリル族が癒しの冬を呼ばなかった間——荒れゆく自然を保とうと、雪妖精たちはいつも以上に熱心に野山を飛び回り、指先が赤く擦り切れるまで、己の翅がひび割れるまで、昼夜を問わずよくよく働いておった。どこの妖精もそのように足並みを揃えての」

「疲労を泉で回復させ続けた結果、妖精の泉が濁った。これまで幾年もたまってきた癒しの力が、急激な使用で崩れてしまった。五回も！　冬を呼ばなかったのは長年の中でも異例のこと。そしてこのたびの冬であっても妾らの泉まで癒しは届かぬ。のう。知らぬでは済まされぬ」

「先代フェンリルは何ゆえこの妖精の泉のことを言わなんだ？」

「先代フェンリルは何ゆえ五度も生きながらえて死を拒んだ？」

「「あれを慕うか見限るか、我の・妾の前で、選んでみせよ」」

そんな！　フェンリルは誠実だ。やれることを精いっぱいやっているし雪山のことを第一に考えて動いていたのは磨り減った雪妖精たちと同じだよ。それに五度の枯れた冬越えがもし異例のことなのだとしても、己が生きたかったからだけではないと、信じている。フェンリルは自分を大事にできる獣だけど、誇り高く存在してるんだ。

そうやって全部言いたいのに、喉のところで言葉が滞る。妖精の怒りが溢れている。

柔らかく差し込んでいた日の光も、白い霧も、ゾッとするし気持ち悪い。ざわざわとする。これはお二方に共鳴しているんだろう。フェンリル族が感情によって冬の環境に影響を与えてしまうように、妖精族の王と女王の気持ちで世界が一変する。眉をひそめるほど泉が波打って、唇を噛み締めたら大地がひび割れた。ここは妖精族のための世界だけど、妖精族のことしか見えなくなっているのは違うと思うんだよ。こんな冷静じゃない状態でフェンリルを見限ったら、お二方も後悔するに決まってる。だって心底嫌う目をしていない。もっと嫌いを煮詰めた直しようのない目を私は知っているから。

「もっと、聞かせて、ください」

「「新しいな？」」

芸術人形のような顔の、眉だけピクリと上げて皮肉げな表情をして、二人は同時に口を開く。

溢れる声はその実、翅音。ジジジジジジジ！　と鼓膜を割れんばかりに刺激する。

耳を塞がずに、それをすべて聞く。きつい。

私はこの声が直接フェンリルに聞こえてしまう前に、ここで止めたい。

「先代フェンリルは我々を忘れたか‼　雪妖精の力をあんなにも借りてきたくせに！」

「今、今もッ、雪妖精の力が使われているというのに‼　嘆かわしい！　情けない‼」

「違いますっ」

やっと、声、出たぁ。

「……あなた方はまだ、最近のフェンリルに会ったことがないですよね。初めて私がフェンリルに会った数十日前、ひどく消耗していました。けれどその耳も目も、広く冬の大地を見つめて逸らさなかった。必要なときに失敗のないように、フェンリルは引き継ぎをしておりました。だから妖精の泉だけをわざわざ見限ったわけではありません。そのうち会って。絶対に会って。ここをきちんと見てほしかったって、言ってください。これは下からのお願いでもなんでもないです。共存していくための報告・連絡・相談です。ほう・れん・そうって覚えてください！」

「『それはなんぞ』」ごくり、と喉を鳴らしていたのになんかごめん。思ってたのと違うはずだわ。

「野菜です」

「『知らぬ！』」

お二方は唇を尖らせている。でも関心は引けたからたたみかけよう。

「フェンリルが誠実でなきゃ、三〇〇年も毎年冬を呼んだりできない。私がやってみて、冬を保つ仕事はとても大変でした。功績があるから、私はフェンリルを尊敬しています」

口の端をぎゅっと引き上げて。友好的に参りましょうという証のアピール。

営業スマイル！　おらあ！　……オーヴェロンたちはびっくりしたようだった。急に笑顔一〇〇パーセントだもんね。でもこれで察してほしい。友好的にやっていきたいんです。

「……なるほどのぅ。ちっとだけ、思い直すものもあったわい」

「そんなにボロボロでどこからも助けが来なかったわけか。フェンリル族、落ちぶれておったのか」

ンー！　否定したいけど脱線するから我慢！　フェンリルの美しさ自慢したいグレアスティ！

「一つ、妖精の泉の治癒。二つ、今のフェンリルに会いましょう。ここで話し込んでいても一切先には進みません。せっかく双方の意思は〝治す〟で一致しているんですから」

「それはそうじゃの」

「やれやれ。よう語る冬姫じゃ。こんなに口が回る幼狼は見たことがない」

「お願いがあります。成功させたらフェンリルのことをもう悪く言わないでほしいんです」

「ほぅほぅ〜。そなた、すっかり下手に出て我らに頭を垂れている自覚はあるかえ？」

「はい。三〇〇年間と五年間、フェンリルを支えてくださり誠にありがとうございました」

「新しいの」

「新しいわ」

びっくり仰天。というように目を見開いて、お二方は私の顔を覗き込んだ。初めてこんなにも興味を持たれたと思う。それはもしかしたら、本心をさらけ出した言葉だからよく通じたのかもしれないな。

だって、フェンリルが実績を作ってきたのと同じように、お二方にも環境を支えてくれた実績があるんだからさ。頭を下げたっていいし、敬うものだし、少々悪口を浴びたことくらいなんてことない。

「オーヴェロン様。ティターニア様。雪解け水の流入というのが回復に繋がるんですよね。魔力が含まれた雪が溶けた純度の高いもの、液体としてそれを増やす。イメージは合っていますか？」

「今にも名前を噛みそうじゃったの。舌足らずな幼狼よ、オーブとティトでよい」

「様もいらぬな、あとあと先代フェンリルに会うというならば、聞かれたら面倒そうじゃ」

「「認識はその物言いで合っておる」」

お二方……オーブとティトは腕を組んで、同じタイミングでコクリと頷いてみせた。

嬉しい。相談したことがすぐに結果になって返ってくるやりとりは満足感がある。

「泉の水は、液体といえどさらりとした水質での。銀色が細々としたきらめきになり下品ではなく、触れたら妖精をよく包むのじゃ。ぴたりと貼りつくような感触でな、味はほのかな甘みがある」

冬を呼ぶ魔法で、そのまま望みの水を出すことは無理そうだ。味とか、わからない。

もう一度水を見て、思いついたことがある。これがフェンリルの勘だといいけど。

「溶けていない草などが浮かんでいるのはどうしてですか？」

「雪妖精の体にくっついておっての。魔力がないものだから溶けなくて汚れの原因になっておる」

「じゃあ魔力があるものが溶けるんですね。あの、私の髪を切って、泉に溶かすのはいかがでしょうか。毛並みにはとても魔力が含まれているはず。そして意思がないから変質の心配もない。スーツドレスのようにあとで合体したものでもなくもともと私の一部で、フェンリル族の魔力をよく帯

びた純粋なもの。これと別に水も出して――雪解け水の代わりとしていかがでしょうか」

首の後ろで髪の毛をまとめて手に握る。

就職してからというもの美容室に行く暇もなく、伸ばしっぱなしだったので量がある。

オーブ・ティトも慎重になるだろうけど検討してもらえたら……

「試そう」

「こっちじゃ」

はっや！

私の手を引いて、泉の上へ。なんと橋がかかり、私はヒヤヒヤしながら小走りにゆく。

「成功するかはわからぬな、新しいもの。しかしこのたびの冬も何やら新しいものである。我らはこの雪山と生きる雪の妖精族じゃ。もう置いてゆかれてなるものか」

「成功するかもしれぬからの、新しいものの方が。雪解け水で回復させようとしたならば、また何度も冬を過ごさねばならぬ。であればそなたの献身によって前進を試みようというものじゃ」

「ありがとうございます。許可をくださって」

――白銀の大鋏（おおばさみ）。

「「ちょっきん」」

一気に⁉

いくらなんでも思い切りが良すぎるので、びっくりした。ええと二人は爪先の一振りだけで、この大鋏の魔法を完成させた。おそろしい精密技術。フェンリルが広範囲型なら、妖精族は狭域芸術だ。

髪の毛を持った手のすぐ近くを、鋏が滑り込んでいった。そろーっと手を離すと、私の肌のスレスレで髪が切断されたことがわかる。髪の毛先はさらりと肩口で軽く揺れた。こんなに短いのは小学生以来だよ。ずっとロングヘアで、でも、今の私にはそれよりも大切なものがあるからね。

「そこから動くでないぞ」

オーブ・ティトは自らの魔力を使って水を作る。その影響なのか、黒髪の一房の色が抜けてしまっている。そこだけ白色に――けれど気にかける様子はなく、泉から目を逸らさない。

水位を増した泉の水が一滴もこぼれないように気を配りつつ、指を回すと、その流れに沿って泉が渦を巻く。私の髪が溶け込んでいって――

「あっ」

みるみる透明度が増していく。

銀の色味はそのままに、表面がまるで磨かれたように輝く。天井の色を映すくらいに。端々にいた雪妖精たちの翅の紫、ピンク、薄黄色、氷色、さまざまな色を四方八方に反射する。ステンドグラスのドームでまた反射が起こって、地味な色合いだったこの妖精の泉は、またたくまに美しい光景に変わった。息を呑むくらいだ。

「「おいで」」

オーブ・ティトが小さな妖精たちを誘う。

「回復を試みるとしようか。ティトよ、妖精族の王たる我らが最も最初に」

「いかほど気持ち良いだろうね。オーブよ、妖精族の女王たる妾らだからこそ」

お二方が、リ―――ン……！　と翅を鳴らし、泉に入っていった。

また現れたときには、ぱしゃんっと泉の水が勢いよく周りにはねる。キラキラと。

トップが入水してからは、他の妖精たちも次々に飛び込んでいく。それはなんだか、お母さんに抱かれに行く子どもみたいに切望した表情で。泉から飛び出してきたときには安心したように無邪気な微笑みになっていた。母なる海というかね。雪妖精がこんなにも笑っているのって初めて見た。

水滴を飛ばされないように気をつけながら、私も下を覗き込む。

髪の毛を溶かしたところからの波紋がまだ続いていて、輪が広がるたびに、銀色が端に押しやられては、底に沈殿していく。水は透明に。草などもこの機にしっかり溶けた。よかった……よね？

「こんなふうな妖精の泉は初めてのことじゃの。ティト」

「そうであるの。様子が随分と違うものじゃの。オーブ」

「ダ、ダメでしたか？」

「「よかろ」」

ふわふわとした柔らかそうな翅を持つ雪妖精が五体、妖精の泉から浮かんでくる。まだ泳ぎ方も飛び方も曖昧なのか翅は揺らしているだけだ。カイコガのような産毛のある翅は、もしかしたら成長とともに透き通って薄氷のようになるのかもしれない。一〇センチほどの雪妖精たちを、先輩たちが取り囲む。魔法をかけたら服を身にまとい、雪妖精にとっての冬毛となった。

「うむ、うむ。滞っておった雪妖精たちも生まれ直したか。良きかな。それにしてもなんちゅう魔力の量じゃろう。髪の毛を溶かした程度でこの始末……新たな妖精たちの地力も高そうじゃ」

「この子らもまた、冬の環境を守ろうと雪原に繰り出していくのであろうの。妖精族とはそういうもの。冬姫エルよ、そなたの働きに免じて、またフェンリルの坊に会ってやってもよい。妾たちに謝ってきたなら五年間の苦労を水に流してやれるかもしれぬ」

まだ言うかっ。

への字に曲げた私の口を見て、二人はクスクスクスクスと笑い出した。

そしてやけにまっすぐな眼差しで私のことを眺めてくれる。両側から頬にキスを。

「「礼を言う」」

オーブとティトはそれから私のさっきの動きを真似して、軽く頭を下げながらフェルスノゥ式に手を合わせてくれた。

……はあー。第一印象がマイナス気味だった反動で、ここまで寄り添ってくれたことにすごく感動しちゃう。昔のことにこだわるおじいちゃん・おばあちゃんタイプかと思いきや、新しいもの好きで初めての試みに協力してくれたり。雪妖精たちのダンスを指揮してみせてくれたり。うん、来てよかったなあ。雪妖精のダンスを横目に眺めながら、橋を渡りきる。

「…………………………………契約」

「んッ」

グレアが地を這うような低音で私に言う。すみませんでした！　浮かれていました！　幼狼の好奇心とか言い訳してる場合じゃないですわ、これはいっけねえ！

「グレアおはよう。気分は大丈夫？　さっきよりは顔色がいいし動けるようだけど」

「さすがにあの儀式の最中に乗り込んでいく気は起きませんでしたよ。妖精王などの圧によって心臓が止まりかけたりはしましたが、今はあちらも機嫌がいいらしく圧が消えました。快調です」

「すぐに物事を進めよう」

「【妖精契約】しましたね？」

「…………………………………………え？」

そのニュアンスはさ。すでにしたよな？　というような響きに聞こえたんだけれど。

「妖精契約の方法はさまざまあります。けれど条件として確定しているのが、互いに相手の力を認めて期待をしていること。ごく親しい接触があること。これは魔力が同調するのか、相性を見るものだと言われています。一般的には、指先の握手。それを超えることをしましたね」

「『キッス？』」

確信犯だったのか！　そして私がオーブとティトの力を認めているのは紛れもない事実だ。あちらからは……というと、泉を治したことによって認めてもらえたのかも。

「中途半端なことになっております。せめて、きちんと手順を追って契約文を詠唱してもらうとよろしい。そうしなければあやふやな境界にどのような制約が現れるのか、おそろしいですよ。エル様、ここまできたらもう他の妖精に目移りすることはできないでしょう」

なんだって⁉　おとなしくて仕事をしやすそうな仲間をって……私が雪妖精たちを見た瞬間、一斉に逃げられた。そりゃあ、仲間内のボスが先に意思表示しちゃったんだもんね。ふわふわ生まれたての子はこっちに来かけたけど先輩に羽交い締めされている。そこまで。外堀埋められた。

「私、【妖精契約】をしたいの。オーブ、ティト、やり方を教えてくれる？」

観念して尋ねると、ぱあぁっと二人は顔を輝かせた。こうやって喜ばれてしまうと苦笑で済ませてしまいそうだ。だって少々逸れたけど、目的は達成できそうなわけだから。

「――手のひらを掲げてみよ」

銀色の魔法陣が二つ、指先に吸い込まれていってネイルアートのように紋を刻む。

「我、オーブ。フェンリル族の新たなる幼狼、エルとの契約を望む」

「妾、ティト。フェンリル族の新たなる幼狼、エルとの契約を望んでやろう」

ティトの方がちょっとだけ前のめりな性格だけど、それ、契約文にも反映していいんだ？　意思さえ確定できるのなら自由度が高いのかもしれない。

（――さあ頷け）

（念話!?　この頭に直接響いてくる声はどうやって……）

（ほれ、ほれ、頭を下げて受け入れてみせるがよいぞ。うっひょ～雪山のお仕事楽しみなのじゃ～）

（心の声がダダ漏れてますよティト！　……プライド的に大丈夫ですか？　あっ大丈夫じゃなさそうだ。ものすごく恥ずかしそうに真っ赤になってる）

ティトは扇で顔を隠すこともできない。契約の真っ最中で、私の指先に向かってあちらの小さな人差し指を向けているからだ。赤くなりプルプルしている。

「あのね」

ただ頷く、というのでは足りないと思った。こちらからも言葉を尽くそう。

以前、上司に言われるがまま頭を下げていた頃の私とは、ここでさよなら。

「冬姫エルとして、オーブとティトのお力を借りたいです。同じく契約を望みます」

ニコッと微笑みかけると、指先が、凍りつきそうなほどに冷えていった。それが体の内側に波紋のように広がっていって、足の指先と獣耳の先っぽまで辿り着くと、ようやく体に馴染む。ブルリと震えたらついでのように尻尾が出ちゃって、それは興奮したようにぼふっと膨らんでいた。かっこ悪いので、あわてて手で撫でて毛並みを押さえる。

その間、オーブとティトは言い争いを始めていた。

「オーブ！　右手の真ん中を持っていくとは何事じゃ。妾がそっちが良かったのにぃ」

「たまたまに決まっておろう。陰謀説を持ちすぎじゃ、やれやれ。そなたは薬指よ」

なぜ、そこで喧嘩。独特の価値観に基づく理由はありそうだ。

ぽかすかとお二方が軽く叩き合っているのを、周りの雪妖精が恐れおののきながら眺めている。

私は、ぐっ、ぱー、ぐっ、ぱー、と指を動かして感覚を確かめていると、ようやく喧嘩を終えたオーブたちが話しかけてきた。

「冬姫エルよ。そなたの魔力は大変甘美なるぞ。素直なのじゃな。すんなりと入り込んできて馴染み、我らを気遣うようにたゆたう魔力。けっこうなものじゃ」

「ほほほ。妾らの魔力もこれからそなたは使うことができる。己の莫大な魔力と、古代魔法の力と使うて、どのように冬を保っていくのか興味深く観察するとしようぞ」

「じゃあ……いざとなったら、魔力をお借りしますね」

「うむ。そして我らとの契約により、ここにある雪妖精たちの指揮も可能となった。新しいことに雪妖精を使ってみせよ。さすれば新しい冬の働き方を覚えた雪妖精が育つ」

もらいまくりじゃん！

私の髪に対して、これでよかったんだろうか。ううん、このたびの冬にはまだ対応が必要なことが山ほどある。柔らかい雪に戸惑う動物たちはもちろん、ふもとの人々や、雪原には機械怪物が現れたりと、対応するための手段はどれだけあっても困らないはずだ。無駄遣いをしなければいい。それならもらいすぎてしまっていても、不義理にはならないはずだ。

は――……お腹痛い。緊張してるんだなあ、私。

「ちょっと待っててもらってもいい？」

オーブとティトに片手を上げて頼んで、後ろに走っていく。寝そべるグレアをぎゅーっとした。

「よっし。これでなんとかなるっしょ」

「ここで、もう大丈夫などと言わなかったことは褒めますよ。けど即席回復場所に使うな。……」

「と言いつつも、回復しなかったらコイツやばかったんだろうなあ、納得せねばって目をしてる。すぐにユニコーンの癒しをしてくれてありがとう補佐官様。じゃ、行ってくる」

よっこいせ、とグレアの頭をまた地面に置こうとすると、白い霧が集まってきて枕のようになった。オーブたちがやってくれたのかな？　と振り返ると、二人はこっちを指差して目を丸くしてる。

「『古代魔法使ってる』」

「え。これ私がやったってこと？　望んだらその通りになってくれるのか。即席で便利な魔法だけ

ど、それだけに私が何を望むのか、気をつけなくちゃ……。これまで以上に精神統一に努めよう」

「そなた本当に幼狼かえ？」

「先代フェンリルならばここで大はしゃぎしているところじゃ」

「何それ詳しく聞きたいっ。けれどそんな暇ないよね。みんな回復したばかりだし、またお手すきになったときにはフェンリルの昔の話を聞かせて。フェンリルと一緒にね。約束だよ」

「「幼狼らしくない」」

ぴしり、と営業スマイルを指差された。二二年分の記憶があるからねぇ。

ゆっくりとグレアが立ち上がる。そしてオーブとティトに礼をした。これでもう私たちのやることも終わったし、あちらも泉を回復して問題解決したってことだ。心配していた雪妖精たちの回復についても、ブンブンと翅音を立てて飛び回っていることだし、元気になったに違いないだろう。オーブとティトの肩の荷もすっかりと下りたよう。

その証拠として、お二方は腕を伸ばして大きく伸びをしている。口の端がぐいっと引き上がったので、ひくひくと表情筋が動いてる。もう長いことしかめっ面をしていて、こんなにも笑顔になったのは久しぶりなのかもしれない。それくらい雰囲気が明るかった。

もう最初の怖さはなく、私は握手をするために手を差し出すこともできた。

「これからどうぞよろしくお願いします」

「エル様。お願いします、ではなく、よろしく、だけにしてください。契約になりかねません」

クスクスクス！　とオーブたちは笑い、私の指先を摑むと、ぶんぶんぶん！　と上下に振った。

それじゃあまたね、って言いかけたときだ。二人は私の口を塞ぐように言葉を被せてくる。

「冬姫の仕事の手伝いとは雪山の見回りなどであろ？」

「環境の異常を整えるためには魔法を使うのであろ？」

「うん。明日からは、雪山のどのあたりを二人に見回ってもらうのがいいか、私がフェンリルの元に戻ってからしっかりとスケジュールを相談して――」

パチリ。とお二方と目が合う。漆黒の瞳には夜空の星々のような光が、キラキラと。何かを期待していて達成されたときの表情だ、おそらく私にとって不利なもの、とそこで嫌ぁな勘がビンビンと反応する。頰の外側のあたりの空気がチリチリとしていて、今はまだ生えていない獣のヒゲが未来の可能性を読み取っているような。

パッ、と握手の手が離された。六枚翅で器用に真上に上昇していく。ロケットの如き勢いで。

「「自由だ――――――！」」

「ちょっ⁉」

パリィン。そのままドーム状の天井を突き破って、外に出ていってしまった。

これ、どうすればいいの⁉　とりあえず割れてしまった天井の箇所に白の霧を集めていき、同じような薄氷のステンドグラスをイメージしてみる。古代魔法がまたたくまに形を作った。

――やられた。

私がこれをできてしまうから、天井を破るなんてこともしたに違いない。これについてはあとで責めても、なんとでも言い訳ができてしまうだろう。冬姫との契約の塩梅を見るために、古代魔法の鍛錬のためである、とか。お二方と一緒にいた時間は短かったけど、濃い対立をしたから性格をかなり正確に摑めていると感じる。

私と契約をすることにしたのは、お礼だとか認めたからというより、自分たちの得だから。

ずっと五年間も泉の世話で外に出られなかったので、新しい冬を体感してみたいと気持ちが固まったからなんだろう。頭の中のオーブとティトが「「そうそれ」」とクスクス笑っている。

くう――――！　年上相手の交渉ってやっぱり難しい！

私、ここを離れられないのかな。もしかして。どうしよう。

ぺたんと獣耳が伏せたのを、グレアがつまんで上に伸ばした。

視界の端から、ビクビクした雪妖精がすうっと前にやってきて、私にぺこりとお辞儀した。

（まだ他者の前ですよ）ってことねグレア。頑張って背筋を伸ばす。

〈冬姫様、冬姫様。申し訳ございません。ここは私たちに任せてもらってももう大丈夫です。泉などを良く整えていただいたので、このあと保って管理することなら私たちにも経験があります。このたびはオーヴェロン様・ティターニア様にご協力くださり、ありがとうございました〉

雪妖精の先輩方はエリートリーマンのように、上司の評価を守りつつ、私を立てるさじ加減が素晴らしいな⁉　これは苦労人だ。優しくしていきたい。

周りを見渡す。泉は美しくバラは生き生きとして、ステンドグラスもひび割れがない。生まれたばかりの妖精はもう飛べるし、手助けをする先輩たちもいる。よかったじゃない。

「じゃあ、あとはよろしくね。私たちは外に出てから、フェンリルのところにいったん帰るよ。そして契約制御について質問してみるね。妖精族と一緒に雪山を守っていきたいからさ。そのときにはみんなにも協力をしてほしい。もっといい案があったら私にも教えてね」

リリリリ、とさわやかな翅音。

帰るときにはバラの道が私をすんなりと通してくれた。歩きながらグレアが呟く。

「フェンリル様に制御を尋ねるというのは、いい判断です。契約先が一〇〇〇年単位で存在していることを考えれば、〝してやられる〟ことはこれから先もあるでしょうから」

「そんなに長生きなんだ」

「経過年数の分、力が強いので、エル様でなければ契約ができなかったのではないでしょうか。歴代一の魔力を持ち、歴代にない妖精契約をなさった。妖精王たちはその時代が変わるチャンスを逃さなかったのでしょう。したたかで敵としては素晴らしい」

「敵じゃないからね？　さてはフェンリルのこと悪く言ったのかなり根に持ってるね？」

「フン。フェンリル族には正解の勘があるように、ユニコーン族には悪意の勘が、妖精族には発見の勘がございます。エル様を見つけたとき、彼らは飛び上がって喜んだことでしょう。莫大な魔力量、一日にさばく仕事量、引き受けそうな人柄。さらには契約を試してみれば、あの複雑怪奇な魔法陣を理解できてしまう頭の良さを持ち合わせている。いいカモです」

「最後のシメがそれ⁉」

褒めてもらったと思って胸のあたりを押さえて感動にふけっていたのを返せ。

できたこともあるけど、できなかったことも多い。でも統合して、やってよかったと感じた。

切った髪の毛先をやたらと睨んでいるグレアにデコピンをして（反撃はしっかりされました）アーチを抜けると崖の下に戻ってきていた。その周辺にはこれまでなかった七色のバラが咲き乱れている。天井が壊れたときに古代魔法が漏れた影響かもしれないな。その花を一つ、爪の先端でつまんでちぎると、肩掛けカバンにしまい込んだ。実物を見せながら状況説明しよう。

「フェンリルの元に戻る。ぜーんぶ素直に話すっきゃないね。怒られたって愛があるから大丈夫ぅ」

〈足が震えておりますが。落ちないでくださいね〉

「武者震いだし。落とさないでくださぁい」

〝全然来てくれなかったわ。期待外れ。

地面がゆらゆら揺れる。ゆらゆら揺れる。ゆらゆら、ゆらゆら揺れている――〟

❋雪原の異変

「……地震があったの!?」

帰路を行くと、フェンリルは場所を移動していた。地震被害のあったところに雪妖精を向かわせるために、散策範囲を広くしなくてはならなかったそう。それでも、私たちがすぐにフェンリルを見つけられるようにと目印を残してくれて、あまり遠くには行っていなかった。愛情だ。

じぃんとしながらグレアと噛み締める。今、ふかふかとしたマフラーを巻いている。

「こっちは地震に気づかなかった。妖精の泉は隔離された場所らしいから、そのせいかな。フェンリルは怪我とかしなかった？　私が手伝えそうなことはある？」

〈髪の毛先を揃えさせてくれないか〉

ばーれーてーるー。マフラーしてたのに。言うつもりでしたよ。フェンリル側の物事が終わったらね。けど二言目に、フェンリルが私に望むことってそれでしたか。愛情だ。愛情が、鋭くてちょっとヒヤリとしたぜ。速攻でふかふかマフラーを取ることになった。

「いきなりこんな状況でごめんなさい。妖精の泉が不調だったから、私の方から髪を譲ったの」

〈誰にやられた？〉

――――。

――やばい。

フェンリルの表情が凪のように静かだ。それなのに荒れ狂う吹雪が背後に見える。（※幻覚）でもここで返答を誤ったら、現実がまじで吹雪になる可能性もあるんじゃないか。

「まあまあ」と手を振った動きがまるでタコ踊りのようになってしまった。これで笑い上戸のフェンリルがまったく笑ってくれないもんだから、怒りの深さが深刻だ。

「正直に言うから怒らないで。だって私がこれを解決方法にしてしまったから。カットしてくれたのはオーヴェロンとティターニア。私はオーブ・ティトって呼んでる」

敵ではないんだ、って伝えたいんだよね。フェンリルの側に行ってわざわざ胸元の長毛に埋もれた。距離が近いほど私たちは感覚を伝え合えるから。

〈合意の上であると、俺も見ておりました。エル様の御髪を切ることを止められず申し訳ございません。どのような経緯でそうなったのか、最初から説明させていただきます〉

グレアはあのとき動けなくなりつつも、客観的に物事をしっかりと把握してくれていた。私は雰囲気に呑まれていたから、状況を細部まで見れていなかった。報告内容を感心しながら聞く。いかに綱渡りをしながら交渉を進めたのか見えてきて、冷や汗をかいた。

フェンリルは渋々ながら、矛を収めた。グレアが嘘をつくはずがないという信用の賜物だ。

〈すまなかったねエル。あの招待を断ることは実のところ難しく、また、雪妖精に嘘がなかったため向かわせてしまった。私が行ったところで入れなかっただろうが、それでも行けばよかった〉

フェンリルは一瞬迷ったのち、こう語った。事情を胸の内にしまっておくよりも、こうして言った方が私が安心するからなんだろうな。トクン、トクン、と心臓の音が馴染んでる。

「わかった。ねえ、あとでオーブ・ティトに会ってくれる？」

フェンリルが頷いた。だからそっと、長毛のカーテンの間から顔を出す。

〈さあ呼んでごらん〉

「ごめんあとで」

それはまじであとにさせて。心の準備が。あちらの準備も。ちくしょうめ。

〈髪の毛先を揃えさせてくれないか〉

「フェンリルはそうしないと気持ちが落ち着かないんだね……はーい。揃ってない毛先を整えるって感じでいいかな？　自分でできるよ。私、けっこうお一人様上手だからさ」

シャキン。ハサミを氷で作る。

氷細工であるなら大体のものは自由自在だ。しょきしょきと毛先にハサミを入れていく。古代魔法の感覚が残っていて、切れ味のいいハサミを作ることができた。切っていくのもこれなら楽しい。私の獣耳がるんるんと揺れるので、フェンリルはついにほんのりと尻尾を揺らした。よっしゃ！

〈髪が短い愛子も、可愛らしいよ〉

「ありがとう」

にっこりと顔を見合わせると、フェンリルは一度頬ずりしてから、地震の報告を始めた。

一・身の安全、二・私の髪、三・フェンリル族の仕事、って優先順位だったのね。

〈雪崩と倒木の被害が発生していたがそれについては対処済みだ。雪山は元のように治りつつある。しかしひとつ珍しい問題が見つかった……。雪が崩れたところから問題が顔を出した〉

「変わった表現をするね？」

フェンリルが軽く吠えると、やがて、少し離れたところからソリが下りてきた。

トナカイ一〇頭で引いているかなり大きくて頑丈なソリ。目をパチリと瞬かせて青さを増し、視力補強——積まれているのは食材バッグ、異世界の落し物であるキャンプセット、土地の記録をした冊子が山のように。そして見慣れた青年の姿。

ひらりと躍動感ある動きで、青年が降りてきた。手を振ると、同じ仕草を返してくれる。

「クリストファー・レア・シエルフォン、雪原探索から戻ってまいりました。プリンセス・エルも無事に帰還なさったようで何よりです。お疲れ様でございました。早速になりますが……報告に移ってもよろしいですか？」

「うん、聞かせて。もしかして手に持ってるやつも意味があるの……？」

ズバリ、藻のように見える草。ツタと藻が絡まっているような、変なもの。

クリストファー——クリスは大柄な青年なのに、腕に収まりきらないくらいの植物の束だ。

分厚くて上等なコートの表面に花粉らしき黄緑の粉がべっとり付いている。一体どれくらいの高級品を汚してしまっているのか……けれど彼の祖国では、自然環境下での衣類の汚れは、名誉にもなりえるって聞いたからその範疇（はんちゅう）であってほしい。

白金色の髪、アイスブルーの瞳を持つクリスと、この緑の草はなんだか似合わない。

「外来種が発芽していたんです。雪山にあってはならないものですから、回収をしました」

「外から来た種が広がったんだね……。考えられるのは、異世界の落し物でやってきた種がばら撒（ま）かれた。国境を越えてやってきた動物などに種がくっついていた。風に運ばれるタイプの種子がここまでやってきてしまった。あとは……」

「ここまですぐに察していただけるとは」

クリスが微笑む。やんわりと瞳から優しさが溢れていて、会話を穏便に打ち切る。私が言葉に詰まっていたから方向修正してくれたんだろう。外交術にクリスは長（た）けている。

クリスは爪先を不思議な色に染めて、熱すると、この外来種の草を燃やしてしまった。

「わっ。もしかして夏の魔法？」

「はい。夏は熱、冬は氷。春は芽吹き、秋は実り。僕は四季の魔法を少しずつ使えますから。この力をフェンリル様が望んでくださったので、外来種を駆除して回りました。何せ丸くなった藻があちこちに散らばって動物たちにくっつき、事故を誘発していたからです。繁殖力も脅威でした」

何そのマリモ。

北海道への修学旅行で見つけた、土産物屋にあった丸い藻を思い出してしまった。あのときは夏だったから雪の中のマリモなんて見ることができなかったけどさ。これは雪山には似合わないね。

「さっき燃やす前のところを見せてくれたのは、これが外来種だって教えてくれるため？」

「はい。生きた情報に触れるのが最も経験になりますから。もし雪山で見つけたら炎による駆除をなさるといい。氷魔法では効きが悪かったためです。打ち付けたら火が出るペチカの実を拾い、雪の少ないところで燃やしましょう。繁殖するには日差しが必要なようで、岩陰などに集めたら増えません。燃やすとよい灰になります」

「それはいいね。教えてくれてありがとう。日々、冬姫としての力不足を思い知ってるから助かる」

「滅相もございません。さて、雪の下から顔を出した件について――」

「そういえば品種名ってないんだ？　あっごめん」

話を遮っちゃった。口元を押さえて獣耳を伏せさせて、謝罪する。

「大丈夫ですよ。けれどいったん通しで説明させてください」

クリスは微笑みながら、ハンカチで鼻を押さえた。ハンカチが赤くなっている。

フェルスノゥの人々は、フェンリル族が珍しいしぐさをすると鼻血を出す民族。

「外来種が増えていた原因はすでに特定しています。他国人による拡散でした。髪や体にくっついていた微細な種がここで発芽した。さきほどプリンセスがおっしゃった動物由来の拡散のうち、人間が原因というところです」

「もしかして。国政が絡んだりするの？」

「そこまで、おわかりになりますか……」

「平民のにわか知識だけどね。この雪山は神聖な場所としてフェルスノゥ王国がよく守ってくれてるでしょう。ミシェーラも、クリスも、お付きの方々も、みんな雪山の自然を敬っていた。そんな場所に、他国の人をなかなか招待できない。だからみんなが望まない〝侵入〟なのかなって……」

「お察しの通りです。祖国の警備の見逃しがあったようで、誠に申し訳ございません」

流れるような土下座は、フェルスノゥ王国でも最上位の謝罪なんだけど（昔、江戸時代の巻物がこの土地に落っこちてきたことで定着してしまった仕草がある）これをされると気持ちが困る。

それからクリスはソリに戻ると、何かを抱えて持ってきて見せてくれた。

「原因はこの子です」

……子⁉

息を呑んだ。氷漬けになった女の子！

雪を被って凍っているので、隙間からかろうじてあどけない容姿が見えている。眠っているかのような表情だけれど、顔色がおかしい。血の通った人間の顔色ではない、蒼白(そうはく)。息もない。

ピンクと淡い緑の布地の服、ストレートの黒髪、彫りの浅い顔つき。フェルスノゥ人とはかなり人種が違うようだ。それにしたって原因がこんなにも小さな子って。まだ五歳くらいじゃない。

「この子が原因だってどうやって？」

「雪の中で藻にまみれておりました。そして彼女から緑魔法が漏れると、発芽が行われました。おそらくこの雪山にはなんらかの間違いでやってきたと考えたいところですが」

「外来種発芽の、現場を見たんだね……。そっか。故意じゃなくても原因だからか……。それに侵入は確定で。そして本心はこの子に直接聞かないとわからないよね」

クリスが唇をわずかに噛んだ。うそ。

「すでに死んでおります」

「どうして……⁉　この世界の人は凍ってしまっても雪解けまで生きられるって聞いた」

「この爪先の緑色は春の民の証です。ゆえに冬の加護を受けていない。その状態で凍ってしまえば体は守られません。止まった心臓はもう動くことはありません」

雪山ではさまざまな動物や植物を見てきた。──死も、見たことがある。

倒れた大きなエゾジカはどうやら落石にぶつかり打ちどころが悪かったようで、ツノが折れていてピクリとも動かなくて、血は雪にじんわりと染み込み凍って、苺（いちご）のような赤さを保っていた……。

雪山で見たことのある死はまるで眠るようで、私にとっては不思議だったんだ。

当時、手を合わせて、自然に還れるようにと祈ったよ。

でも、人間と、動物の死は、あまりにも違った。

私は人間だから、その死の実感が初めてのしかかってくる。

「ずいぶん前に雪に埋もれていたようです。魔力が多いためか遺体の損傷はゆるやかですが」

ドクン、ドクン、と嫌になるほど自分の心臓の音がはっきり聞こえる。

「ど、どうしてわざわざ見せたの。違う、そういうことを言いたいんじゃなくて……」

「動揺ももっともです。こちらを責めても構いませんよ。……お見せしたのは、雪山の異常に関わっていたものを見る必要があるとフェンリル様が運ばれましたので」

「フェンリルぅぅぅ」

よろよろとフェンリルの前足に寄りかかる。

必要があるのはわかったけど、でも、まだ心の準備ができてないよおおお。

〈エル。オマエに願いたいことがある。どんなに希望がなさそうなことにも青い目をこらして。冬をつかさどるエルが諦めなければ、守ることができるものは増やせると知りなさい。エルは諦めることの方が苦手な子なのだから。何せ私は死にかけの命をエルに救われた当事者でもある〉

この言葉から察することができるのは、どうにかできる、ってニュアンス。それは合ってるの？

でもクリスの悲しい顔は嘘じゃなかったよ。私は何を守ったらいいの？

あ……ここ、自発的に行動しなくちゃいけないとこなのか。

フェンリルはまっすぐに見つめてくるだけ。

私がどうしたいのか、ってところまで聞いてこない。だから待ってる。考えよう。うん……。

人の死から雪山管理者としての経験値を得ること？　それともこの女の子を諦めたくないの？

そんなの諦めたくないに決まってるじゃん。ここは絶望社畜がもう一度生かされるような優しい雪山なんだから。

見っ…………………るぅ！

ぱちぱちぱち！　と連続で瞬き。いよいよ視界が青みがかって、私の視界は世界の深いところを見ようとしている。クリスの呟きが耳に入る「瞳がラピスラズリのようだ」って。すごく深い青になっているらしい。

女の子の心臓のあたりに淡い色の光がある。

〈もっと。もっとだ。本質を……〉

すぐ後ろにいてくれるフェンリルのおかげで、自分が把握できる以上の世界の情報がなだれ込んでくる。フェンリルの視界を借りたのかも。すぐそばに大精霊がいるからか、女の子を抱えているクリスはちょっと魔力酔いしていそう、ごめんね。

〈深く……〉

四季。たとえこの子の加護が春だとしても、この世界の人々は必ず四季を生きている。その間にわずかでも恩恵は受け続けている。その痕跡を、見て。たとえ緑の国の子であっても、冬の大精霊ならばこの子の可能性に手を差し伸べることは可能なんじゃないか。

冬の寒さの加護が生まれれば、凍った心臓という意味が変わってくる。

この子の根底のところにある冬の記憶に、手を伸ばす。集中していたから、胸のあたりをグッと押してしまった。視界だけに頼っていたから、つい光を触ろうとして。けれどここじゃない。

フェンリルがこっそりと教えてくれた。なんだかんだ私に甘い。

〈爪先だ〉

わずかに氷からはみ出たちんまりとした指先に、爪を合わせる。

大きく一呼吸。

――ドクン！

彼女の体が電気ショックを受けたみたいに、大きく一度動いた。

周りの雪がホロリと落ちていく。優しい冬であってほしいと願いながら、私が触れたから。

黒髪を凍らせていた雪がなくなると、大輪の花飾りが現れた。首の周りには繊細な桃色のフリルが見えている。着物のような民族衣装で、非常に薄着だ。だから薄氷のショールを編み上げて、この子を包むようにふわりと被せた。これがこの子の体温を保つ冬毛になりますように。

「けほっ」

息を吐いた！　胸のところが上下に動く。凍りついていた心臓は冬の気候に馴染んでいる。

ふう、ふう、とかすかに息をするたびに、唇の周りに白い吐息がにじむ。

「やったあ……！」

クリスは息を呑んで、ごくん、と彼の喉が揺れた。

「僕は……冬の女王フェンリル様とプリンセスの御技を目にしました……！　この感動は、ぜひ魔法技術界で共有しなければ……っ！　ああ、ああ」

ありがたや、とでも続きそうなくらいクリスは感動したみたい。そして着目点が、王子にしてさまざまな学士号も持つ彼らしい。冬の気候に他国人が影響を受けることはこれからもあるかもしれないから、有効活用してくれるのは私も助かる。

〈エル。獣の姿でいたものだから、クリスとはうまく意思疎通ができていなくてな。この娘の状況について教えてやれずに心労をかけたようですまない、と伝えてもらってもいいか？〉

「それはかわいそうだっ。わかった、説明するね。あのねクリス」

フェンリルの意思を伝えると、クリスは目尻の凍った涙を瞬きで落とし、さわやかに頷いた。

「そうだったのですね。僕にまで気を遣っていただき感謝申し上げます。……どのような原理で先ほどの蘇生（そせい）が行われたのか聞かせていただけたら大変嬉しいのですが」

「うん、わかったよ。私自身が言語化してから、クリスに真っ先に伝える」

このときのクリスの微笑みはまさに王子様のようだった。

会った当初はぎくしゃくしていたのが懐かしい。ここまで軽口を言い合えるようになって感慨深いな。継承したのが異世界人だとわかってから受け入れるまで、クリスたちはよく努力してくれた。

「あなたが助かってよかったよ」

女の子に声をかける。やがて意識も戻るはずだよね。

私の首元の真珠のネックレスをつまんで、一粒プチっと外した。途切れたところを氷魔法で繋ぐ。真珠は、恥ずかしながら私の涙が固まったもので、魔力が凝縮されている。この真珠で、薄氷のショールをピンブローチのように留めた。外れないように。

クリスの方を向くと、彼は早くも私の相談事について察してくれた。

「一命を取り留めたあとは、お任せを。この子は雪山を離れて、国で治療を行うのがよいでしょう。人には人の治療法がございます。とくにフェルスノゥ王国では、観光客や移民向けの治療技術を持った医師もおりますから。プリンセス・エルが救ってくださった命を繋がせてください」

命を無駄にしない、ではなく。クリスのニュアンスが「命を繋ぐ」と丁寧だったことが好ましい。この人になら安心して預けられると思う。厳しいことも優しいことも、観察してきちんと判断するクリスならば。そして彼が行くというなら……

「グレア……」

〈そんなにしょぼくれた声で心配そうに耳を伏せないこと。俺には命じてくだされば、そのように動きます。やってほしいことがあるならキッパリ口に出す！　嫌なら断るので！〉

「この女の子とクリスをフェルスノゥ王国まで無事に送り届けてほしいの！　遠乗りで一番信頼しているからグレアに任せたい。お願い！」

〈及第点ですね〉

「グレアの〝及第点〟は大変よくできたという意味って知ってるけどさ、はい、でよくない？」

ハッ。と鼻で笑うな。

ふう。でもいつも通りのやりとりで落ち着いてきた。緊張が解けるとドッと疲れがきたけど、これから遠出してくれる二人に申し訳ないのでふんばる。さっきまでソリを引いてくれた一〇頭のトナカイにはいったん解散してもらう。ソリを私たちがねぐらにしている洞窟の近くに運んでから、好意で、側に待機してくれるそうだ。クリスは動物に懐かれるタイプだよね。

「気をつけて」

ひらりとユニコーンにまたがるクリスに手を振る。

「はい。プリンセス・エルも、フェンリル様も、後ほどフェルスノゥ王国にお越しください。思いがけず早めの訪問予定とはなりましたが、祖国はいつでも、みなさまを迎える支度をしているでしょう。安心して来ていただけましたら」

「ありがとう。じゃあ楽しみにしてる、ってミシェーラに伝えて。そしてこの子の受け入れを急に頼んじゃってごめんなさいって。助けてくれてありがとうって」

「礼を言うのはこちらの方です。謝罪も謝礼も、王国側からも改めて」

クリスは深々と頭を下げてしまった。私の方があわあわとしてしまう。実際に見つけてくれたのはクリスだし、治し方を知っていたのはフェンリルだけど、私も努力はしたので受け取ってもいいだろうか。ここで悩むあたりが、人生経験というか、冬姫経験が足りないんだろうな。礼を返そう。

〈ゆっくりと追っていらしてください。その間に【妖精契約】の報告でもして〉

グレアはそう言って駆け出す。まさに早馬！　——瞬く間に見えなくなった。それって逃げ足なのでは。ちょっ。

くるぅり…………と振り返ると、フェンリルの顔が近い。

〈お疲れ様、エル〉

「お、お疲れ様。フェンリルもね。ところで【妖精契約】について」

オーブとティトとは契約したものの、現在、逃げられております。

正直にね。

細かなことまで話すとけっこう時間がかかった。古代魔法云々、私が妖精の泉の霧も扱えた、などを話すとフェンリルは唸る。というのも、うまくいったからよかったものの相当な負荷になったはずだと。あそこを訪れたフェンリル族は下手を打てば「倒れた」など伝承が残っている。けれどめったにないくらい頼もしい雪妖精と契約できるし、私くらい魔力があれば魔力酔いはしない。それに私が望んでいた、私をかばって倒れてしまった雪妖精が生まれ直すならあそこだからって配慮してくれたらしい。まだ会えていないけど、いずれオーブたちにも探すことを手伝ってもらおう。

〈無事で喜ばしい〉

フェンリルはしばらく、私から離れなかった。

新しいことに取り組んでいるのは、私だけじゃない。

未熟な愛子を待つフェンリルも、冬姫に教育を施すグレアも、雪山探索隊になったばかりのクリスも、初の女王陛下を目指し始めたミシェーラも、みんな頑張っているんだ。

ふわさらの毛並みに埋もれながら、尻尾のなめらかな毛を撫でつつ、大きな後脚のイヌ科の爪であるとか、水色の肉球を堪能させてもらい、触れ合う時間で心を充電する。癒されるなぁ。

よーし！　と立ち上がると、フェンリルがこそりと呟いた。

〈やはりもったいなかったな〉

フェンリルが私の髪に鼻先を寄せたので、私も頬をすり寄せた。

フェルスノゥ王国に向かいがてら【妖精契約】を練習してみることにした。

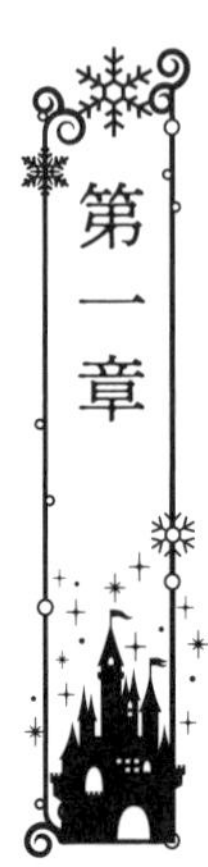

第一章

フェルスノウ王国へ

【妖精契約】というのは、妖精族を使役できるようになる魔法。術者の魔力で妖精を呼び出し、お願いごとをする。環境整備以外にも、内容は応相談だ。

「でも待って。ぜんっぜん反応してくれないわ！」

フェンリルと雪原を走りながら、魔法陣を作り出しているんだけど、うんともすんとも反応しない。なんで走りながらといえば、フェルスノゥ王国に早く行きたいし、獣の足を練習しておきたいから。ドレススカートの下からは獣の足と、ふかりとした尻尾が覗いている。

〈魔法陣は合っているのだな？　契約時に双方で魔法陣の形を決めるものだが〉

「そうなの？　あっちのゴリ押しだったよ。言われるがまま複雑な魔法陣にしちゃったなあ」

幅二〇センチくらいの円に、ペイズリー柄に似た模様が幾重にも描かれている。パターンがあるから必死に覚えた。暗記が得意でよかったな。そして二人と契約した影響か、思い出しやすい。

「わっ」

針葉樹から降ってきた雪を避けられずに、頭に被る。いつもより集中できていないみたいだ。

走行練習にはもう一つ理由があって、どうしてできないんだろうって弱気になりたくないから立ち止まって考え込まないよう走っているの。すでに魔法陣を作ること二〇回。作って、消して、魔力はあるから疲れはしないけど心が削れてくる。そろそろ成功してほしい。失敗をするたびにあちらに拒否されているような気持ちになっちゃうから……。

「オーブたち、泉にこもっていたから外の世界を見ることに夢中なのかも」

〈ああ、それは理解できるところもある。フェンリル族も、雪山で一生を過ごすゆえ〉

フェンリルはぐっと体を伸ばして、どこか遠い目をして遠方を眺めた。それからなぜか頭を下げてきたので、撫でてほしいの？　って手を伸ばしたんだけど、フェンリルは私のショールの端を咥えるとまた上体を伸ばす。ぶらーんと、宙吊りだ。何これ。

「あ、広いね……！」

はるか遠くまでの雪景色が高い視点からよく見える。

そしてフェルスノゥ王国と、その向こう側の海。海の向こう側は水平線ではなく氷の塊がある。雪解けとともにもっと向こう側まで見渡せるんだろうか。それにしてもすごい大自然だ。これだけの中で三〇〇年、フェンリルは過ごし続けて海の向こうを知らないんだな。その海の方角に私を向けている……。私が察したことは、フェンリルはこの雪山が大好きだけれど、海の向こうをイメージすることも楽しい、だろうか？　おそらく海の向こうの見たこともない国々が、冬の雪にどのように包まれているのか。とかね。

「あ、思いついた」

フェンリルが私を咥え直した。〈なに？〉とか言いかけたけど思い直した、って感じだ。落っことされるところだったのか……ひゅっと肝が冷えた。雪山の獣、天然なところがある。

「オーブとティトにもこの景色を見せてあげよう。私が声をかけるだけじゃなくて、招待したい。いいものがあるからおいでって。そこまでする必要はないのかもしれないけど、まだ知り合ってすぐだから、もっと気を遣ってもいい。そしたら契約魔法陣から顔を出してくれるかもしれない」

フェンリルはゆっくりと私を下ろした。

〈これから信用を積み重ねていくための、あえての距離感か。雪山に在るものたちはフェンリル族からの連絡を尊ぶのが当然だったが……ふむ。エルの発想はたしかに新しくて、気持ちがよい。私はこれまでの経験にとらわれすぎているのやもしれないな。やってみせてほしい〉

「うん！」

発想を後押ししてくれるフェンリル、まじイカス上司。

薄氷の四角いウィンドウを宙に作ると、それに妖精のような翅をつけた。リスペクトしていますよーっと見た目からアピールするんだ。ウィンドウをできるだけ軽くして、翅の浮遊力で宙に固定する。オーブたちの爪先をイメージしながら細ーい溝をつけていき……

〈……なんだこれは……？〉

フェンリルが伏せをするようにしてウィンドウを覗き込んでいる。グレアに見られたら作法を嘆かれちゃうだろうな。でも関心を持ってくれていて、嬉しい。

溝は、魔法陣の形。ただし反転している。

「映して」

コツン、と指先で触れてみた。すると、魔法陣が真ん中から波紋のように押し広げられて、四方を縁取るような柄になり、柄のない中央に、オーブとティトの姿がパッと映る。やったあ！

フェンリルによじ登りながら、くいっと指を動かす。ウィンドウが飛びながら追尾してくれる。

よし、よし。イメージしたのは魔法で飛ぶドローン。その性質がきちんと反映されているならとっても便利だよね。氷魔法、使い勝手がよすぎるなあ。思惑がきちんと備わってくれる。

「オーブ〜。ティト〜。やっほー？」

「〝やっほぅ!?〟」

ウィンドウに映っていた二人の後ろ頭が、バッとこちらを向いた。口の周りに果物の汁がついている……つまみ食いの最中？　ティトが顔を赤くして扇で口元を隠した。冬を満喫してるみたいで何よりだよ。

「繋がったね。あのね、二人に挨拶をしておこうと思ってさ。【妖精契約】してくれてありがとう。ほぅらこれが冬フェンリルの毛並みだよ〜」

「〝自慢げにそれだけなのか？〟」

「まずはこれ。そしてほら、景色のおすそ分け」

ウィンドウを前に動かす。どうだ、海の深い藍色と白雪のコントラスト、青空に柔らかな光。それはきっとオーブたちにとって新しいものだし、気に入ってもらえると思った。ウィンドウの中で二人はまばたきもせずにいっぱい目を見開いていた。

ここに呼ぼうとしていたけど二人が抱えているものが気になる。リスの尻尾だ。トカゲのように尻尾を切り離すリス種がいるって聞いたことがある。私もまだ見たことがない僻地(へきち)の珍しい種類だ。それくらい遠くで仕事をしてくれているなら、ここに呼ぶっていうのもなあ。

わずかにフェンリルを撫でたら、頷きで返してくれた。

「景色を見せたかったんだ。二人と通信できることもわかった。これからも引き続き雪山のパトロールをお願いしてもいいかな？　私はちょっと出かけていく用事ができたの。フェルスノゥ王国に」

「〃それは構わんが。この道具は一体なんじゃあ？〃」

「ウィンドウ・ドローンって呼んで。魔法道具……かな？　魔法陣でいちいち行き来しなくても言葉が交わせるでしょう。さっき呼び出したけど忙しそうだったから……」

オーブたちは言い訳するように六枚翅をリリリリンと高速で擦らせた。ぷうっと頬が膨らんでる。

「〃あの魔法陣は小さかった。だから入っていけんかったんじゃ〃」

「〃そうじゃ。真正面からぶつかっていったら胴体がまったく入らんかったわ〃」

「ど、胴体から。頭から入ってみるとかやらなかったんだ……まあそれされてたら、頭だけ魔法陣のとこで切れちゃったら怖いもんね。了解。私の魔法陣が小さかったみたいでごめんなさい」

「〃我らへの態度に気を遣うのは当然のこと〃」

「〃妾らの尽力に対して敬うのは当然のこと〃」

「当然ではないよ。努力してくれたことに感謝してるの」

「「〝お礼くれる？〟」」抜け目ないな。

「そっちにも氷のウィンドウが現れてるんだよね？　魔法陣がどちらもに現れるようになっているから。だったらそれを二人に差し上げます。好きに使ってくれていい。私の魔力を貸したら二人にも操れるはずだから、仲良く使ってね」

「「〝新しい！〟」」オモチャだ！　って続きそうなテンション！

ウィンドウには線だけが映る――というのは二人があまりにも高速で飛んでいるからみたい。よっぽどこのウィンドウが気を引いたんだ。この勢いで飛べるなら、雪山全体の見回りに非常に役立ってくれそうだ。ただ命じるよりも、気分も上がるし、いい取引ができたよね。

「〝わーかーらーぬーぞー。もっと詳しく教えよ、冬姫エルよ〟」

「〝このウィンドウとやらをどう考えたのか、我らに教えよ〟」急に顔のドアップ。

「魔法陣なら双方の魔力で作られるところ、私一人の魔力だけでウィンドウを創造して、魔法陣をあとから刻み込んで、そっちに干渉するときに私の魔力を多めに入れて、溢れ出した魔力でそっち側にも同じウィンドウを作る。魔法陣を反転させた結果、この荒技が可能になりました」

「〝あれじゃな。よきにはからえ〟」

思考を放棄した！　丸投げだ！　でも感覚派のオーブたちはもう結構捉えられているようで、ウィンドウの翅の色を変えたりと遊んでいる。さすが氷魔法の年季が違う。

「〝フェルスノゥ王国とやらを見せてくれぬか〟」

ピッ、と前の方に指を指すと、ウィンドウが北風に乗って動いてそちらを映す。

フェルスノゥ王国の裏側のはずだ。交易などは海側から行われるから。

しかし街全体が、雪山からこそ最も綺麗に見えるように整っている。お城の向きもこちら側が正面。それはあの国のまぎれもない敬愛の現れのように感じる。だからまだ行ったこともないのに、国のことがすでに好ましい。フェルスノゥ城の周りに城壁はあるものの、街は囲まれていない。それはフェンリル族が与えてくれる冬の雪が、いつもあの国を襲わなかったからだ。あそこは人間の営むべき土地として、吹雪を呼ばない安全地帯。もしもフェンリルの意図外で何事かが起きれば、氷の爪を持つ人々が素晴らしい氷魔法を使う。平民の家々がどのように守られるのかといえば、各々が生きられるように冬の底力を備えている。

街並みは優美だけれど、たくましさを感じる国だ。

「〝行ってみたい〟」

「じゃあ、ミシェーラにオーブ・ティトも連れてきていいかってまた尋ねてみるね。仲良くなったんだからこれから何度だって訪れるチャンスはあるはず。二人が見回りの努力をしてくれていた分、私も労（いたわ）るから。またウィンドウで話してくれる？」

「〝苦しゅうない〟」

苦しいどころかうっきうきだよ。体を揺すっていてほとんどスキップだよ。

さて、通信確認の目的達成。行くぞーフェルスノゥ王国へ！

〈エルの緊張もほぐれたようだな〉

おおっと。フェンリルはよいせって小さくジャンプして、私のことを抱え直したの、なんで？　抱え直したつもりなんだよね。私はけっこう高く跳ねることになって、ひしっとフェンリルの頭にしがみついたところだ。ほぐした緊張を倍増で再来させてはいけないのでは。なぁんか嫌な予感がするんですが。

「フェンリル。私、下に下りてまた走ろうとね」

〈新しい魔法を完成させたエルに負けていられないなと思った。私にも努力させてくれ。走行で〉

ノ――――――――！

っていう暇もなく、フェンリルはググッと後ろ足に力を込めて、前に。駆け出す。

軽快でありつつも戦車のようなどっしりとした動きだ。巨大オオカミだから体積・体重はけっこうなものだし、筋肉の動きでそれが軽快に見えるだけ。実際は迫力が半端ない。風をまとってするすると動いているけれど、このフェンリルと衝突したら車だって吹き飛びそうだ。

それなのに頭にノー・シートベルトでへばりついている私。

ウィンドウはなめらかに私たちについてきている。

「〃おおーっと、ここはもう山のふもとに近いところか。日中活動するフクロウが懐かしいのぅ〃」

「〃山の東側じゃろ。川が近い証に水の流れる音がする。見ろ、冬毛のキタキツネじゃ～〃」

オーブ・ティトの実況が入った。使いこなしすぎ！

二人は動物の分布にも詳しいみたいで一安心。機動力、体力、魔法の練度、知識。他の雪妖精の統率に私とのスムーズな連携（気分屋だけど）。いろいろあったけど契約相手がまずこの二人でよかったと思う。もしおとなしい雪妖精と先に契約してしまっていたら、気後れして、この二人とは契約できなかったような未来になっただろう。

ふんん！　と魔法を発動し、首の真珠のネックレスを、長い氷の粒紐(ひも)に伸ばして、フェンリルの頭に飾るように巻きつける。そして低く伏せて、感覚を研ぎ澄ませて向かってくる風をできるだけ緩和する。視界にキラキラと粉雪が舞う。その繊細さに一瞬見惚れた。……風がなくなりさらに走りやすくなったらしいフェンリルが加速する。ご機嫌だ。

「〝あー、冬姫エルにおかれましては、形相に難がありおるなぁ……？〟」

必死の形相なんだよぉ！　もー！

❊裏門

(フェルスノゥ王国裏門・とある狩猟一家の見たもの)

今日もまた空が晴れ渡っている。冬のひだまりなど、現れたら貴重なものだったのに。

裏門がよく見える。濃い茶色と淡いクリーム色の木を組み合わせて作った半円型の裏門は、毎年吹雪に吹き付けられて木がくすんでいるのが常だった。しかしこのたび訪れた冬は、この飾られただけの木にも恩恵を与えたのか、表面が艶やかだ。ここに結ばれている色とりどりのハンカチーフをシワばかりの手で結び直す。これは狩りや採取に行った者たちが、吹雪の中でもここに帰ってこられるようにという目印。儂のように狩りができなくなった老人連中がこの結び直しの役割を担う。

雪山は豊かな食料があれど、己らが動物の食料になることだってありえる。

人間を生き物に戻してくれる雪山は平等で、儂はそのふもとに生きることが誇りだった。

しかししばらくは都の方に住処を移していた。

五度の枯れた冬を越えて野山は荒れ、狩る動物もいなくなったからだった。痩せた動物や草木をかじっていては死が近くなるばかり。そうして離れたというのに、冬がまた訪れた今年、村の裏門がたしかに潤っている。

まだ、フェンリル様が見捨てずにいてくださる。

せっせと、それはもう気持ちを込めてハンカチーフを結び、拝んだ。

狩猟村の方からはトナカイの鳴き声やオオカミの足踏みが聞こえてくる。そして雪山の方から孫が駆けてやってきた。無事に帰ってくると知っていた。晴れていて視界も明るく、ふもと付近であってもさまざまな動物がいると聞いていたからだ。ぐっ、とハンカチーフを握り込んで外した。

そして孫の胸元にくくりつけてやった。やれやれ、背が高くなった。

「じいちゃん！　ただいま。鹿を仕留めた。肉厚でうまそうだろう」

「オオカミがよく働いてくれたようだの」

言い当ててしまったからか、孫は口を尖らせて毛皮帽子を目深に下ろしてから、オオカミに寄り添う。

儂らはオオカミを飼う。オオカミは鹿などを追い込み、ときには牙を突き立てて、狩りを手伝ってくれるからだ。賢く強く、孫のように幼いものほどよく助けてくれる。彼らとともに生きるため必要なのは狩りを行っていいただいいいた対価だ。鹿の頬肉を切り取って、食べさせるように孫に言う。しかし立ったまま行おうとしたので叱った。こういうときは雪に礼の品を置き、己は少し下がりしゃがみ込むのだ。

「なんでぇ？　食べさせる方が愛情伝わるかなってボクは思ったんだよ……」

「手ずから食事を与えるなど友にすることではないからだ。距離感を見失うな。オオカミが儂らに手を貸してくれるのは、大精霊フェンリル様に変わられた姫君たちが人間を気にかけて、オオカミによくよく言い聞かせてくださるからだと言われている。エルザ・レア・シエルフォン様、ノーウェ・レア・シエルフォン様、アリステラ・レア・シエルフォン様――」

まーたその昔話？　と、孫はいっちょまえに大人びて苦笑してみせた。けれども聞く姿勢になっている。それはこのたびの冬の訪れを見てから現れた変化。物心がついた頃にはすでに冬の恩恵は乏しく、枯れた土色の山肌を背に育ち、ひねくれていた孫がやっと冬の奇蹟（きせき）を体感したからだ。

孫の帽子を直してやりながら、遡るようにこの子の昔を思うとため息が出た。

伝統行事のときには裏門に上って盛大に叱られていた。オオカミにいたずらをして吠えられる度胸試しがはやったこともある。この子らはどう冬フェンリル様を敬っていいのか、知らなかった。狩りに失敗続きの両親を見て、自分は将来商人にでもなると豪語したこともあった。

「わ。また雪だ。すっげえ柔らかい」

孫のくすんだ金髪に雪が降り、しばらく溶けずにとどまる。不思議な雪をこの子らは普通と思いながら生きていくことになるのだろう。たぐいまれな豊かな冬を与えられながら。

代替わりの直後には幼狼様が珍しい冬を呼ぶ。そして二〇年後には恵みの最盛期を迎え、わずかずつ力が失われてゆくのだと伝わっている。もっとも豊かなときを生きていくこの孫は、そして子孫は、恵みの中にい続けるのだろうが。……。

「枯れて苦しかったときを忘れてはならんぞ」

「当然だよ。だってぇ、ついこないだまでいっつも腹減って、体も凍えるみたいだった。だけど恵みのおかげで満腹になれるし、指先が綺麗な氷色になってからは冷たさが気持ちいいくらいだよ。比べるから良さがわかる、だろー」

それは儂が毎年言い聞かせておった言葉。去年よりも枯れている、だから次は治してくださる。次こそは。次は。そうして空腹のまま集落を離れることになった。それなのに覚えていてくれたか。フェンリル様からの冬がない間、言い聞かせるのは骨が折れたが、報われた。

実家の裏庭の解体場で、鹿を裏返してみる。ほう、血抜きの代わりにささやかな氷魔法で傷口を凍らせておる。ここ最近、遅れながら氷魔法が使えるようになった若者が多い。儂が黙って解体を進めていくと、他の家の子どもがやってきたので孫が氷魔法を教え始めた。子どもたちはこの集落に初めてやってきた、チビたちだ。さまざまな物事に関心を持つのは、儂らが扱っているのが、良いものだと感じているからだ。鹿は肉がうまい。足元のオオカミたちは賢く頼もしい。

「ねーぇ、おじいちゃーん。オオカミ、って呼んでいるだけなのにさー、誰を呼びたいのか、わ

かってもらえるのってどーしてー？　そーいえば、なんでみんな名前ないのー？」

「名付けてはならない。それは儂らの領分ではない」

「「ええ？　どういうことー？」」

「つまりさぁ。フェンリル様たちの眷属のオオカミを、ボクらはお借りしているだけなの。一緒にいるからってペットじゃないの。真名は、魔力が宿るっていうくらい大切なものだから、勝手にボクたちが名付けてしまってはダメ」

孫は得意げに言って鼻の下をこすり、にやりとしていた。

今となっては、フェンリル様のことを知りたがる子どもたちに説明できると非常にモテる。

オオカミの賢い瞳が儂らを眺めている。息をするようにお互いの意思を察し、友のようにそばにいてくれる。狩猟一族の儂らは死んだら魂がオオカミになるのだとも言われておる。オオカミは名前をいただかないままに過ごし、フェンリル様の純粋な眷属として生活し、死後、また人間に生まれ変わるのだと伝えられている。

夕飯前、外の小さな調理場でつくられたシチューの味見を前に、孫の目が輝いていた。

「大いなる雪山に敬意を」

「冬の恵みに感謝を。でっかい肉をくれて、ありがとうございましたっ！」

余計な一言がついたが、今はそれでいい。飢えた腹を満たした時、最初の感謝が生まれるのだ。

からからに痩せて死んだ獣の骨だけのスープをすすることもあったが、今では、ふっくらと厚みのある肉をかじることができる。

先ほど剝いだ鹿の皮。その毛皮の見事さにも驚かされた。なんと立派な冬毛なのだろうと。良い毛皮のコートを作れる。孫にやっと、狩猟一族の証を贈ってやれる。

ああフェンリル様、フェンリル様になられたお方、感謝申し上げます。

早々に食べ終わった孫に、薄く削いだ鹿肉を渡してやる。

「暖炉で炙っておいで」

弾けるように孫が駆けていき、ブーツを脱ぎ散らかしてスリッパを履いていく。慌ただしい音が聞こえた。玄関先から、部屋に上がるときに靴を脱ぐ習慣は、儂ら狩猟一族に伝わる伝統的な作法だ。部屋に入ってから短時間でどれだけの靴下を重ね履きできるのかという勝負をよくする。そのときに珍しい靴下を履いた方が勝ち、というルールを使うときもある。くっくっ、と笑い、腰を伸ばして空を見る。

――明るい。

「じいちゃん！　持ってきたから一緒に食べよう。あとちょっと服の裾が焦げた」

「失敗は糧だ。今度はもっとうまくやれる。儂にも持ってくるとは、優しい子だね」

「んー、たくさんあるから。いっぱい食べられるなら分けやすいし。ちょっと前、非常食の瓶空っぽにしたのはごめんってぇ……」

ばつが悪そうな孫の頭をわしわしと揉んで、儂の帽子を被せる。足元には簡易なブーツを履いていたから、その履物では今年の冬に埋もれてしまうよ、と注意をした。柔らかな雪だ。これからはこの冬が毎年、やってくるのだろう。視界が一瞬うっすらとにじみ、涙が凍って目の周りがひんやりとした。炙った肉を噛みしめると、じゅわりと命の濃い味がした。

──ウオオオオオオン!!

いきなり、オオカミたちが吠える。

集落の家々のどこの庭からも、オオカミの遠吠えが聞こえてきた。あまりに一斉に鳴くので凍った目を鋭くして周りを見渡す。害獣がやってきたときの警戒音でもなく、誰かが負傷したときの救援音でもなく、初めて聞く響き。なんだこれは。

「じいちゃん、あれ……!」

オオカミたちが一斉に走り出した。

孫の手をひったくるように掴み、儂もそちらにゆく。

危険なら孫は置いていく。けれどどうしても、そういう響きに感じられなかったのだ。老骨はオオカミに近しいから心が引っ張られるのだ、とは言い伝えだ。

「おおお……!」

雪山から下りてくるものがある。オオカミたちはそれを待つように集っていた。敬うように伏せて頭を下げていた。

白銀の、ひとつの小山のような存在が下りてくる。

ゆったりとした速度で、淑女のように足先をのびやかに運んで。

「フェンリル様」

このときの感動をなんと言おう。氷の爪先がじんわりと冷たく、加護をいただいたと知る。凍えていた体の芯が、冬の空気に溶け込むようにほぐれていった。ともにこの冬に生きようとおっしゃるようだ。おお、おお。孫が夢を見るような声で呟いた。

「綺麗……！」

❄女王のスノゥロード

フェンリルってばさあー……。この雪山のふもとまで半日？　ぶっ飛ばし？　さすがにおばか。

〈やりすぎたか〉

ほんとそれですわ。

ワタシ、ヒンシ、大の字にうつ伏せになって悲惨な格好でフェンリルの頭にしがみついている。上から見たらすっごいダサいはずだ。冬姫のイメージというものが残念極まりなくなる。走行のときにまっすぐ前を向いていたから頭が揺れなかったので酔わなかった。ただし真珠のネックレスを伸ばして両方の耳に手綱がわりに引っ掛けてしがみついていた私の握力が死んでいる。

「〝おおー先代よ。ティアラのようじゃ〟」

きっと正面から見たら頭の真珠は綺麗なんでしょうね。私がくっついててごめんというやつ。

「〝冬姫よ…………〟」

「どっせい」

気まずそうにしてるオーブとティトの声に負けてたまるかですよぉ。

なんとか上半身を起こしてフェンリルの頭の上に座り込んだ。目がちょっとかすんでて、遠くの方にでっかいクリスマスリースが見えてる。ゴシゴシ擦って見つめ直すと、半円型の裏門らしいとわかる。どうしてあんな形なんだろうね。メルヘンだ。

「うわ。人があんなに……」

〈集まってきているな。オオカミたちも来ている。雪山からフェンリルが下りてきたのだから興味があるようだ。ふぅむ、ここらで冬を呼んでみるものだろうか？　エル、どのように思う？〉

「私に聞いてるの？　フェンリル」

驚いて、グッと胸が詰まった。

フェンリルから尋ねられることはよくあるけど、それって私に教えることを目的としてまず現状理解の把握、って聞き取り調査のようなものだった。そしてフェンリルが正解を教えてくれて……。今回は、正解を相談されているようなニュアンスだから。

どきっとする。

〈人間の価値観に近しいのはエルの方だろう。私は獣になるときに人間の記憶をなくし、三〇〇年をこの雪山で動物たちと生きてきた。だから聞きたい〉

「わかった」

ふー、すー、と深呼吸して落ち着いて、自分の考えを整理する。

「ここでは冬を呼ぶ魔法を見せなくてもいいと思う。動物たちにはそれが最も効果的だったけど、信仰としてフェンリルを敬う習慣がついているフェルスノゥの人々にとっては、あなたみたいな存在が直接姿を見せてくれたことで十分なはず。もしも他にも巨大オオカミがいたら別だけど」

〈私しかいないよ。そしてエルしかいないね、私を巨大オオカミなどというのは〉

くっくっ、とフェンリルが喉で笑った。

そして少しだけ、頭が沈む。というのはフェンリルが肩の力を抜いたから。フェンリルも緊張していたのかな。人間とはほとんど交流がなかったっていうし。まあ私みたいに、すぐ最近まで人間と交流がありすぎてトラウマ抱えてるよりもいいと思う。お腹に手を添えてさすった。

「〝冬姫エルのあの仕草は新しいのう〟」

「〝妾もやってみるのじゃ。うひょう、くすぐったい～〟」

捉えられ方が予想外だったけれど、二人の機嫌がよいのでそのままスルー。

「〝おや。クマが暴走しておる。そっちに対応をする〟」

「〝そなたらを見ていたら獣に乗ってみたくなったわけではないぞ。手段として乗るだけじゃ〟」

「クマ⁉　わかった、気をつけてね」

二人が背中を向けたので、こっちのウィンドウを消しておく。

というのもウィンドウに向けて、猟銃が構えられていたから……。

毛皮の民族衣装をまとった狩猟民族らしき人々が、オオカミが唸る方に銃口を向けている。

〈〝ウィンドウ・ドローン〟というのはこれまでにない魔法だ。オオカミたちはこれを、私に害の

あるものではないかと警戒したようだね。怖がらせてすまない、エル〉

「そそそれはね、ビビビビるよね。銃だもん。銃。なるほど、異世界人の魔力と古代魔力が混ざっていたからあのウィンドウは異質に感じられたのかな。今度使うときには気をつけてみようっ。両方に悪気がないのはわかってるの。うぐぐ」

〈震えが止まらないようだな〉

「ご～め～ん～。銃はわりと衝撃が大きかった」

地球においておそろしい武器だから。こっちの人々は生活のために使っているのは、服装を見ても明白なんだけどね。こうして体が勝手に震えたことによって、人類にもたくさんの本能が残っているとわかる。考えるよりも体が反応してしまうことはきっと多いんだ。

人々が、少しずつにじり寄ってきている。雪国特有のすり足だ。

〈私はすでに敬われている、か〉

フェンリルは穏やかな声をしていた。

そしてグッと胸を張り、前足でタンと雪面を叩く。そこの淡雪が払いのけられて、シンプルな魔法陣がまずは一つ現れた。それから人々の方に向かって、二つ三つ四つ……！　並んでいく。

「何をするつもりなの？」

〈エルを怖がらせた仕返し。なんて考えていないよ。ただ双方にとってどうしたら住みよい冬になるだろうかと願いを込めた魔法だ。人はこちらに敵意を向けず、私たちは安心して歩めるように。いや本当に仕返しなんて考えてはいないが〉

「なんで二回言ったの不安になるじゃん……私が可愛がられていることはわかったけど」

わっ！　フェンリルの遠吠え。

魔法陣を突き破るようにして氷柱が生えてくる。

かなり太く、直径三メートルはありそうな六角柱が夕焼けを浴びてきらめいた。

はるか向こうまで――！

等間隔で並びつつ木琴の裏側のようにしだいに高くなってゆく氷柱の、一番手前、低いところにフェンリルは前足をかけつつ、軽口を言った。

〈エル、知っているか？　フェンリルは空を飛ぶ〉

「翼がないのに！　えーと。地上を歩けないなら、空を行けばいいじゃないって感じ？」

〈その通り〉

タン！　タン！　タン！

浮遊感。

この高所での足運びであっても、フェンリルは危なげない。

淑女がハイヒールで歩くように、優雅に足並みを崩さない。

下にいる人々がぽかんとした顔で、あるいは顎を落とした驚愕の表情で、感激に涙を流しながら、うっとりとしながら、フェンリルのことをめいっぱい見上げている。

ふと、私のことを指差す人がいた。

「綺麗な女の子が乗ってる……!?」

フェンリルがくれたこの容姿はすごく綺麗だけど、なんだか、人間に言われるとこそばゆい。雪山の動物たちがそう言うよりもニュアンスがわずかに違うから……かな？　私もまた人間として、女性として見られているような——考えすぎか。自意識過剰だったかも。そっと手を振って、前を向いた。周囲に氷柱が並び立つ大通りをフェンリルは進んでいく。

景色がどんどんと変わっていく！

さっきのふもとの牧歌的な風景も私にとっては珍しくて観光旅行をしているような心地になったけど、そこからまた新たなクリスマスリースのような門を過ぎると、石畳の道が敷かれていて家々がきちっと並んでいる。

雪かきされている石畳の道が青灰色。そして木組みの家々は壁ごとにさまざまな色をもつ。それでも家の形が統一されているからまとまった印象がある。壁に直接絵が描かれているのが目を引く。

また門の上を通ると、街並みが変わる。

クリーム色の淡い色味の地域だ。

三階建ての洋館が立ち並ぶ姿は華やかだ。ここには商店が集まっているらしくて、一階がガラス張りのショーウィンドウ。二階が倉庫。三階が住居みたいだ。ベランダからは冬特有の植物が生え茂っていて、ウィンターリゾートのような優美さがある。

しだいに都会的になっていくけれど、合間の空間には針葉樹が植えられていたり、緑が多いのでリラックスできるような風景だね。もしもここを歩くなら、公園にも行くとよさそう、とかアイデアが膨らんでくる。側のパン屋さんで昼食を買って、お茶屋さんで温かいボトルを買い、公園のべンチでランチとか……。穴の空いていないドーナツショップとアイスクリームショップ。北国の方は効率的にカロリーを取るために濃厚なアイスクリームを好むそうだ。

とか、観光助成事業のヘルプに貸し出されて三日三晩マイクを持って町々の説明をした経験がわりとしぶとく残ってて、つい感想を考えてしまう。

「わあ。あれがフェルスノゥ城」

大通りの真正面に見えてくるなんて素敵。

シンデレラ城を彷彿（ほうふつ）とさせる、雪よりも白い純白の壁。青いとんがり屋根に、氷文様の旗がひらりと舞った。

門の前を警備していた騎士さんがこっちを見上げて敬礼していて、剣を構えていないことを嬉しく思いながら手を振った。騎士さん初めて見た。雪国の騎士服はロングコートでスマートだ。

フェルスノゥ城にはいくつか塔のような場所がある。そこなら屋上がバルコニーだから、下りるのに良さそうかな。フェンリルもそう考えたのか、ちょうど氷柱が塔の方向に向かっている。

ふと、バルコニーに人影が現れた。ふわふわしたシルエットをしてて、可憐（かれん）な声で叫ぶ。

「冬姫エル様！」

あっ……！

「ミシェーラだ」

白金のウェーブの髪と水色のドレスがなびいていた。袖のところに手のひらを添えながら腕を振る彼女の仕草がおしとやかで、これぞお姫様という印象を抱く。お付きの人はいないのかな。肩で

息をしているくらい、ものすごい勢いで塔を上がってきたみたいだから、振り切っちゃったのかもしれない。ミシェーラはそういうところがある。雪山に来たときも先陣を切って挨拶したりと、とても勇敢な女の子だ。

お城に来てすぐに会えたのはラッキーだった。返事をする前にフェンリルに相談する。

「ついミシェーラって呼ぶ癖がついてるけど、このお城では、姫様、って呼ぶのが常識だったりするかなぁ？」

〈私は元王族ではあるものの、人の記憶を忘れているんだ。マナーについても力になれなくてすまない。直接ミシェーラ姫に聞けばいいよ。フェルスノゥの国王よりもフェンリル族の方が地位が上だし、エルの質問が嫌がられたりしないはずだ〉

「そっか。ありがとう」

いったん〝ミシェーラ姫〟と声をかけてみて、反応をみてみよう。どちらが正解なのかわからないときは、失礼じゃない方を選ぶのが定石だ。

さて、塔の真上に来た。……今、バルコニーよりもかなり高いんですが、どうやって下りる？

バルコニーはあまり広くなくて昔ながらのレンガ調だから、フェンリルが丸ごと下りたら強度が心配。

ミシェーラが駆け寄ってきて腕を広げている。これは、私のことを迎える姿勢ですか……!?

〈ははは！〉ってフェンリルが笑いながらミシェーラを見下ろしている。

〈あの子にエルのことを任せようか。さあ、勇気を出してごらん〉

「勇気の出しどころだっけ、今って？　二人とも、何を通じ合ったの……うわあっ」

ささやかに抗議したんだけど、しがみついていた白銀の毛並みはまたたくまに光を帯び始めて、これって、獣が人型に変わろうとしている。ものすごく大きなフェンリルが人間に変わるならば、私はまっさかさまなわけで――！

風！　風で自分を包む！　落下速度軽減！　アクションゲームか!?

――ミシェーラ、ナイスキャッチ。

抱きとめてくれたから無様を晒さずにすんだよ。私のミニドレスとミシェーラのロングドレスのドレープがばさばさと風になびいた。ミシェーラはほっそりしているのに私を抱く腕は力強い。北の民は足腰が頑丈って言っていたけど、本当に体幹が安定している。お姫様であってもミシェーラは猟に出たりエゾシカに乗ったりとアクティブに過ごしていたんだっけ。

身体強化魔法を使っているのかな。ありがとうって言おうとしたとき……ぐええええ腰がしまってるううう！　ミシェーラはぽうっと頬を染めて、私の背後を夢中で見ていた。

人型になったフェンリルが下り立つ、足の裏が二回トンという音を、獣耳の方で聞いた。

そっか。フェルスノゥ王国の人々が、フェンリルが人型になったところを見るのは初めてなんだろう。信仰してきた大精霊が、たいそうな美貌の半獣人姿で、さらに人の言葉で直に会話ができそうだなんて興奮して当然だ。それにしても腰の締め付けがきついですううう。アームコルセットのよう。

「迎えてくれてありがとう」

「……！　当然でございます。ご足労くださり、心より感謝申し上げますわ」

「ここに来たのはエルの意思だよ」

フェンリルはそれだけ言って、私に主導権を譲ったらしい。ミシェーラの腕に指先で軽くトンと触れる。獣型のときには動物がなかなか近寄れない威圧感があったけど、人型になるとぎゅっと内側に魔力が凝縮されているのか、雰囲気が和らいで優しい印象になるんだよね。フェンリルが何かしたのか、ミシェーラの腕の力がふとゆるんで、慌てて彼女が抱きとめ直したときに、ようやく私の顔色に気づいて、謝られた。

ミシェーラは真っ青になっているので、よしよしと撫でて落ち着かせておく。

もともとフェンリル族に近しい多量の魔力を持つミシェーラは、触れ合いによって私たちと同調することができる。私が怒ってないのわかるよね？　ごめんなさい、って言ってくれたからもういいよ。

「人型のフェンリルがすごく素敵な姿だから、びっくりしたでしょう」

「ええ、ええ。その高貴な心が現れた美しい姿をしていらっしゃいます。冬の加護をいただく民として生まれたわたくしたちは幸せ者ですわ……！」

ミシェーラの頭の上で幻覚の獣耳がぴこぴこ揺れているかのよう。ふふふ。興奮冷めやらないのか、ミシェーラはまた私の腰を「ほっ」と軽々持って、バルコニーの端の方まで運んでいった。いつになく衝動的に動いているみたい。表情が明るいや。弾むような足取りだ。

「ここから街を眺めてみていただきたいのです。冬姫エル様」

「この景色って…………！」

すごい。あの街並みにはしかけがあった。上から見ると雪の結晶の模様になるよう、こだわって区画整理されていたんだ。

フェルスノゥ城前の六角形の広場を中心にして、大通りの道が、すうっと六方に延びていき小道が枝のように分かれていく。ザ・雪の結晶の形【樹枝六花】だね。フェンリルがここに来るために使った氷の柱が、夜に包まれかけた街々の中で天然の街灯みたいに光っている。

「冬への感謝を忘れないために。いつか冬フェンリル様にお見せできるようにと……！」

ミシェーラが己の声を風に乗せた。街まで吹き抜ける。

私は獣耳に集中してみると、人々の興奮の声が集まってきた。

おそらく、ミシェーラは自分の感動とフェンリルの来訪というイベントを、せっかくなら活用しようとしたんだろう。それってお得だよね。しっかりしたお姫様だ。クスリと笑うと、ミシェーラは肩をすくめてからそっとお辞儀をした。左足を後ろにわずかに引いていて、もしも私たちが怒った場合には土下座していたのかもしれない。それでも国のために。お姫様としての彼女が背負っているものの大きさが感じられる。バルコニーの端にいるので手を繋いだまま問いかける。

「ミシェーラ姫」

「申し訳ございません、すみませんでした、わたくしでよければなんなりと罰してくださいまし!!」

「え、そんなに謝らないで!? 私、怒ってないよ」

「わたくしの粗相によって、以前のように呼んでいただけないのだと思って……」

「そういうことか。違うよ、事情があるんだ。ここではお姫様って立場のあなたが、フェンリル族に大事にされていないのかと、呼び方によって勘違いさせちゃうのかなって。フェルスノゥ王国においてフェンリル族は王族のことをどう呼んだらいいか、教えてもらってもいいかな？」

「まあ。ぜひ、親しみを込めて、ミシェーラと呼んでいただけたら嬉しいですわ！」

ミシェーラは豊かな胸を弾ませて、期待を込めて私を見つめている。

「ミシェーラ」

「はいっ」

「じゃあ私のこともエルって呼んでね。あーでも、これはフェルスノゥの方々が納得しない？」

「はい。正式名称にて〝冬姫エル様〟と呼ばせていただけたら……いいえ、この物言いはずるいですね。ごまかそうとしてしまいました」

ミシェーラは真実を話すという決意で、氷の爪を胸元へ。

「けして悪意なく語ることを信じてくださいませ。フェルスノゥ王国の国王・大臣が認めてからようやく、冬姫様とお呼びするという国の伝統がございます。それまでは冬姫フェンリル様、とお呼びする、と区別されております。つまりまだ謁見が済んでいないと周囲に知らせるための、こちら側のルールです。ご不快でしたら申し訳ございません」

「そっか。ミシェーラたちが〝冬姫様〟って呼び名を大事にしていることは、雪山ですでに聞いていたから意外じゃない。ここに来させてもらった立場だから、みなさんが困らないようにできるだけルールを守りたいよ。冬姫エル様って呼んで。これから認めてもらえるように頑張るからね」

「寛大なお言葉、感謝申し上げます」

ミシェーラがふんわりと微笑む。正直に言ってくれるくらい信用してくれて、こちらこそ嬉しかった。人間社会の中で認めてもらえるのって、これまで失くしていた機会をプレゼントされたような気分になる。だからこの先どうしたらいいのか、早く知りたい。

「ちなみに謁見って？」

「幼狼様のお披露目ですわ。玉座の間にて、国王たちの前で冠を被っていただく儀式がございます。代々、継承のあとには先代フェンリル様が幼狼様を連れてこのフェルスノゥ王国を訪れてくださるので、こちらからのおもてなしとして最も素晴らしい冠を贈るのです」

それが行われたのはおそらく三〇〇年前。

ほとんど伝説に近いであろうフェンリルの来訪に立ち会えて、しかも友好的に話しかけてくれるなんて、私が察する以上の途方もない喜びが、フェルスノゥの人々にはあるんだろうな。

秋の実りが枯れ果てた頃に、恵みの冬をくれてお腹を満たしてくれる存在。雪降る土地を平和に保とうとしてくれる存在。大精霊として、生きるものに等しく愛情を注いでくれる存在。ふとフェンリルを振り返ったら美しかった。

山のふもとの狩猟民族の方々のあれだけの動揺も、当然だったんだろうなぁ。

「謁見と戴冠、引き受けさせてもらうからね。私、まだ幼狼に変身はできないんだけどさ……」

「冬姫エル様のお姿を見たら、フェンリル族の後継であることは明白ですもの。きっとよい結果になります。わたくしどもにお付き合いくださりありがとうございます」

ミシェーラが手のひらを差し出してくれたので、扉の方へとエスコートしてもらう。

石造りのバルコニーは雪が降ったそばから吸収するという特別な造りのようで、足元を邪魔しない。こんなふうに整地されたまっすぐな場所を歩くのって久しぶり。人の文化、でも日本とは違う文化。旅行にでも来たようなふわふわとした足取りで歩みながら、ふと後ろを振り返る。

(フェンリル)

――って、声をかけられなかった。

彼はひどく懐かしむような思い浸っているような表情で、街並みを見下ろしている。少し遅れて、やっと私たちを追って扉の前に来た。

「ここは私が加護を与えた中で最も大きな〝群れ〟だ。私も感動しているのかもしれない。こんなにも広大な創造物を、何代にもわたり守ることで、冬への感謝をいつまでも伝えてくれていたのだから」

フェンリルは代替わりしたとき、人間だった頃の記憶をなくしている。

だから大精霊として物事を見る。ミシェーラは微笑みを浮かべつつ、さみしそうな雰囲気もあった。もしも彼女が代替わりをして幼狼になっていたら……同じように記憶をなくして、彼女が大好きなフェルスノゥという国を〝群れ〟として新しい目で見たのかと、想像したのかもしれない。

たくさんの氷魔力を持つ者として、私たちは近しくて、時々気持ちが混ざる。懐かしくて新しくて。大精霊として人間として。けれど、雪に覆われた冬の世界に愛情を持っていることは、みんな一緒のようだった。ふと三人ともが顔を見合わせて、笑う。

「フェルスノゥ王国を見させてもらうの、楽しみだよ」

「ええ！　もちろん、最高のおもてなしをさせていただきますわ。正直なところ、少々不安はございます。雪山でわたくしどもがいただいたのと同等以上の感動を、お二人に差し上げられるかしらって。けれど街並みを褒めていただけて自信になりました。わたくしたちには、わたくしたちなりの誠意の尽くし方があり、伝わるのだと」

さっきまでのさみしげだった雰囲気も和らぎ、ミシェーラは明るく頷く。

姫様として硬かった言葉遣いはずいぶんとほぐれてきていた。

「これからわたくしも頑張らせていただきますね。うふ、うふふふふ……」

えっ。どうしたんだろう。なんか黒い。顔の影がなんだか濃い。

これは……ストレスがたまりすぎてて一周回ってノンストレスになり吹っ切れた系の社畜の顔だ。

「だ、大丈夫？　疲れてたら休んでも……」あっ。

これグレアが私に言うやつじゃん？　で、こういうときの返事って決まってる。

「フェンリル族のお二人よりも優先することなんてございませんもの！」

他人を見て我が振り直せ、ね。ちょっとわかっちゃったかも～。

私は〝頑張りたい病〟のやばさをちょっぴり学びましたよ。

第二章

城の階段

バルコニーからの螺旋（らせん）階段を下りていく。横に四人が並んで歩けるくらいのスペースがあり、けっこう広い。けれどミシェーラがたった一人きりで来たのは、身体強化の魔法を使って爆速で駆け上ってきたから護衛を振り切ってしまったそうだ。私、大当たり。下りたところに待機してるだろうって。

だんだんとまたミシェーラの話し方が仰々しくなっている。

国民の前の姫様、という感じ。

「兄たちから経緯は聞いております。少女はこちらで安静中ですわ」

「ああよかった！　ありがとう」

「こちらこそお礼を言わせてください。……それ以外の訪問理由としましては、通信道具（スマホ）のご相談と、雪山に現れた機械怪物の見学がご要望ということで間違いはございませんか？　他にもありましたらお気兼ねなく伝えてくださいね」

「うん。スマホはねー、今、充電切れみたいなんだ。画面が黒くなってうんともすんとも言わなくなっちゃった。電気をなんとか充電できたら復活するのかも。まだわからないけど。そうしたらミシェーラたちに立ち会ってもらいつつ、親元に一通だけメールをしたい」

「メール……通信道具というからには、連絡手段ですか。エル様がこちらにいらしたのはまったくの偶然とうかがっておりますから、ご両親はさぞ心配なさっているでしょう」

「そうだろうなあ。……まだ、なんて送るかは決めてないの。でも一通だけで終わるつもり」

「そうでしたか」

ミシェーラは言葉を選んだのか、これについてはシンプルな返事が来た。どんな文章にしようかなって相談もしたかったけど、あとにしよう。

空気を読む社畜スキルに、ピンっときたから。

ふとミシェーラはドレスのドレープに手を差し込んで、短い杖（つえ）を取り出す。それは銀色でレイピアのような鋭さを持つ、綺麗なアイテム。壁をたまにコツンと叩いている。不思議に思いながらも、彼女の静かな声を聞く。

「フェルスノゥは小国ながら大精霊様のご加護をいただく国として、魔法省がございます。そちらにスマホの調査を依頼しましょう。電気が通る、というのがわたくしではピンときませんが、この世界で動いていたものを復活させることでしたら魔法省の領分ですわ。この世界の万物は魔力を帯びております。魔力を調査することによって物の本質がわかるのです」

「この世界にとって魔力はファンタジーであり科学なんだねぇ」

「透視という技術なども使えますし」

振り返ったミシェーラが、自分のぱっちりとしたアイスブルーの瞳を指す。

透視＝スキャンってことね。

「異世界の落し物であっても魔力を帯びていることは確認されておりますわ。以前、動くうちに落し物の魔力の変動を記録したことがあり、同じように魔力干渉することによって、機械を永続的に動かした例もございます。わたくしが気に入って使っているトランシーバーもそう」

「電波は空気の震えだから、それを魔力で扱えたらできるのか……なるほど」

「スマホは沈黙しているのですよね？　けれど似た実験記録を適用できるかもしれません」

助かる！　さくさくと話が進むので、ミシェーラとの会話はいつも楽しい。

「最新の魔法論文では、魔力があるからこそこの世界に存在していられる、と逆説的なものも発表されておりますよ」

こう、魔力によって存在確定されている、識別されている、みたいな？

ふわふわしている。定義がうまく摑めないせいで、整理が難しいな。

「んー。魔力というものは『情報』なのかもしれない……」

「まあ。冬姫エル様、それですわ」

「それでいいのかな？　しっくりはくるけど」

「わたくしたちは生まれたときから、当然のように魔力を使っています。当たり前、を客観的に見ることは難しい。しかし魔力を知ったばかりだというご見解からはそのような発想になるのですね。

お兄様に伝えてみてください。目の色を変えて食い付き、仮説を研磨するでしょう。論文を依頼するのもいいですね。こき使ってください」

「これまで秘境にいたフェンリルが急に論文とか出してきたら、びっくりされそう」

でも面白そうだしこれから異世界の落し物の相談がしやすそうだから、論文、いいなあ。クリスとこういう話をする約束もしてるし、進めてもいいかもね。

どれくらい下りただろう。人間の人工物・階段は、わりと足が疲れてくる。野山に慣れすぎた。気を紛らわせるためにミシェーラに別の話題を振る。

「【機械怪物】についてだけど、雪山の方では新種は見つかってないよ。今、私の契約妖精たちに見回りをしてもらってて、何かあればこっちに連絡が来るようになってるんだ。こうやって――」

ウィンドウを出そうとしたときだった。

ミシェーラの腕が一閃（いっせん）。

剣技のように切ったら、くしゃっとした草が落ちていく。

「え。外来種の草？」

「目がいいなエル」

「ゆったり褒めてるところじゃないと思うよ、フェンリル。いやでもありがとう。ねえ、ものすごく茂ってきてる、何これ！　ねえ、手助けしないの？」

「私たちを招くと言ったミシェーラ姫の実力を見せてもらうとしよう」

これくらいイノシシの襲撃よりも軽いしな、ってフェンリルの基準がザル。野性的。

ミシェーラが腕を動かすたびに外来種の草がぶっちぶっちぶっち切れていく。茎の途中を凍らせてぶっつんと切断しているんだ。ただし量が問題！　そしてまるで鞭のように草はしなだれかかってる。

「戦力があるのに使わないのはもったいないと思うの！」

えいやっ、とミシェーラと同じように魔法を使う。彼女はびっくりした表情で私を見た。ふと、思考が流れてくる。ミシェーラはこの王国一の魔力を持つから最終戦力として一人奮闘することも多かった。その癖が抜けないんだね。

「冬姫エル様……！　では同様の動きをキープしていただけますか？　わたくしは壁の方を」

石を積み重ねた壁の、境目の溝のところから苔が生えている。

においがおかしい。冬の植物ならば清涼な香りを持つものだけど、この苔はギュッと凝縮された濃い緑のにおい。湿ったような、日本の六月に近しい。鼻が利く者にとってはきつそう、フェンリルが珍しく眉根を寄せてる。

「これに触れないようにお気をつけくださいさい。爪の先が緑色になってしまいます」

ミシェーラが壁をコツンとつついて、氷で緑を上書きしていく。

なんて繊細な魔法。苔の表面に氷の粒がつくことでささやかに中和してる。苔を丸ごと覆ったらやばかったのでは、って勘がビリリとした。氷の下でさらに繁殖したのかも。

下に進む。途中、たまらず尋ねた。

「緑の爪になるなんて、体の魔力が侵食されてる証ってこと？　こんな変なものにフェルスノゥのみなさんは悩まされてきたの？　もしかして私の冬が未熟なせいで……」

「冬姫エル様のせいではございません！　原因がそろそろやってきますわ」

この緑の理由がミシェーラにはわかっていたみたいだ。対処はできているものの、でもおもてなしをしたいって言ってた彼女にとっては反省点でもあるんだろう。冷静に杖を振るう傍ら、苛立ちも感じられる。これを見せたくなかったのに、って伝わってきた。

これでミシェーラたちが困っていたなら。私は、好きな人の役に立てるのが嬉しいよ。

「口に出ていたよ。エル」

「あ、しまった。あれっ、ミシェーラ」

「なんでもございません！　勇気が一〇〇倍になっただけですわ！」

ミシェーラは一瞬固まってしまって、草の鞭を食らってしまったけれど、ふんばって意地でも私たちには傷をつけさせまいと堪えた。そして顔が真っ赤でぶんぶんと杖を振るう彼女が非常に可愛いんだけど、その勢いは鬼神の如き。繊細な魔法も氷の斬撃も全部使いながら、駆け下りていった。

あとに続く私たちはもうやることもないし、きちんともてなしてもらってるよ。

環境が大変な中でちゃんとこっちのことを考えてくれてる。

それって十分、愛情だ。

階段の先に、扉がある。

ミシェーラはハイヒールのかかとを氷のスパイクみたいに変化させて、飛び蹴りを食らわせた。

とんでもないおてんば姫様だ――……！

塔と城の中継地点にやってきた。踊り場があって、いくつかある扉はお城へと繋がっているんだろう。

そして緑のにおいがまた濃くなっている。一つの扉にミシェーラが狙いを定めた。

「緑の魔力は〝芽生え〟の力でございます。生命力を高めて活動をうながし、とくに緑の植物の繁栄にはすさまじい力を発揮する。けれどそろそろ眠ってもらわなくては。まだまだ冬なのですから」

網だ。

虫取り網のような大きな網を構えているミシェーラ。いつのまに。短い杖を氷で覆って長くして、上の方には丸い円を作ったんだ。網は……ドレスの裾部分をランダムに分解して、網のように再構築したの？　ドレスが魔力を帯びているから？　こんなこともできるんだ！　彼女の努力の結晶が美しい。網だけど。

「はあッ」

ミシェーラが網を振り下ろすのと、扉の一つが開くのは同時だった。

網の中に滑り込んできて捕まっているのは、

「エイリアン？」

何この生き物。

えっ。ファンタジー世界から急にＳＦ？

身長一〇〇センチくらいで全身緑のドロドロ粘液に包まれた、かろうじて人型のもの。

頭のあたりに二本の角が龍（りゅう）のように生えていて、それが網のところに触れると網まで苔がわずかずつ生えていく。それくらい芽生えの力が強いってこと。ミシェーラは代替わりに選ばれたくらい

魔力が多い姫君なのに、このエイリアンってば負けてない。人間らしからぬ動きで網を噛み切った。

えええええ……⁉

フェンリルが私の前に出て守ろうとした。

でもそれを押しのけて、私が前に行く。

あとになって考えたらいろいろ理由はあったよ。フェンリルよりも私の方が魔力そのものは多いから緑の影響を受けにくそうだったし。フェンリル族の知識を持った彼が万が一やられちゃったら、ここで冬の伝統が途絶えることになっちゃうじゃない。フェンリルの代わりはまだ誰にもできないからだ。

けれどまずは、好きな人だから傷ついてほしくないって気持ち一つ！

フェンリルとミシェーラが私の方に手を伸ばしてきてくれていた。

私はこの世界が好きだから。

「エル！」

ぎゅううう。エイリアンが腰のあたりに抱きついている。あ、これやばいかも。

何がって気持ちが悪い。

粘液はスライムのような感触で、かつ糊のように肌にくっつく粘っこさで、さらに私は肌が露出している服装だから、気持ち悪さがはんぱじゃない。ずぞぞ、とうごめくスライム状の中に、骨格ある質量が存在していて私の腕を摑む。

ぎゅ、ってすがるよう。

ううう。気持ち悪いけど振り払えないな。

このものがなんであれ、この世界に存在しているもので、今の季節は冬だから……。

冬の大精霊の駆け出しである私が、力を尽くさずにどうしようっていうんだろう。

フェンリルやミシェーラのことばっかり考えていたけど、このエイリアンも冬に生きている何者かだから。理解したいんだ。できなくったって、まずは考えることから。

「……」

ミシェーラみたいに繊細な魔法はまだ使えない。

フェンリルみたいに心を乱さずに冷静にもなれない。

やれるのは想像して、私の莫大な魔力を炸裂（さくれつ）させることだけ。

エイリアンの手のようなところへ、緑の粘液を通して私の魔力を送り続ける。手のひらをくっつけてみた。うん、やっぱり骨格は人間の手みたい。指先を合わせる。見つけた。爪の先の魔力がにじむところ。

そこを急激に冷やしていく。

「あなたのことを教えてほしい」

〝乱暴にしたくせに！　どうしてよぅ！　冷たくて痛いわ！　痛いのは嫌いよ！　嫌いなことをするのは悪いわ！　悪いことをするのは許されないの！　許さないわ！〟

思考が流れ込んでくる。うわ、知能高い。あっちも考えることができるなら話し合える。

もっともっともっと冷やして——

けれどそこが今のコミュニケーションの限界だった。エイリアンが私に噛みつこうと口を開く。

「はあッ」

げんこつ。ミシェーラそれですか⁉

エイリアンの頭にでっかい氷の塊が現れていて、そうしたら動きが止まった。

「エルの考え方はよかったよ。けれど施す場所が今回は違っていたんだ。ミシェーラ姫が凍らせた大輪の花のところが魔力暴走していたようだな」

フェンリルが心配そうに私を見下ろしてくる。

静か〜に怒っていそうで怖さもあるけど、動いたあとの祭りだ。覚悟しとこう。

「お疲れ様」

叱責ではなくて、頭を撫でてもらった。私の獣耳がピコンと立った。しまったな、すぐに怒られるイメージをしてしまうのは私の悪い癖。じんわりと涙がにじんだ。信じていないわけないの、労ってくれてありがとう。

エイリアンの緑の粘液が固まってぼとぼとと剝がれ落ちていき、足元がエメラルドでいっぱいのようになる。何が起こるかわからないから踏まないように気をつけよう。

「それにしても、その花の部分が原因なんて。不思議な性質」

「わたくしはあらかじめ知識として知っていたのです。彼女がこうして暴走しているとき、花が満開になるのですわ。そして落ち着かせるためには急速に冷やす必要があります」

それにしたって花をまるごと氷漬けとは。花枯れちゃったりしないのかな。

苔まみれの惨状を見ていると、止めなくちゃいけないのが最優先だっただろうけど。招いたフェンリル族も影響を受けたわけだから。ミシェーラの心情を思うと、元社畜は胃が痛くなるよ。

氷の中の花は、シュルシュルと萎んでしまって蕾になる。枯れるわけじゃなさそうだ。

そして現れた姿に私は驚愕する。

「観念なさいませ」

ミシェーラがため息を吐いて、ふわりと網でまた捕らえた。

網の中でうずくまっているのは、

「この子……緑の女の子――⁉」

❈黒髪と緑の瞳と牡丹

騒ぎを聞きつけて、騎士さんが駆けつけてくれた。事情を聞いてみれば、ここの手前で茂った草花に阻まれていたそうだ。すぐに駆けつけられずに申し訳ございませんと、切腹でもしそうな悲壮さだったから、慌てて周り全てを氷漬けにした。苔の生えた床にはたっぷりの雪を積もらせる。冬の魔力が満ちたことで氷の民は強制的に「落ち着く」らしい。

ね、せっかく豊かな冬を呼んだばかりなのにこの世からいなくなるのはもったいないでしょ？

とっさの判断は優れていたってフェンリルに褒めてもらえた。ふふ。

私たちが戯れていると、兵士の方々は膝をついたり拝んだり。ミシェーラは鼻にハンカチを当てると鼻血がついていた。フェルスノゥ王国のフェンリル信仰の温度感をなんとなく摑んだ気がした。

ミシェーラが網を担いで歩き出すので、私たちはあとに続く。ぞろぞろとついてきそうだった騎士のみなさんは、片付けと元の配置に戻るようにと命じられた。

「この子は医務室で休んでいたはずですが、抜け出してしまったようですね。もっとも厳重に管理していても脱走を繰り返します。非道ではない拘束には限度がありますから……お二人にご迷惑をおかけしたことをお詫び申し上げます」

「わかった。もういいよ。この子、話したりはできるんだよね？　行動の理由を聞けないの？」

「頑固な娘なのです。本心を語らずに暴れるだけ……」

ミシェーラが言葉を納めて、とある小道の先のドアを開けた。

わあ！　濃い緑の葉っぱが中心のグリーンガーデンだ。私たちの背よりも高く葉が茂っていて、その向こう側はぼんやりしていて認知できない。結界でもあるのかな。

上の方に雪が積もっているってことは、屋外かも。

「ロイヤルシークレット・ガーデンですわ。城の中庭の片隅にありまして、中庭からここへの入室はできません。城の小道から王族の杖でのみ入室可能。グリーンガーデンの範囲内はこっそりと内緒話ができるので、王族が団欒（だんらん）するときによく使われております。身内用なので敷地は狭いですが」

それでも一般家庭のリビングくらいあるし、十分だよ。机と椅子というシンプルな設備。短い杖でコツンとテーブルが叩かれると、お茶のセットが現れた。

空間移動？　ううん、見えなくしてあっただけみたい。私がパチリと目を青くしてみると、この空間内にはほかにもクッキーの皿だとか、はたまた足元に盾だとか、いろいろなものが隠れている。盗聴器のようなものはない、って、一応ね。

「おかけになってください。この子のことを話しましょう」

なめらかな木造りの落ち着く椅子に、贅沢(ぜいたく)な刺繍の施されたクッションが置かれている。カントリーな雰囲気で白・青の色糸がよく使われている。北の民のリラックス用なんだろう。

私の隣にはフェンリルが座る。クシュッ、と小さく鼻を鳴らしていた。あの草のにおいがまだ鼻に残っているのかも、鼻を指先でこすってしまっている。それを見越してか、ミシェーラが温かい紅茶を淹(い)れてくれた。

ほこほことした湯気が、鼻をすうっと通っていく。

濃いめに煮出しているから香りも豊かで、さっきの草のにおいはほぼ気にならなくなった。

短い杖を振って現した籠に、女の子が入れられている。チラチラとそちらを見てしまうな。ミシェーラがあの子にかけてあげているのは、私が雪山で作った薄氷のショールだ。活用されていて何より。

「お二人の体調が戻ったようで良かったですわ」

「おかげさまで。この紅茶、薬効があるみたいだね。ジンジャー？」

「ジンジャーも入っております。他に、ペチカの実の皮を乾燥させてすり潰した粉末と、氷砂糖ですわ。どれもフェルスノゥで代々使われている素材です」

冬の恵みに感謝を、ってミシェーラが拳を胸の前で合わせる。

テーブルの上には小さな陶器製の調味料ポットがいくつもあり、ころんとした丸みのあるシルエットだから雪玉が並ぶかのようだ。ペチカの実、氷砂糖とかが、ポットの側面に薄茶色の絵の具でさっと絵描かれている。私がまだ見たことのない香料やスパイスがたくさんありそうだ。

「あの女の子のことだけど……こんなにも問題児だとは。連れてきて苦労かけちゃったね」

「滅相もございませんわ。もともと、こちらの問題でもありましたから……」

「どういうこと？」

それを伝えるための内緒話だったんだろう。ミシェーラは眉をハの字にして、頭を下げた。

「この少女はもともとフェルスノゥ王国預かりとなっていた留学生なのです」

ミシェーラが杖を振って新たに現したのは、地図。

すごく広いんだ、この世界！　フェルスノゥ王国なんて本当に隅っこで小さく描かれているだけだったから驚いた。

「各国では留学生制度を採用しております。他国の貴族身分の者を受け入れることで、両国の学びにしようという試みですわ。その一例として滞在していたのが、こちらの少女。はるか東方の霧深い谷にある、緑の国ラオメイの唯一王女です」

「唯一王女……プリンセスってことなの？」

「ええ。あの姿を見たあとでは信じ難いとは思いますが、もう一度よくご覧になってくださいませ。

黒髪、緑の目、若葉色の爪。彫りの薄い顔付きにバター色の肌は紛うことなきかの国の王族の特徴であり、見目も麗しいでしょう」

籠に寝かされている姿はまるでお人形みたい。濃いまつ毛が漆黒の扇のよう。

「兄もこの子のことを存じておりました。けれど雪山では、知らぬ芝居をしたそうですね。そのことについて先にわたくしから謝罪申し上げます。……けれど聞いていただけますか。死んでしまっている者について詳しく話せば、冬姫エル様が悲しむから伏せたのだと兄は語りました」

「その通りだったと思う。つらい決断をしてまで気遣ってくれて、ありがとうございます」

もしも思い入れが生まれた子が死を迎えたら、もっとショックが大きかったはずだから。

「あの緑の粘液って結局なんだったの？　この子からにじみ出ていたんだよね……」

「〝樹人病〟――そう呼ばれる生まれ病の特徴ですわ」

ミシェーラはそっと、女の子の頭の〝花飾り〟に触れる。

花を包んでいた氷は溶かされていて、今は、三分咲きという感じ。

ずっと氷漬けだと花弁が傷んでしまうそうだ。

「ラオメイの風土病・樹人病……魔力量が多い子がわずらう病気であり、緑の魔力が体の中で直接〝芽吹いて〟しまうという症状です。体内に細い植物のツタが這い、牡丹(ぼたん)のような花が体のどこかに咲く。この花が満開のときは緑の魔力が当人の限界を超えて使用されますわ。その力は極大魔法をいくつも使うことができるほどですが、確実に寿命を縮めてしまいます。激しい興奮を伴い、魔法を制御することも難しいため、先ほどの廊下のようになるわけです」

この子、そういう経緯で暴走してたんだ。

そういえばあのとき流れ込んできた思考も、混乱して叫んでいるようだった。

「どうすれば治るの？」

「治療法はございません」

「そんな大変な病で、大事なお姫様を、留学生にしちゃったの⁉」

おおいラオメイ国！　とてもじゃないけど落ち着いて勉強ができていたとも思えないじゃん。

「樹人病が最も重症化するのが春の季節。そして抑えるためには適度な寒さがいいとされていますから、フェルスノゥ王国が選ばれたそうですわ。本人と国家文書にはそのように」

ミシェーラがぐいっと紅茶を一気飲みした。姫様ならぬしぐさはヤケクソって感じ。そうもなってしまうくらい苦労してきたのだろう。聞けば、この子がろくに勉強をしていなくてミシェーラに絡みにくるので冬姫修行を邪魔されまくったそうだ。それは神経すり減っただろうなぁ。隣にあったクッキーをつまんで差し出すと、ぱくんともう口でかじり付いてきた。はい、もう一枚。

「フェンリルはどう思う？　って聞いてもいいかな。この子が雪山にいたことについても」

「おや。それは本人に聞くべきだ。そこにいるのだから、エルから聞いてあげた方がいい」

頑張って、とフェンリルが微笑んでいる。

う。たしかに。……私、今、わざわざ避けてしまったな。

あの女の子が留学生だって知ったから、人間社会で失敗したことが私はトラウマになっているからって、判断を託そうとしていた。ここに運んでほしいって私が願ったんだからヘタれてる場合じゃないよね。しっかりしなくちゃ。ぺちぺちと両頬を手のひらで叩く。

おっとミシェーラ、籠片付けようとしないで！　頑張れるので！　エル、いきまーす！

「だめです、噛まれますよ。ほらね……いたっ」

籠を持つミシェーラの手に、がっしりと歯が食い込んでいる。白雪の手がすぐに赤くなっていく。

慌てて引き離そうとしたけど、歯型がくっきりとついていた。あの女の子の教育って一体どうなっているんですかラオメイ国。噛み付く獣のようなお姫様に、対応する他国の王族への負傷なんて、ラオメイとフェルスノゥの国際問題に発展しかねないんじゃないの？　なんて難題なんだ。

「このっ」

「ぐえっ」

お、おー。ミシェーラも負けてない。報復として女の子にチョップをくらわす。これによって喧嘩両成敗になる、んだろうか……。少なくともどちらかが一方的な負傷よりは考慮されそうだ。

置かれていた籠が転がりそうになり、スライディングして受け止めたかったけど、私はテーブルに膝をぶつけて悶絶（もんぜつ）する羽目になっただけだった。籠からビョンと自ら飛び上がった女の子は、無傷で着地する。ものすごい俊敏さだ。運動神経がいいらしい。

ミシェーラと女の子が睨み合う。

極寒の地に堂々と立つヘラジカと、茂みの間から飛びかかろうとしているヘビってところかな。

シャー！　と口火を切ったのは女の子の方。

「〝んまあ、乱暴ね。一体なんなのよぅ。どうして起きがけにかじったのが桃じゃないのかしら。

あなたの腕なのかしら。ぺっぺっ。メイが体力を使って眠ったら寝処に支度しておくのは桃、それくらいわきまえておきなさい。乾いた口には甘い果汁を——そうしたら起きがけの挨拶くらい耳に入れて差し上げてもよくってよ。さぁー、桃をしたくなさい。そうね、お前〟」

私っ⁉

ぴっ、と小さな指で女の子が指差してきた。そして「〝ん？〟」と首をかしげている。

「〝白い……？　何よぅ、ふざけた獣の耳なんてつけて、おかしな女官ね？　ぐえええ〟」

「ごめんあそばせ。わたくし少々お手洗いに行ってまいりますわ。すぐに戻りますからね」

「ミシェーラそれなら小脇に女の子を抱えていく必要ないよね⁉　締まってるって。顔真っ青だからその子すでにギブだよ。はい落ち着いて、深呼吸、国際問題を回避しよう」

さっき打ち付けた膝をぷるぷるさせながら中腰で主張すると、ミシェーラが私の膝を見て「まあ」と心配そうな表情になる。その心配のかけらでも女の子の方に向けてあげられたらいいけど、あっちはあっちでケダモノだったからなぁ。うーんめんどくさいぞ。

ひとまずみんな席について。

紅茶を淹れて、口を湿らせよう。紅茶は女の子の口に合うか懸念してたけれど、氷砂糖をたっぷり入れた冷たい紅茶はお気に召したみたいだった。こくこくと夢中で飲んでいる。

「無礼なら気にしなくともよい。思う存分に語りなさい」

フェンリルがそう発言した。

そうだね、場を設けないと、すぐに肉体言語で語り出しそうだからね！

「では申し上げますが」

ミシェーラの瞼がすうっと半分下りた。こっわいな。彼女のティーカップの持ち手がパリィンと割れたのですが。ひえっ。

「〝先ほどあなたが口にした言葉について謝罪を要求いたしますわ。このフェルスノゥならびに世界すべての冬に貢献している、フェンリル族のお二方なのですから。あなたの僕のように働かせるなど、頭の中で想像するだけでも無礼です。白銀の髪は冬の毛並み、獣耳は大精霊の証。記憶に刻んで二度と忘れることのないように努めなさい！〟」

女の子は、目を丸くして私たちの方を見たけど、唇を噛み締めただけ。

テーブルをばんと思いっきり叩くと、感情が高ぶったためか口の端から緑の粘液がちらりと覗き、グリーンガーデンには花々が咲き乱れて、ぶわっとむせるような甘いにおいが満ちた。

「〝なによぅ！　知らないことを責められるだなんておかしいわ。謝罪なんてしないもん。メイは、メイシャオ・リー！　ラオメイのリー王家なのよ！　どうしても仲直りしたいならばこちらから譲歩して差し上げるのはよろしいわ。メイは寛大なのだもの。それではミシェーラ姫、迅速に二個以上の桃を持っていらっしゃい。そうすれば譲歩もいだだだだだだ〟」

女の子——メイシャオ姫が前に顔を突き出したとたん、ミシェーラも受けて立って、ぐりぐりとおでこの力比べ。ミシェーラの圧勝。なんだろうこの光景……。

あんまりにも姫様たちが戦うので、プロレスのレフェリーしてるような気持ちになってきた。

さっき、言葉で語るって言ったのにねえ、とフェンリルと獣耳を伏せてアイコンタクトした。

「〝りゅ、留学にあたって必要な事項に書かれていたでしょうっ。招待国家の礼儀として他国の要望を守るべきよ。今ここで教え直して差し上げてよ、もう！　一つ、メイの目覚めには桃を用いよ。一つ、メイが呼んだらすぐ返事ができるよう女官をつけよ……〟」

「〝あの七〇項にも及ぶワガママなら封印しました〟」

「〝封印!?　そのような術を使ってまで国家文書を無視するなんて頭がおかしいわぁ。きちんと春龍印の判子が押されていたでしょう。あなたがたが困っているときに助けて差し上げた恩を差し置いて、この仕打ちはあんまりじゃなくてっ〟」

恩って……？

ミシェーラが身を引いて椅子に座り直したから、メイシャオ姫が勝ち誇ったように鼻を膨らませている。涙目でおでこをさすっている。せっかく顔立ちはお人形のように可愛らしいのに、表情がものすごく大げさに変わるので当初の可憐な印象はもう皆無だ。

ミシェーラが国家の事情について説明してくれた。心苦しいだろうに、丁寧に。

「〝フェルスノゥが困窮していたここ数年間、ラオメイ国からの援助をいただいておりました。民が病気に倒れたときに治せる薬のストックが尽きてしまい……。ラオメイは希少な薬の輸出に定評があるため、さまざま頼らせていただきました〟」

「〝そうでしょうッ〟」

ゲラゲラとメイシャオ姫は大口を開けて笑う。

ミシェーラはフェンリルを見据えた。

「ここまでにしておきます。無礼をお許しくださり、ありがとうございました」

「そもそも私には理解できていなかったからね」

「えっ？」

「黒髪の幼子が話しているのは祖国の言語だろう。私には聞き取れなかった。エルには理解ができたんだね。であれば、学んでいない言葉であっても、エルはこの世界の言葉ならすべてを聞いて、また、話すことができるのではないかな」

「まあ。わたくしには冬姫エル様の言葉がすべてフェルスノゥ語で聞こえておりました。けれど確かに、ずっと三人での会話が通じておりましたものね」

つまり翻訳チートってこと？

いくつもの国があって言語が違うなら、使い勝手が良さそうな能力だ。そしてフェンリルが五年間支援について聞けていなくてよかった！　彼が五年の苦境を気にしないはずがないから。あえてラオメイ語で会話をして私たちに聞かせないように配慮したミシェーラは、私には申し訳なさそうな顔を向けている。大丈夫だよ。五年間、保っていてくれて、今でもフェンリルを尊敬してくれてありがとう。

「〝いいわね、あなた〟」

がし、と太もものあたりに締め付けを感じる。

テーブルの下からメイシャオ姫が覗いていて、にんまりとした破顔にぞわっとしてしまった。なんだか邪（よこしま）だな……うーん。やってしまおうか。本来姫様にこんな対応をしたらいけないんだろうけど、ミシェーラが散々やったあとだから便乗して、この子のほっぺをむにっと両方から軽目につねる。そんな嫌ぁな笑い方をしないで。

「〝ひひいっはぁ！（気に入ったわぁ）。んもう、そろそろ離しなさいよ。メイの肌が珠のようなのは当然だけれどお前が積極的に揉んでいいものではなくてよ。冬の地域には緑の言葉を理解する者がほとんどいなかったけど、お前、便利ねぇ〟」

氷のショールをふわりとまとった。

あ、それ、私が包んだやつ。

気に入ってくれてるのかな。

「〝献上品ね〟」

すっごい上からだ！　私が冬姫だって知ったはずだけど、それでも態度が変わらないのって新鮮だな。緑の国では冬フェンリルのことをそこまで気にしていないんだろうか。世界の冬に影響を及ぼすわけだから世界的に有名だとばっかり思っていたけど。

メイシャオ姫は舞うようにテーブルの周りを回って、咲いたばかりの、ツツジに近しい花をプチっとちぎると、花弁を私に差し出した。濃い緑の香りがする。

「〝春姫とお呼び〟」

それって……!?　冬姫に近しい者なんじゃない？　息を呑む。

反応に満足したのか、彼女はイヒヒと変な笑い方をする。

「〝何か聞きたいことがあったら言ってごらんなさいな！〟」

「教えて。どうして雪山に来たの？」

とりあえずはこれだ。

だって今の季節は冬で、私は冬を保つエルだから、聞かなくちゃ。

なんと彼女は雪の中で私を待ち構えていたことが判明した。そして、

「〝春姫と冬姫のよしみで友達になって差し上げるためよ！　おほほ！　さあ、メイ様とお呼び！〟」

――ここでどう返事をしたらいいのか、政治的判断は必要なのか、人柄としては友達になりたくないタイプかもとか、四季姫というくくりがあるなら友達になるべきなのかとか、よく見たらこの子は元会社のいじめ主任に目元が似てるとか、うわ腹痛きたとか、いろいろなことが頭を巡り――

「検討はいたします……」

❊姫君の憂鬱

ミシェーラ・レア・シエルフォン。

ただ今、調整を全ういたしました。

ひとまずメイシャオ姫にゲンコツを施し、冬姫エル様には、彼女をメイ様などと呼ばないよう「メイさん」で調整した。

及第点。くうぅっ。腹の底で焚(た)き火がぼうぼう燃えているような心地になりつつ、医務室のドアを開ける。

「ごきげんよう。お兄様……………………」

「沈黙によって不機嫌を表現するんじゃない。ここには体調が悪い者ばかりなのだから」

ベッドから上体を起こしたお兄様が、青ざめながらわたくしに言う。怒りなどの感情をあらわにすると周囲の空気を凍えさせたりと、影響を及ぼすのはわたくしも同じ。多大な魔力を持っている者は影響力も大きい。お兄様のベッドに腰掛けてため息を吐くと「唇が尖っているぞ」と小言を聞いた。

「状況は医師よりうかがっておりますわ。あそこまで対策して脱走されてしまったならば、もう穏便に打てる手はありませんね。フェンリル様方にも説明して納得していただけました。こちらで対処をしたことについて、共有しますわ。緑の粘液で城内一部を草まみれ、これは氷漬けで枯らしました。濃い緑の魔力と、冬・春の魔力が混在した空気に酔ってしまった従業員はこの医務室や、各休憩室で休ませております。魔力濃度が高いところでは昏睡(こんすい)に陥る者もいて、お兄様もこれに近しかったと」

「すでに回復しているよ。心配をかけたね。追ったけれど追いきれなくて申し訳なかった。騎士たちから症状の情報を集めた結果がこれだ。慣れないにおいによる気分不良、くしゃみと鼻水が止まらない、全身がかゆい。そして魔力が濃い場所での黄色の花粉――花粉症というやつのようだ」

「花粉症。ラオメイあたりの風土病でしたわね」

紙の資料集を受け取る。兄の字は正確で読みやすい。こと自然物の分析において、兄は非常に信頼できるので、花粉症が主な原因で確定だろう。ひどいところでは全身黄色の粉まみれだったという記録を見て、げんなりとした。それは想像するだけでつらそうね。

氷柱のかけらを病室内に配ってまわる。これにて空気の清浄化が見込めるから。

「ありがとうございます。ミシェーラ姫様」

「いいえ。さっきはごめんなさいね。わたくしの機嫌のせいで室温を下げすぎたわ」

「……柔らかくなられましたなぁ」

「あら。わたくし、尊敬している方がいるのよ。その方にならすんなりと謝れてしまうから、少し変わったのかもしれない」

談笑しながら、そっと、彼女に触れてもらった髪をつまむ。

「ミシェーラには少々しおらしくなったくらいが、ちょうどいいかも」

「聞こえていてよ。お兄様」

苦笑してから、お兄様の隣にまた腰掛けた。

こうやって、家族の距離感でいることは久しぶりね。

わたくしはこのたびの冬が来るまで、次期冬姫候補として切り詰めた日々を送っていたし、お兄様は彼以外に王位継承がありえないとされてさまざまな政治業務に携わっていた。この頃、お互いに余裕がなくてギスギスしていた。予想外の冬がやってきてからは、雪山で打ち解けたものの、その後わたくしは国のことで忙しく過ごし、お兄様はずっと雪山にとどまっていて、これが初めての帰宅だわ。お互いに心境が変わっているから、距離感を測るような沈黙。

お兄様がわたくしの顔を覗き込んだ。

家系ゆえのアイスブルーの瞳はなんだか輝いてわたくしのことを見ていた。

「プリンセス・エルには会えたようだな」

「はい。メイシャオ姫の乱入によって予定が狂いはしましたが……冬姫エル様は、相変わらずお優しくて美しいですわ。それにフェンリル様とも仲が良くて、安心して見ていられるお二方です。今後の予定についても、こちらの要望に快く応えてくださいました。

まず国王陛下からフェンリル様方に挨拶を。冬姫エル様のご配慮で『訪問をした自分たちの方からもお礼を言わせてほしい』ともうかがっています。その後同一の場で、幼狼様への戴冠に移ります。最上級の客室でお休みいただいてから、翌日以降はゆっくりしていただく手はずです」

「うん。それにしても彼女らしい」

淡く微笑む兄の表情は、いわゆる恋する男子といえる。

兄がこのたびの冬にときめき、冬姫エル様に一目惚(ぼ)れしたのは明らかだった。

はあ……妹として悩まされてしまいますね。やっと、勉学マニアのお兄様に意中のお相手が現れましたのに、こんなにも天上の方だなんて。お兄様はいざというときに運が悪いタイプ、あと一手が決まらないタイプ。そういう人。

けれどチャンスがなくはないと感じるところもあるのです。先代フェンリル様は史上初の男子の代替わりですし、冬姫エル様は史上初の異世界人であり人間に近しい見た目の半獣人。前例のないことづくしの冬の間であれば、お兄様がお心を差し込む隙もあるやもしれません。わたくしは応援していますわ。だってお兄様は女性を幸せにすることはお上手ですし、わたくしのととともっ、友達が、幸せな方がいいに決まっていますもの。

そんな気持ちは顔に出さず、手元の資料に集中する。

「どうしたんだミシェーラ？　にやついているぞ？」

そんな気持ちは顔に出していませんっ。

立ち上がろうとすると、お兄様は先に立って、わたくしの手を取ってくれた。そしてどこに行きたいのかと自然に尋ねる。エスコートがよくできるところ、次こそは冬姫エル様にお見せできたらいいですね。

「わたくしは戻ります。お兄様はしばらくお休みくださいな」

「僕も体調はもう問題ない。薬がよく効いている。よその魔力に体が拒絶反応を示した場合に中和する薬品があるんだ。ようは体に春の魔力を慣れさせてやればいい」

得意げに出された調合薬の日付を見て、呆れた。一日前？

帰ってきてすぐさま薬の調合をしたのでしょう、当の彼が。まったく、このような成果を出すから、政府がお兄様を手放せなくなるのですよ。政治よりも自然調査の方がお好きでしょうに、また大臣たちに捕まらないように気をつけてくださいませ。口で言えない分、表情をむくれさせる。

……わたくしも努力しましょう。お兄様の代わりの人材はいないにしても、数名いればその仕事を再現できるように。お兄様がこれからどのようなトラブルにどう対処していくのか、気をつけて見なくてはね。お兄様がやがて雪山に戻れるように。

彼の目の下にはクマが現れているので、そっと指先で撫でた。

「それで今、メイシャオ姫はどこに確保されているんだ？」

「……ええと、どうやらかなり懐いてしまったようなのですわ」

お兄様の眉がピクリと動く。わたくしはつい奥歯をギリィと噛み締めた。

迷惑しかかけていないあの娘が、気まぐれで友達などと発言をして、そしてお優しい冬姫エル様が受け入れてしまっていることが世界的な問題ですし、ジェラシーなところも大きいのでしょうね、わたくしにとって。

「まだともにいるのか！　大丈夫なのだろうか……ミシェーラ、君の業務状況は？」

「さまざま滞っておりますが、迅速に片付けて冬姫エル様のところに向かいます」

「それをすべて僕がやっておく。ミシェーラは彼女を助けてあげなさい、行っておいで」

「いいえ、なりませんわ。ああ、ならばお兄様が行ってらっしゃいませ。そちらの雑務もわたくしがこなしておきますから。兵士の症状の経緯記録と、花粉成分の分析と、魔法省との連携でしょう。こなしてみせましょうとも」

「正確だな⁉　さすがだよ」

ベッド脇に置かれていた紙の束をさっと奪うように持つ。う、重い。でも譲りません。

「ここで己を優先してしまったら、冬姫エル様に顔向けできないのです」

思い浮かべるのは、彼女が国家間の調整までを気にかけて、粗相を続けるメイシャオ姫を許したこと。あのあと、冬のツリーを生んで桃に似た果実を与えて、自ら歩み寄る努力をしていた。

空腹の野生動物にはまず食べ物を与えて落ち着かせること、って感じでしたけどね。

「彼女は仕事に誠実であろうと努めています。だからとととっ友達ならば、わたくしも己の職務を精いっぱいこなさないと。情けなくてまだ会いになど行けません」

周りの兵士たちも胸に氷の爪を添えて、この話に聞き入っていた。お兄様はにやつかないで。

「わたくしが席を外すとき、冬姫エル様は、ここは任せて先に行って、とおっしゃったのです」

「それでは、彼女を信じなくてはな」

「はい」

バリン！　……今の音は何？

「グレア様が出ていかれたようですーッ」

「「…………」」

窓を割って？　ユニコーンの角で？　ここは五階に相当するのですが。

その窓の割れたところを氷で覆い、身体強化魔法で筋力を増強、ここまで一秒。お兄様の襟首をひっ摑み窓の外にぶん投げる。グレア様の背中に乗れますように。グレア様の忠義心が暴走して敬愛トライアングルが崩壊するのを止めるのです。

「ミシェ――――ラ――――……！」

「ごきげんようお兄様。きっとうまくできますわ、行ってらっしゃいませ！」

これくらいこなせないと、冬姫エル様をお慕い申し上げるなど失礼な話ですからね。

わたくしは己の業務をこなし、来訪してくださったお二人に快適な観光を届けます。

ええ、そうよ、腕が鳴るわ。

❄北国の回廊

おおー騎士団長さんだー。私は彼の姿をまじまじと見た。

ロングコートの制服は布地表面がふかふかとしていて、毛羽立っているのがこの国ならではの個性という感じで素敵だ。胸には勲章がいくつも光っている。ウサギのバッヂもあるのがラブリー。

「冬フェンリル様方を城内観光にお連れします」

……というわけで。回廊に連れてきてもらった。

川のように湾曲している長い廊下。

内側の壁がオレンジのような暖色のグラデーションで塗られている。そこに大きな手編みタペストリーが並んでかけられていて、白の分厚い生地に、民族文様がさまざま刺繍されている。モチーフは、雪山で見かけた動物や自然、雪の結晶など。この国はいかに冬とともに存在してきたのかを

思い知るような心地だな。

「不思議とオオカミのものはないね」

小さく呟いた程度だけど、前を歩いていた騎士団長さんはそっと教えてくれた。

「タペストリーの文様はフェルスノゥ王国が建国される以前の少数民族の伝統を集めております。その中にはオオカミのモチーフが必ずありましたが、それらは国の宝物庫に収められています。この土地がフェルスノゥ王国となるときに、当代フェンリル様がお姿を見せてくださり、それこそが最も尊いものだとして、当時の族長たちはお姿を直接かたどったものは展示しないことを決めました」

偶像崇拝よりも本物を、ってわけね！

「フェルスノゥ王国の成り立ちってとても興味深いです。聞かせてもらえて嬉しい」

ゴスン、って騎士団長さんの足元で音が鳴る。足が絡まって自分の足を硬い靴で踏んづけていた。

ちょっ、痛そう。でも彼は踏ん張って、平然を装っている。

フェンリル族がフェルスノゥのみなさんにアクションすると、終始こんな反応。

足を踏んだり転んだり、花瓶を割ったり、真っ赤になって鼻血を出したり。

まあまあ気まずい。私はもともと普通の平民だからなあ。堂々としているフェンリルのようにいるのがいいんだろうけど、びっくりしてしまうんだ。今も、驚いて膨らんでしまった尻尾を風で撫でて慌てて戻してる。落ち着いて、落ち着いて。ふー、はー。フェンリルの服の袖をつまんだ。反対側ではメイさんの小さな手と握手している。

花がほとんど蕾状態になっているメイさんは、意外なくらいにおとなしい。

「〝ふあぁ。疲れてきたわぁ。抱き上げてちょうだい〟」

「ああ、歩幅が違うからついてくるのも大変だよね。私たちはこのままのペースで進みたいから、あなたを抱くのは合理的だし、いいよ。こっちにおいでー」

けして〝フェルスノゥよりもラオメイを優先している〟とは思われないように言葉を選びつつ、抱っこする。私の声は全員に筒抜けだから、周知するのに使えるし。

メイさんはふんわりとした春服に身を包んでいるから触れた感触が非常に柔らかい。そして非常に体重が軽い。普段まったく運動をしないから筋肉が乏しいのと、桃ばかり食べているのが原因。祖国では注意する人がいなかったみたいだね。……ミシェーラと口喧嘩しているときのメイさんが妙に生き生きしていたのも、積極的に絡みに行くのも、ワケはあるんだろうなぁ。

「〝食べたい〟」

メイさんに桃を要求されたから、渡してあげた。これしか結局食べないし、食べさせないとよその姫様を飢え死にさせる危険があるし。エイリアン状態での暴走はとっても体力を使うらしいので、今は回復タイムとなる。

そこで、私が渡すのは、ミニツリーに実らせた超高カロリー桃です！　じゃあん！

栄養価をしっかりイメージして創造したから、肉や魚に相当する、体を作るプロテインフルーツになっている。あの子の前で毒味してみせたとき、ギュッと凝縮された旨味があったから想定通りに作れているはず。雪原を駆けてきた私たちは腹ペコだったけど、桃一つで腹持ちが継続してるほ

どだ。

小粒で汁気が凝縮された【冬桃】を、メイさんが私の肩のあたりでサリサリとかじる。普段はエゾリスが肩で木の実かじったりしてるような環境にいるから、全然気にならないや。桃の甘いにおいがフレグランスみたいに私を包んだ。あ、頭の花がちょっと萎んだので、メイさんが落ち着いている。

「エル。そろそろ新しい場所に辿り着くよ」

フェンリルが前の方を指差して、どこか声を弾ませて言う。

「以前来訪されたときのことを覚えていらっしゃるのですね。さすがでございます」

騎士団長さんがそう言って、扉の前でくるりと振り返ると、深く礼をした。

彫刻が施された分厚い扉が、スムーズに横開きにスライドする。

「わあ……っ！」

「いい声だ。そう思うだろう、騎士団長」

「はっ！　お心に響くものがあったようで、誠によろしゅうございます」

そりゃあ、この光景は感動するよ。

アーチ状に曲がった天井いっぱいに絵が描かれている。フレスコ画だ。

雪国の人々の絵。みずみずしく生きているかのような質感の色づかい。私の芸術センスの足りない語彙（ごい）では表現しきれないけど、美術の教科書に載っている巨匠の作品にも相当しそうな芸術品だ。

「歴史だなぁ。これを長い時間かけて描いたんだろうし、技術を重ねていったんだろうし。そしていろんな人がここを訪れて感動したんだろうねぇ。……。……」

圧倒的、だ――……！　進むほどに言葉を失い、上に見惚れちゃう。

フェルスノゥの春夏秋冬が描かれているんだ。来客用の方向から見て冬から始まり、春夏秋……と続く。そしてまた冬で完結している。冬場に衣類を着込んでいる人々の絵は、とくに髪の毛と衣類――冬毛の描写が素晴らしい。

ぽかーんと口を開けていたようで、隣にいたフェンリルがクッと喉の奥で笑って、人差し指で顎を上に押すようにして、私の口を閉じさせてくれた。かこん、って顎の骨が動く音がした。恥ずかしさに赤くなっちゃったから、横を向くとメイさんもかっぽりと口を開けていた。同じようにして口を閉じてあげた。あっちからはちょっと怒られた。ごめーん。

「〝ラオメイの歴史は四〇〇〇年くらいよぅ！　建物が古くって歴史が深いわ！　築二〇〇〇年だってお兄様は言ったもの。この国に負けていなくてよぅ！〟」

そ、それは改築した方が良くない？　魔法で補強とかしているのかな。メイさんが非常に負けず嫌いでとりあえずつっかかっちゃうことはわかった。こういう話し方しか知らないようだ。だから、

「どっちも素敵だと私は思うよ。外部の人間だからね。いや半獣人だけども」

やんわりと修正してみる。新しい考え方に触れてそれが好ましければ、メイさんも変われるかな。

「〝ラオメイの、……〟」

ぱちん！　とメイさんがスイッチが入ったように目を見開いた。そして牡丹のような花が開きかける。えっ、暴走直前って、こんなに唐突に来ちゃう感じなんだ⁉

「〝つまらないわぁ〟」

私の手の甲に、メイさんの爪が食い込む。いたっ……ねえ、本当につまらないと思っているの？　どんな気持ちで言った言葉なの？　どろりとにじみかけた緑の粘液に手の甲の部分を当ててみる。この子の有する魔力量ならこれだけで、気持ちが通じ合うはず。

（つまらない。つまらないい。つまらないっ！　どうしてみんながメイの言うことに注目しないの。這いつくばって世話をしないのよ。立場ある者がいるならば、メイはそれ以上の存在で。春姫として敬うはずで。唇を尖らせたらすぐにでも謝ってくるはずなのに、もっと、もっと、もっと！　メイを見てよぅ！　北の大地って嫌いだわ。退屈、窮屈、爪弾き。冬なんて大嫌い。緑に覆われてしまえばいいのにぃ……！）

この考え方の一部が現れて行動してたのか！

見事なワガママ放題だ。まだ幼い女の子だ……とは思うけれど、立場にふさわしい教育を受けてないのか、施すことができなかったのでは。そうするとこの留学は、厄介払いという線も見えてくる。

会社をクビになりました。

うっ。己のしんどい記憶ちらついたな……フェンリルの肩に頭をグリグリして平常心に努める。雪山なら、もふもふに飛び込んでいきたいところだよ。まだ、我慢、我慢。

ここで引きずっていられないでしょ。

けれどフェンリルはお見通しのように、私の肩に手を置くとそこをひんやりと冷やした。落ち着けるようにと魔力を届けて、気にかけているよと伝えてくれた。……これで頑張れるな、よっし。

メイさんがぐずぐずと居住まいを正す。軽いとはいえ、抱えているのが結構大変。けれど下ろすとか別の行動をすると彼女の気に障る危険があるし、ここで暴れられるのはすごくダメ。

ミシェーラが大事にしている祖国の、フェンリルが丁寧に守ってきた雪原の、歴史ある場所だもん。

そして今、私が認めてほしい場所だから暴れさせない。

声をかけるんだ。怖がらないで。

ラオメイの方を優先していると思われず、メイさんの子ども心をないがしろにせず両国の関係を保てて、私が認証前の冬姫のくせにフェンリルよりも出張ってるって思われないような適度な立ち振る舞いで――もー、こういうとこ人間の社会ってほんっとめんどくさいよね。

任せろ、こちとら元社畜なんだ！

「メイさん、私がラオメイ語に翻訳するよ。騎士団長が言ってくれたことを復唱するからぜひ聞いてみて。あなたの祖国と文化の違いを感じながらここを歩くのは、あなたにしかできない特別な経験なんだから」

フェルスノゥ語から翻訳と言わずにラオメイという地名を強調、騎士団長「さん」を外して呼ぶことで私が冬姫相当の立場を自覚していると強調、この比較によってメイさんの方が立場的には上だと暗に主張、フェルスノゥの文化はいいよ！　ではなく比較を推奨、あなたにしかできない、は意地っ張りメイさんへの駄目押し。

どうだっ。めんどくさいところほど、仕事の正念場！

「〃よろしくてよぅ〃」

よっしゃあ！

ほふう、と息を吐くと体は自然にフェンリルに寄りかかった。少しだけ癒し補充させてもらった。

しゃんと立って前を向く。騎士団長さんは心得た様子で、さっきまでの説明をもう一度、簡単な言葉に変えて口にしてくれた。

「〃フェルスノゥ王国は氷の民〃」

——氷にはいろいろな種類があり、不純物もあり、けれど等しくこの地で生きていくための財産なのである。それを人間に沿わせて〝氷の民〟と呼ぶことで、各少数民族が足並みを揃えてフェルスノゥ王国の建国が成った。このきっかけとしては、冬フェンリルがこの地を〝選んだ〟ことを知った他国勢力が、訪問してくるようになったからである。どんどん増える来訪者に危機感を抱いた北の人々が、手を取り合った。この土地は自分たちの住処であると宣言した。そして冬フェンリルが初めて呼んだ冬は、北の氷水が染み込んでいた人々の爪だけを氷色に染め上げて、それ以外の人々は極寒の北海が凍りつく前に、大慌てで逃げ出したのだという。

大昔の出来事とはいえ、戦いの火種のような話もあってドキッとした。けれど大精霊の恩恵もあり、これまでフェルスノゥが戦いに巻き込まれたようなことはないらしい。

なんだか、フェンリルがいる土地にふさわしい話だ。メイさんは目を丸くして聞き入っていた。

「〃ラオ……〃」

「祖国とはきっと全然違うだろうね。私の故郷とも違うなあ。面白かった？」

メイさんのスイッチは〝ラオメイ〟関係のようだから、兆しがやってくる前に方向をちょっと逸らしてあげたら緩和されるんじゃないかな、と。

牡丹の花は静止しているけど、閉じてはいない。

もうひと押し、何かがいるかなぁ。ここで花の抑え方がわかったら、メイさんは落ち着いたまま城内生活ができそうなんだけどね。せっかくの冬を楽しんでほしいから。

廊下の向こう側が騒がしくなる。フェンリルが獣耳をひくりと動かし、なぜかフライングで笑ったのが気になった。

〈そこにいらっしゃいましたか――――！〉

「グレア……なんでお城の廊下でその姿⁉」

回廊にユニコーンが走り込んでくるんですが。なんで馬型。そして背中にはクリスが乗っているんですが。白馬に乗った王子様は別のところで見たかったぞ。どうしてそうなったんですか？

グレアが光を帯びて青年の姿に変わったので、クリスが落っことされた。あああっ。

紫の髪をなびかせた美青年がズビシ！　とメイさんに指を突きつける。

「よく聞け、緑の小娘。雪山で命を救ってくださったのはそのフェンリル族のお二方だ。人間たちは、無闇にお前が近づかないようにと救命事情を話さなかったようだが、結局からんでいるし、お前は命の恩を知るべきだ。だから教えてやる。そして恩のある限り尽くせ。……と言いにきたというのに、恩人の肩で果実をかじっているなど何事だ⁉　考えの甘いエル様の方に取り入ろうなどと判断が小狡(こずる)いな。今すぐ反省、エル様もですよ！」

「とばっちり⁉　でもねグレア。この子にはフェルスノゥ語通じないらしいよ」

「この勉強不足め！」

グレアは肩で息をしながらどす黒い目でメイさんを睨んだけど、メイさんからしたら、急に現れてベラベラと他国語でまくし立てられてキレられたわけで。そして彼女の常識の中では、自国の言葉も知らない田舎者という認識となる。いったん魔力同調したからなんとなく思考がわかっちゃう。

メイさんは、ハンっと鼻で笑う。

ブチィ、ってグレアの血管がブチ切れる幻聴を聞いた気がするわ。ああ……。

「〝四季姫に使える補佐官がこの程度だなんて笑っちゃうわぁ。おほほほほ〟」

「この期に及んで反省もないなど己を下げるということも知らないのか反吐(へど)が出る」
※お互いに通じてない。
こんなの…………お腹痛くなるわぁ！

クリスは翻訳できるんだろうけど、きちんと翻訳するほど喧嘩になるのは必須。

フェンリルからすると異種族の戦いはあって当たり前。多分、馬とウリ坊のどつき合いにでも見えているんじゃないかな～。自然の摂理だしどっちかが負けるのも当然みたいなさ～。

気にかけてて立場的にも動きやすいのは私しかいないじゃんね。

このときの言葉はあれこれ考える間もなく、自然に本心が出てくれた。

「癒しの冬に争いは似合いませ――――ん！」

びゅおおっと急激に吹雪が生まれる。で、これを制御。

つむじ風のように小ぢんまりとまとまらせて、超局地的に雪を積もらせて、そのあと風向きで大きさを整えてあげると……問題児たちを巻き込んだ雪だるまが完成した。

問題児たちをひとまず静止させるためにね。グレアはやりすぎ言いすぎ。メイさんは煽りすぎ。クリスは、この場で何もできなかったとあとで評価を下げてしまわないように巻き添えの雪だるまになってもらいました。

そして騎士団長さんに頼んで、人を集めてもらい緑の粘液の清掃。凍らせたら緑の粘液は持ち運べる。魔法省に保管してもらおう。グレアが走ってきて乱れていた立派なレッドカーペットを北風によって敷き直す。上から撫でてあげるようなイメージ。そしてメイさん暴走の気配を感じて駆けつけたという黒髪のラオメイ女官の方々に説明を——

メイさんを落ち着かせたら楽勝とか甘かったな。ふぃー、よく働きましたよっと。


先代冬フェンリルとしてエルのことを見ていると面白い。

ころころと表情を変えてさまざまなことに関心を持ち、動き始めるので目が離せない。

これが、フェンリルの親として愛子を見つめる愛情なのだろうとようやく知った。時間が許す限りこの子のことを見守るつもりだ。すでに記憶を持っているエルは、何事も危なげなく事に当たるから、私ができることは少ないが、それでも心細くなると寄ってきてくれるのが可愛らしい。

エルを見る。

人間の群れにやってきてからは、エルがどんどん人間らしさを増していく。

「ねえ。ミシェーラが来てくれたからあとは任せようか。彼女が処理してくれた方がお城の人たちの経験値になるし、今ならメイさんも大人しさが長続きすると思うんだよね〜」

なぜこんなことがわかる？　記憶が残っているからか？

あまり苦しそうには見えないが……ふと、エルがまた故郷で苦しんでいたときのように泣いたりしないかと、気が気でない。

雪だるま（動かないスノーマンのことをエルはこう呼ぶ）の場所から離れると、エルは私の衣服の袖口をつまんで歩いた。それが可愛らしくもあり、気がかりでもあり。人間特有のしぐさ。

いつもの獣の感覚が私自身も薄れているようだ。

雪山にいるときよりも、自らがどこにいるのかという索敵察知もぼやけている。建物の形に気を取られて、方向を見失ってしまう。

「あちゃー。この場所どのへんなんだろうね。フェンリル」

雪だるまも片付けたし、先ほどミシェーラ姫に勧められたスノーガーデンに向かうつもりだったが、いつのまにか別方向に来てしまっていた。ガーデンとは程遠い人工物がさまざま施されている。

ここは社交の場というやつらしくて、人間が多い。

最初は遠巻きに見られているだけだったが、挨拶をするとエルが返すことに気づかれてからは、次から次へとエルに挨拶が送られる。国に向かっている頃は「フェンリル族が下に見られないようにする！」と張り切っていたエルだが、今はフクロウの居眠りみたいにこっくりこっくりと頭が上下して会釈している。空気が柔らかくなったのではない。舐められ始めている空気だ。

「そこまでにしておきなさい。挨拶の声を返しすぎて、喉もかすれている」

「あ、ごめんなさい。声がかすれていると魔法上手く使えなくなるしね。気をつける」

そう言って、手のひらを喉に当てて冷やし始めた。

うーむ、そうではないのだが……。エルを抱き上げて、廊下の外へ。氷柱を作り、大木に登ると枝に身を寄せて、先ほどの氷柱は蒸発させた。これなら誰も追ってこれず、しばらく静かに過ごせるか。

あんなふうに無視するのは印象が～……ともごもご言っていたエルも、なんだかんだ落ち着いたのか寄り添ってきた。お疲れ様。普段はフェンリルの姿でエルを包んでいるためエルが小さな子に見えていたが、二人ともが人型だと、大きさにあまり差がないので不思議な感じがする。

「んー喉の冷却完了。まあこれでいいかな」

エルは、ひどく効率的に己を扱うときがある。

自分がどのような気持ちなのかと振り返るよりも、己の能力と立場を自覚したうえでどのように扱うのが最善かというやり方は、物のようだ。それをやめてほしいと言うのは簡単だし、エルも努力をするのだろうが、そのことを言及したときには、昔にひどい働かせられ方をしていたことを詳細に思い出させてしまいかねない。エルの氷の爪を、己の手のひらで包み込んだ。

「まだ冷却をするなら手伝おう。エルは治療を急ぎすぎるようだから」

「じゃあフェンリルにお願いしてもいい？」

この子がボロボロに傷ついていた頃と比べてみると、照れたように微笑んだ顔も、前を向いてしっかり立つ姿も、大きな変化だ。

喉にはほんのわずかに触れた。終わり。

「え。今何やったの？　魔力抵抗とかまったく感じなかったのにスッと喉が治ったんですけど。ていうかそっちの方が早かったのに。えっ、そんな繊細なことも氷魔法でできちゃうんですかっ！」

「敬語を使っているうちは教えない」

「ごめん、フェンリルがすごすぎて、つい。さすがって気持ちが溢れちゃった。長年癒しの冬を運んできた大精霊の技術力に圧倒されたところ！」

「ふふっ」

そんなふうに納得までが早いものだから、一の可能性から一〇〇を予想するところがあるから、エルは面白い。

ここからは城の側面がよく見えている。エルとしばらく二人で眺めた。氷の民は寒さに強く、冬であろうと風の吹き抜ける廊下をやすやすと歩く。縮こまっている者は他国人くらいだ。回廊は薄氷のガラスがはめ込まれていたため、室内を暖かくしつつ中の様子が外からもよく見える。

ふと敵意の視線を感じる。黒髪の物珍しい風貌の者たちが、私たちがいる木々の方を無表情に眺めていた。あれは緑の娘が連れてきた女官とやらか。

エルがグンと伸びをした。悪意の視線には気づいていないようだ。もしくは気付かないようにしているやも。己を保つために。

「さーて休んだぞー。じゃあ動きますかー」

「そろそろ謁見の時間か」

「うん。みなさんよろしくお願いします、フェンリル族より、って国王様に伝えなくちゃね」

「頑張ってごらん」

エルはパチリと目を見開いた。

そして安心したように笑った。

「うん、頑張ってみたい」

お腹のあたりを撫でているのは何かのまじないだろうか。私もともに手をとり、エルのお腹を撫でておいた。そういうのじゃない、とすねられた。人の習慣は難しいな。

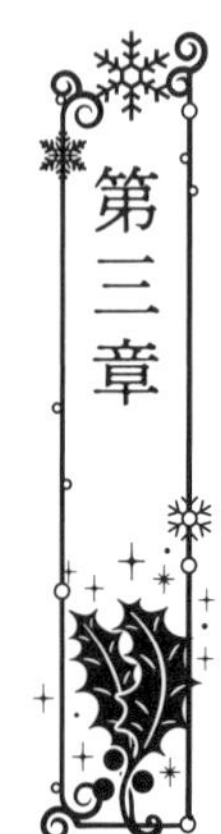

第三章

✳国王謁見

――玉座の間。

中に大勢の人の気配がする。

深呼吸。うん、大丈夫。

ここで私が今代の冬姫だって、認めてもらいたいんだ。

すでにフェンリルも中に入ってる。

扉の前で待つのは私一人だ。

氷そのものみたい。

分厚くて向こう側も見えないような氷が扉と壁なんだ。円形にぐるりとある。まるで、削る前のかき氷の角氷。で、内側が玉座の間なのが、とてもフェルスノゥ王国らしい。

どうやって入るんだろうと思いつつパチリと瞬きすると、わかった。妖精の泉に入ったときと似ているんだ。魔力が濃くなっているところに触れてみると、氷の爪が鍵となり、扉が開かれた。

たくさんの人が揃っている。

正装している貴族の方々は、本で見た姿がそのまま現れたかのようだ。

「おお……！」と私を眺める人々がうなった。その声には感心の響きがある。それだけでなく、ざわざわした声もそっと聞こえてくる。（なんとあれが冬姫様）（フェンリル様の人型によく似ている）（ああ美しいじゃないか）（合格なさるだろうな）と。期待に応えたいです。（もっとずんぐりとでかくて目が細くて異様な見た目かと思っていた！）って声も。

心の中で苦笑した。なるほど、そういう考え方もあったのね！　理屈として理解できる。私だって地球に異星人がやってきましたって言われたら、タコ型宇宙人を想像しちゃう。

フェンリルの姿勢を意識しながら綺麗に歩いた。淑女の歩みを。

「初めまして」

宰相らしき方の前で立ち止まり、フェルスノゥの礼をした。この人が正面にいたものだから。

「ご挨拶、感謝申し上げます。上にどうぞ。国王がそこで待っておりますから」

えっ？　あの宙に浮いた氷のところ⁉　どう行ったらいいっていうんだ……。

（それを考えるのが試練ですからな）

なるほど。大臣のみなさんの心の声を聞いちゃってすみません。

それじゃ、今回はこうしてみよう。雪の塊を作っていき、雲のように浮かせる。フェンリルが空を跳んだときみたいに、雲を段々に踏みつけていけば……国王様のいらっしゃる玉座のところまで辿り着けた。足音をさせないように着地してみせる。

「お見事」

玉座から立ち上がったとても大きな人が、声を張った。

ぶわっと獣耳の毛並みが逆立っちゃったよ。迫力がすごいんだ。身長はクリスよりも大きくて多分二メートルを超えているし、白い髭を蓄えていて存在感が圧倒的。オーラもすごい。

この方が国王様……！

こちらを見て待ってくれている。私から挨拶をしたい、って伝えていたからね。

「初めまして。エルと申します。このたびは突然の来訪にもかかわらず、快く迎えてくださり感謝申し上げます。ここにいる間、みなさまとともによい冬のことを考えていけたら幸いです。いつか冬姫様と呼んでいただけるように頑張ってまいりますね。ご指導ご鞭撻（べんたつ）くださいませ」

家臣の方々が息を呑むような音が耳に入った。

（フェンリル族へのご指導ご鞭撻ぅ⁉）って……びっくりさせてすみません。だって何も言わなかったら私たちは尊ばれて終わりでしょう？　それだとせっかく来たのに何も学びにならない。私はここで冬姫業に必要なことをもっと学びたいから、積極的に情報を取りにいきます！

国王様はわずかに眉を上に動かしただけ。さすがの貫禄でどっしりと構えてくださっている。それでいて雰囲気は和らいで、ここまで計算していたのだとしたらお気遣いのできる方だと思う。

「冬姫エル様。冬フェンリル様。フェルスノゥ王国にお姿を見せていただき大変光栄でございます。こちらから貴女（あなた）様に問うつもりでいたことを、先にお答えいただいてしまいましたな。神聖な雪山に、これからもいてくださるのか尋ねるつもりでおりました」

「それは、私が異世界人だからですね」

ごくりと喉を鳴らす音や、ざわざわと乱れた心の声が、ザッと流れ込んでくる。

気が逸れそうなのをこらえて、まっすぐに国王様を眺めた。

「その通りです。我々にとっては未知の場所からいらした方だ。そして、冬フェンリル様の愛子になったのは偶然の縁だとうかがっておりました。はたして冬姫エル様のご意思はどうなのでしょうと、又聞きではなく貴女様から頂戴したかったのです」

この方は、言葉選びがすごく上手だ。視線にも不快感がなく、包むように眺めてくれる。安心して乗っかりたくなる。

ここで素直に同じ言葉を返すこともできるけど……オーブ・ティトとのことを思い出す。

「私は、冬フェンリルの愛子と言ってもらえることを、嬉しく受け止めています」

これに勝る表現はないだろう。きちんと私の言葉で伝えられたはずだ。

やんわりと表情を変えてくれた国王様。わ、厳しい顔つきの人が笑顔を見せてくれると、それだけで特別感が増しちゃうんだから、ずるいっ。

「貴女様のことを冬姫様とお呼びさせていただきたい。この世界の冬をつかさどる大精霊様、あまりにまぶしい。貴女様の方をいつでも見て、フェルスノゥ王国は冬とともに進みましょう。何卒、よろしくお願い申し上げる」

「ワンっ」

………………ワン？

………空気が凍った。

安心させられすぎたか。

「ふっ」

フェンリル！　笑ってる場合じゃないよ！　体折り曲げて肩ふるふるしてるけど、フォローしてフォロー！　何これどうして⁉　私なんでワンって言った⁉

体がカーッと熱くなって頬が茹でダコになっていそうだ。それでも礼儀として体の真横に下ろした腕は緊張のせいで持ち上がってくれなくて、つまりは直立姿勢のまま私の最後の語彙は「ワン」で止まっている。だってまた口開いたら「ワンワン」とか言いそうじゃん。〝恥ずか死〟してしまうのですがっ。

「よろしいか？　国王よ。エルは半獣人になりたてだ。思った通りに体が動かないこともある」

「フェンリル説明の仕方ぁ……！　あっ」

普通に話せるんだ！　よ、よかった。

「そうでございましたか。こちらこそあまりに可愛らしいお声でしたので」

国王様、冷静に受け止めてくれてありがとうございます。すごい。場数の経験値の賜物ってこうなんだろう。私もちょっとずつ見習っていきたいなー。わりとトラブル対応はしてきているけど、こんなふうに余裕は持てないし。犬らしい声だったとかオオカミらしくてとか言うわけでもなく、いい返し方だったな。勉強しよ……。

国王様がカツン！　と大きな杖を足元に打ち付けると、氷の階段が反対側に現れた。ああこれを使って上っても良かったんだねぇ。おそらく目を青くしてしっかり見ればこの階段に気がついたはずだ。試練というのは、幼狼ごとの環境調査力や魔法の実力を見るためのものだったみたい。

王妃様が銀の箱を持って、階段を上ってきた。

「それでは冬姫エル様。フェルスノゥ王国からも、貴女様のことを冬姫様とお呼びさせていただきたく存じます。そのために戴冠の儀をとらせてくださいませ」

「わかりました。丁寧にありがとうございます」

認めていただけた！

よかった〜。

ずっと不安に感じてた。異世界人だということ。雪山の動物たちに認めてもらえたのは、ひとえに純粋だったから、恵みの冬を呼ぶことができたらそれでよかった。けれど人間社会では実力以外のさまざまな要素が絡むだろうし、認めてもらえなかったらどうしようかって常に頭の片隅にあったの。その場合、人から敵意の視線で見られたら怖いなとか、フェンリルと離れ離れにされたらどうしようとか、ネガティブな想像はとめどなかったし寝つきが悪い夜もあった。

だからやっと、肩の荷が下りたような心地だ。

あ、もちろん、立場が認められた以上はこれまでよりも責任を持って気候管理に努めます。

けれど役職をもらえるって初めてで、認めてもらえたのが本当に嬉しくて。

私に獣の尻尾が生えていたならブンブンと振られていたんじゃないだろうか。だから思わず尻尾が出ちゃわないように気をつけないとね。

どうやら獣耳の方がピィィンと伸びていたらしい。国王様の眼差しに微笑ましさが混ざっているような感じがして、ちょっぴりむずむずする。

「こちらから捧げる冬がございます」

グレアの声だ。そっか、彼はここのルールも勉強して教えてくれたんだね。というかいつの間に参列していたんだか。いつもはグレアの熱烈な気配を感じられないことなんてなかったけど、ここにいる方々がそれと同じだけの熱意を持ってフェンリルを歓迎してくれているんだろうと感じる。とっておきの冬をこの方々に見てもらいたい。きっとこれからみなさんの生活の役に立つようにするから。

私は魔力を足元に集中させる。この魔法を使うときだけは魔力は足元に集めるの。

爪先は祈るように胸の前で組む。

「冬よ、来い――――！」

玉座の間に、魔力が満ちる。

すべて私物。

私の内から溢れさせた冷気。

何もない空間から淡雪が生まれて、床に降り積もってゆく。

上方の窓から差し込んでくるさわやかな昼の光と、雪の色合いが一番綺麗になるように調整してみました。目にも優しく、触れて癒される、そんなこの世界にふさわしい冬を呼ぶ。

国王様が跪いた。

「新たなる冬の始まりを、お慕い申し上げます」

どうしよっかな。冠を持ったまま跪いてしまっているから、私、被せてもらえませんね？　なるほど、これまでは小さな幼狼だったからこの作法がちょうどよかったのか。国王様もこの姿勢の齟齬に気づいたらしく、初めて焦って（しもうたわい。こんなつもりじゃ）って心の声が聞こえた。

私もしゃがむことにした。

低い姿勢で二人が顔を合わせたので、へらっと、こっそり笑い合うことができた。

冠が、私の頭にそうっと置かれる。

まるで載っていないかのような軽さ——！

カランカラン。

…………あれ？

足元に落ちていったのは冠ではございませんか。どうして。

（あの冠を被ることができたら、幼狼様が認められた証だというのに……!?）（歴代幼狼様はあの冠を被り、どれだけ大地を駆けようとも頭から落とすことはなかったというが）（古代の魔法は絶対に揺らがず強固だと聞くぞ）（どうしてあの方だけ装着されないのだ）

私が不安だったように、みなさんにとっても、異世界人を、尊い大精霊の後継にすることは不安だったに違いない。

だからここで戴冠を成功させることが、お互いにとっての安心になるはずだったのに。

どうして私はできなかったんだろう。国王様にもおすみつきをいただけたのに。

固まっていると、ぬっ、と私の前に影が落ちる。立ち上がった国王様が、大きな手を真下に伸ばして、冠をまた摑んで持ち上げた。そして私の手を取って、立ち上がらせてくれる。

「もう一度、試みさせていただけませぬか。我々はぜひ、貴女様に冬姫様をと」

「ぜひお願いしますっ」

諦めたくないよ。

二度、三度………つるんと冠が落ちていく。頭の上には載るものの（本来現れるはずの、密着するような古代魔力との同調が現れておらんのぅ）……白銀の髪の表面を滑り落ちるばかり。それが床に落ちそうになる前に、なんとかキャッチすることの繰り返し。

しまいには、キャッチしようとした私と国王様の額がごっつんこする有様。

ぐおおお、って悶絶するけどなんぼのもんじゃい。それより成功させたくて。

お腹が痛くなってくる前に、早く、早く、早く。

冬の天候を保てているうちに、早く、早く、早く。

「エル……」フェンリル、もうやめようとかつらいなら中止にとか、どうか言わないでほしい。やりたいの。ううん、失望されたくない、が近しい。失敗して諦めるんじゃなくて、成功を摑めるようにって、今度こそ。だって成功したらきちんと評価してくれるみんなが、いてくれるからだ。

ふと、緑のにおいが鼻をついた。

私たちの間に、シュッと何かが滑り込んできて、よろけた国王様を助けようとしてとっさに魔法を使う。よし、不測の事態であっても魔法が使えなくなったりしない。前みたいにピンチのときに魔法が使えなくなる弱い私じゃない。できる、って自分を信じられたからかな。

国王様の背中を雪のクッションで支えてから、後ろを振り返る。

「冠が……！」

カラン、って音がしたから床に落ちちゃったはず。神聖なものなのに。

でもそれを拾う子がいた。

すぐそばに。どうして。

メ、メ、メイさんがここに……⁉

彼女の小さな薄い唇が寒さによって紫になっている。への字に曲がっていた。

「ええっ、どうやって」

「〝ここに来たのか、ですって？　まあまあ、お気楽なのねぇ。笑っちゃいそうだわぁ。あなたが冬姫だというならば、まっ先に気にするべきは冠が己の手にないということじゃなくて？〟」

それは、その通りだけど。

むせ返るような花の匂いにクラリとする。冬の間は嗅いだこともない、花畑のようなさまざま混ざった匂いだ。私はまだ敏感な方じゃなくても体調が悪くなるなら、他の人も苦しいだろう。

メイさんの髪に咲く花が、満開に近い！　暴走状態ってことなのか。

また逃げたんだろうか。何度も逃げて、でも人が多いところにやってくる。

その真意を知りたいけれど、そうしてまた花の開花を鈍らせたいところだけど、頭がフラフラするし、冠のことにも気を取られてしまい冷静でいられない。この玉座の間の、雪や冬の気候を保つのにも精いっぱいだ。

メイさんを追いかけてきたのであろう騎士たちの靴音が、氷の扉の外側でコツコツと鳴っている。儀式中ゆえ入室禁止、けれど警護対象が侵入している、と板ばさみになって、入り口のところで右往左往しているみたい。靴音がコッコッコッ、迷子になっているみたいにあっちに行ったりこっちに行ったり……。

「〝この冠ってとても綺麗ねぇ〟」

メイさんはそう言いながらも、冠の方を見ていなくて、私を穴が開くくらい見つめている。

「フェルスノゥ王国の重要文化財なんですよ」

「〝だからぁ？　メイはただの他国人ではないもの。春姫様として敬いなさい〟」

「成し遂げたことがあるから四季姫として資格を得る。ともにやっていけると思うから敬われる。そのための儀式なんです。今、ここが」

単純な物言いの方がメイさんに伝わってしまうから、めんどくさい言い回しで、時間を稼ごうと。けれど小手先で話していたことを見破られてしまう。こんなに察しのいい子だったっけ。こらえていたものが溢れ出たように、メイさんの瞳から緑の粘液が涙のようにつうっと流れた。

「〝もういいわ〟」

私、対応を間違えたみたい。ごめんなさい？　もう一度言わせてください？　どう言おう⁉

「〝メイシャオ・リー姫。お戯れはそのくらいになされよ。我は、北のフェルスノゥと緑のラオメイの国交を大切にしてゆきたいと考えておるゆえ〟」

国王様が迷いなく〝叱った〟。

そうすればよかったんだ。私はいつまでも下の者のつもりでいたんだな。

「〝冠を返しなさい〟」国王様の、しびれるような重低音のラオメイ語。

「〝お黙り。たかだか国王風情がメイに意見するなんてそれこそ不敬！〟」

自分でも、不敬なことをしているって自覚はあるんだなぁ。理性がなくなった獣じゃない。

メイさんは考えて話せているのに。どうして喧嘩腰になってしまうんだろう。

だくだくと緑の粘液が溢れ始めた。綺麗な着物が濡れてしまって、袖口から玉座に粘液が落下しようとしたので、それは雪で受け止めた。玉座に当たるのがせめて冬の魔法である方が、まだフェルスノゥのみなさんの誇りを傷つけないだろうと、直感でそう動いていた。

「〝ふさわしくない〟」

メイさんは、床に這いつくばるようにして魔法に専念する私を指差す。

まあね、今四つん這いになってる成人女性の姿はかっこ悪いのは確か。

「〝ふさわしくない〟」

繰り返すたびに怒りの感情が込められる。私たちと離れている間にきっと、何か、きっかけがあったんだろう。メイさんの心を揺らすようなことが起こったはずだ。大事な戴冠の儀式の邪魔なんて、これだけはやってはいけないと彼女も感じられたはず。フェルスノゥの文化の話をけっこう

面白そうに聞いていてくれていたし、そこではたしかに彼女の雰囲気も和らいでいたんだから。

よそから感情を昂(たか)ぶらされているなら、悲劇だ。花を見る。

「〝ふさわしくない。ふさわしくない。ふさわしくないッ。冠も被れないくせに〟」

「だから今、被れるようになろうとしてたでしょ？　できなかったら諦めるなんて、そんなふうに割り切りたくはないの。あの雪山でフェンリルに拾ってもらった私は、まだまだ恩返しをしきれていないから。この冠を被ることもその一つ、大事なことなの」

フェンリルたちといるために。

メイさんはケタケタとおかしな声を出して、自らの頭にあの冠を載せてみせた。

なんてことを！

「うっ」

こっちを見るメイさんの目が……。ブラック社畜が勤続二〇日目・五徹して今夜も残業確定でまだデスマーチプロジェクトが道半ばで取引先はやたらとやる気たっぷりなのに丸投げ姿勢、みたいな〝にごり〟がある。現実に打ちのめされた人の目だ。鏡ごしに、私は散々見たことがあるよ……。

花の根元から植物のツルがねじれながら生えて、龍の角のように両脇に伸びてゆく。

これがエイリアンシルエットになる正体だったのか！

いよいよまた全身を緑の粘液に包まれようとしたとき、私は国王様を後ろにかばって、緊張にお腹から力が抜けていきそうだったのをふんばって、何事にも対応できるように、氷の爪に冷たさを集中させた。それでも、睨んでくるものに魔法を向けるのは怖い。

——ガキン。メイさんの頭の花が、いきなり凍りつく。

霜が降りているように花の形はそのままなのに、成分丸ごと冷凍されている見事な技術だ。

バッと下を眺めると、フェンリルが手を振っていた。

「敵意があったからね。敵意を解くまでもう溶かさない。抑えられたら解凍を考えてやってもいい。さて、このくらいの采配でどうだろうか？　フェルスノゥ国王よ」

「寛大な助力、心より感謝申し上げます」

「うむ。それではエルを褒めてやってくれ」

ここでそれ⁉　にこにこしているフェンリルの余裕がズレてるよぉ！　まだ玉座には雪玉になった緑の粘液が小山のように転がっているし、メイさんは直立姿勢のまま白目剥いて気絶しているし、国王様はふらりとした王妃様を抱えていてなんだかロマンスの最中だし、今、要求するところではないのでは。いや。フェンリルの目を見てわかった。

親バカだこれ。ふふふ、ではない。

「冬姫エル様。このたびは誠にありがとうございました」

「は、はい。受け取らせていただきました。ともにこれからも頑張らせてください！」

国王様たちは柔らかく微笑んでくださった。

メイさんが被った冠をひとまず取り返さなくてはならないから、頭の上に手を伸ばしてひっぱる。

動かない。吸着されたようにここにある。

冠、しっかりと彼女の頭に固定されてしまっているのですが⁉

❋白銀の冠

フェンリルが「この娘を貸してもらうぞ」とさわやかに言えば、フェルスノゥの方々はメイさんに手出しができなくなった。立場の差ゆえだ。問答無用で彼女が牢に入れられる展開にはしたくない、って私の意見をフェンリルは尊重してくれた。まだ解決方法は見つかっていないけど、気絶中のメイさんをそのまま連れて、やってきたのはロイヤルシークレット・ガーデン。

「どーしてこうなっちゃったかなあああ〜」

メイさんを膝の上に乗せて抱え、くっついたままの冠の根元をなぞる。

「ここに連れてくる間にも冠は落ちなかったな」

「吸着されてるよねぇ。それってどうしてだろう」

「洞窟の底で眠る結晶銀のにおいがする」

フェンリルが鼻を鳴らす。ついてくると譲らなかったクリスがここぞと口頭で説明してくれた。

「この冠の素材が結晶銀だと言われています。古くはとある少数民族が宝としていたものでした。その集落の周辺は崖や洞窟が多い地形で、鉱石採取で生計を立てていた。採取の手伝いをしていた雪妖精がいたと記録に残っており、これほどの素材を冠の形にしたのは、雪妖精の恩恵だろうと伝えられています」

「それが奉納されたってこと？」

「はい。建国の際にそれぞれの民族が宝を持ち寄ったのです。やがて訪れた幼狼様が大変気に入ってこの冠を身につけたことから、代々戴冠の習慣が続いたと伝わっています。冠は幼狼様の頭部に収まり、けして外れず、フェルスノゥ王国を去るときにのみ自然と冠が離れると……」

みんなの視線が、その状況を直に経験しているフェンリルに集まった。

フェンリルは顎に指を添えて、わずかに顔を傾ける。クリスたち兄妹がハンカチで鼻を押さえた。

「そういうもの、だと感じてとくに気にしていなかったな」

「ここでフェンリル族の勘かぁ〜！」

感覚で覚えよう、って継承しているものが多い！

私が扱う魔法だってイメージだ。けれど、イメージで補えない非常事態に直面してみると、理解して記しておくことも大事だって強く思った。自分たちにとって当然で当たり前のことも、言語化して備えておけばあとの人たちが助かることは増えるはず。そこが優れていたから人間社会は発展したんだって言われているしね。これからはそうしよう。……これまではわからん！　くうう！

「絶対に冬を途絶えさせたくないのに〜」

焦ってしまっていた私の肩に、ミシェーラがポンと手を置き慰めようとしてくれる。

「あら。冬姫エル様、そう思っていない者も多いのですわ。四季が来なくなったらそれも自然の定めのうち。絶対なんてございません。これまでも、けして不死身ではない四季の大精霊様たちを一代ずつ、細々と繋いできたのがこの世界ですもの。絶対はない。ですから安心なさって。ね？」

「絶望の上乗せ……!?」

ミシェーラの方向性が意外すぎた。紅茶を注いで安心をうながしてくるし、肝が座っていすぎる。ふだんの心労が一周回って大黒柱になったのかも。ん？　クリス曰く、元から、らしい。わお。

「安心していないと何事もうまく回りません。だから時たま、わたくしたちは人の記憶を、さまざまな不安を忘れて、いったんまっさらな獣になることが必要なときもありますの。常に両方抱えていらっしゃる貴女は、大変だと思いますけれど」

「頑張る」

「それがあるからきっと大丈夫ですわ。さあ、もしも滅びても大丈夫」

「それは大丈夫じゃない」

「失敗は恐れなくてもよいと言いたいだけですわ。もっと過激な言い方もあるのですけれどね。雨降って地固まる」

「過激ではなくない？　日本にもあることわざと同じだ」

「そうですか？　雪ではなく雨に降られた冬の日に、己ごと地面が凍ることがあれど、冬に挑んだその挑戦には敬意を表するという、滅びを肯定する文句なのですけれど」

「解釈がそんなふうに変わってるの⁉」

「冬が終わったら春が来ます。それまで氷の心臓ならば保たれる。雪解けとともにまた生きることができるから。ね、なんとかなりますわ。だから冬の日にはなんでも挑戦せよ！」

ミシェーラが微笑み、紅茶をぐいっと飲んだ。

はあ。これくらい強くなりたい。私も真似して紅茶を一気に流し込んだ。結構な量だし、それを一気するくらいミシェーラも実は鬱憤がたまっていたんじゃないだろうか。げっほごっほ。

「んぅ……？」

私の膝の上で揺すられたからか、メイさんがぼんやりと目を開ける。

「調子はどう？　頭が痛かったりしない？」

く――、と彼女のお腹が鳴った。口元に桃を持っていくとかじり付いた。

（敵にくれてやるのか）とグレアのギラギラした視線が厳しいけど、腹ごしらえは話し合いを円滑に進める基本だから譲歩して。私が初めて雪山にやってきてフェンリルときちんと話せたときにも、手には青リンゴがあったんだ。だからこのやり方は冬の癒しだよ、信じてる。

「〝メイはぁ……頭が重くってよぅ……〟」

「冠がくっついているからだよ。玉座の間にやってきて冠を奪取したのはどうして？　今はメイさんの頭にくっついて離れそうもないんだけど」

あなたが四季姫としてふさわしくないから！　とか言われるのを覚悟した。でも、

「〝はあ？　メイに窃盗の罪を被せるなんてどういうつもり？　冠なんて、かぶ……かぶぅ……？なんでよぅ!?　何これ離れないじゃないの。どんな呪いをかけたのかしら!?〟」

この方向性で文句を言われるとは！

「〝え？　玉座？　メイはお前たちのやることに関心があったわぁ、でもね。無様な罪を犯す気はないのですもの。知るだけよ、知るだけ。留学生なのだから当然でしょう？〟」

理屈は間違ってはいないものの、〝知る〟の範囲がこれまではかなり間違っていたのでは。ミ

シェーラにまとわりついたり。留学生、やる気はあったんだね。言動のせいで伝わっていなかっただけで。

耳にキンキンする声ではあるけれど興奮していても話は通じる。さっきとはまるで様子が違うよね。緑の粘液は出ていないし、花の氷漬けの効果かな。……と決めかけたけど、冠のところに冷気が集中していることに気づいた。

「頭を冷やしているからかも。そういえば雪山でメイさんを救命したときに、氷魔力をちょっと分けたから。氷魔力を持つ幼子って認定されているとか……？」

「っ」

救命、という呟きのときにメイさんは唇を尖らせた。後味が悪いらしい。

極悪ではないんだよな〜〜！

立場と持病と環境と性格がめんどくさいだけで……！

「あのね。謝るのは負けじゃないんだからね」

私がこんなことを言う日が来るとは。謝ってばかりで会社のミスを不当なくらい押し付けられていたから、謝りすぎないようにって、そっち方面に反省していたのに。でも悪いことをしたら謝るのは、基本なんだよね、基本。当たり前のことをメイさんを通して思い出させてもらった。

「〝ハン、メイがどうして謝らなくちゃいけないの！〟」

「〝教えてあげますよ〟」

がし。

グレアが私の肩を摑んでいる。一切瞬きをしない迫力の表情が、真横にゅっと現れた。

「〝謝るのはなぜなのか？　知らなければ不服も当然でありましょう。であればお望みの通り、教えて差し上げますね、こちらから丁寧に。そうすればお心も平穏を取り戻すことでしょう〟」

「グレア……もしかしてラオメイ語話してる？」

そして、その笑顔は一体何！　こんなにもとりつくろったグレアの顔見たことない。なるほど、他国語だったたから妙に丁寧に聞こえたのか？　私の耳にはいつものグレアの声にしか聞こえていないのでゾワっと鳥肌が立ったよ。なんだこいつ、って。

メイさん、ポッと見惚れてる場合じゃない。さっき喧嘩してた馬ですよこれ。

何か考えがあるんだろうけど……。

私が絶句してると、グレアはまたフェルスノゥの言葉に戻り話した。言葉遣いが変わったからね。

「少々練習をしておりました。これから先、フェンリル族のお役に立てるようにとね」

「この留学が終わったらもう使いどころがないはずなのに、頑張って覚えてくれたんだね」

「〝メイのために？〟」

きゅるん、って可憐な上目遣いでときめいているところ申し訳ない。

違うと思う。グレアの笑みが深くなってやがる。こっわ。

今、私の方の声だけメイさんに伝わっているから、気を遣う！

「コレは俺が預かっていきましょう。うまく言いくるめて勉強をさせますよ、ええ。言葉の語彙は増やしていけばいいですし、乗せれば学ぶタイプのようだ。謝らせてやる、絶対に。なぜ謝るところなのか思い知ればいい。冬への敬いを叩き込んでやりますよ」

「そんなに⁉」

「〝そんなにもメイのために？〟」

メイさーん！　グレアに手を伸ばして、抱っこされる気が満々だ。なんということだろう。

（ここで無駄な時間をかけていると国を訪れた意味がありませんよ。エル様はご自身の目的を済ませるべきだ。そのサポートをするのが補佐官の職務なので、俺を信じて邪魔をするなよ）

（言い方ァ！）

小声とはいえフェンリルの前なのにこれほど言葉遣いが乱れるのは珍しい。グレアのことだからまったくの悪意で行動することはないだろうけど、去ろうとする奴のポニテをひっ摑んで、一言約束をしてもらう。

「グレア。やーさーしーくーしーてーねー？　してくれるのね、よろしくっ」

「……。学習方法について配慮するなら俺に任せてくれるという意思と、その小娘に、俺が優しくしようとしているからもし厳しく教育されても根底には願いがあるのだぞと錯覚させる意図を汲み取りました。承ってみせましょう」

ひねくれてねじ曲がってるなぁ。

まあここまでやったら、あとは任せるしかない。グレアに抱えられるメイさんにひょいひょいと桃を渡す。おサルのように器用に受け取った。そして担がれたままかじり始めたのでグレアがげんなりとした顔を一瞬見せた。図書室か勉強室に着くまでは、メイさん絶対確保のため我慢するようだ。

頑張れ！

冠については全然話せなかったけど！

メイさんが意思外であの行動をしたのだ、って判明したからには、彼女をここに閉じ込めておく理由はなくなった。メイさんがよそで大臣や女官に確保されそうになれば、グレアが抵抗するだろうし。これがベストか。

にこやかにハンカチを振っていたミシェーラが、さて、という感じでこっちを向く。

「国王陛下を助けてくださりありがとうございました」

下げられかけた頭をぽすっとキャッチ。だってもう、感謝も謝罪も山ほどもらった。

「私もまだ未熟で迷惑をかけてる。一つずつ確認するのは丁寧だけど、私たちは一緒にやっていこうねって言葉をかけたじゃない。だからここでは一緒に紅茶を飲んで、おしまい。そうしよう？」

ミシェーラは、私が手ずから紅茶を淹れるのを見守ってくれた。職場でお茶係もやっていた経験が活きて、いい感じの琥珀色がティーカップの中でさらりと揺れた。香りもいい。よし。

「口上とはいえ王は貴女を認めましたわ。ですから国内外への説得の諸々はわたくしたちにお任せくださいませ。兄には魔法省との連携を取らせて、保管機械怪物の見学を整えますからね」

ミシェーラが去り際に、私の耳元で囁いた。

「冬姫様」

「フライングだ……！　けど嬉しいよ」

「時期が、少々早いか遅いかという違いだけでございます。そして、わたくしどもの伝統が硬いのでしょう。このたびの冬には似つかわしくないですわね」

おおう。強気発言。国家制度のことを批判しているようにも捉えられる。内緒話をするためのスペースとはいえ発想が槍のように鋭いわ。フェルスノゥの初代女王を目指しているミシェーラにとって、国の法律の硬さについて思うところは多々あるのかもしれないね。

「氷は形を変えるものです」

……フェルスノゥ流、冬のものに例えた会話術。お察しして、私。

これは、あの冠にこだわらなくとも私を認める方法もある、かな？

文化背景を知ってから、ようやく少しずつ読めるようになってきた。

「そうだね。けれど、冠を被ることがフェルスノゥのみなさんにとって大切なきっかけのはずなんだ。フェンリルの側に私がいられるのも、異世界人への警戒を最小限にしてもらえているのも、みなさんの譲歩だよ。譲ってもらえた分は」

「返したい、でしょうか。まぶしいです」

ミシェーラが目を細めて私のことを見つめている。なんだかホワホワした表情がすごく可愛い。

「理想論だけどね。なんでも言わせてもらえる立場だからこそ、言うなら理想論にしたいんだ。それを目標にしたいから。自分がイメージする最もいいかたちを、って冬の魔法を使うときに心がけるでしょ？　考え方の練習になってるみたい」

フェンリルの教えが根付いてきている。私は、これを性格にしたい。

「やったろうじゃん」

ミシェーラに向かって宣言。

よぅし、カラ元気でも元気は元気！

フェンリルが手のひらをピトッとお腹に当てたので、面白く思いながら言った。

「お腹を撫でるしぐさは、もう大丈夫そうだよ」

サクサク、雪を踏みしめるような織り方の絨毯(じゅうたん)を堪能する。

私たちはこのフェルスノゥ城内を自由に歩いてもいいという権利をもらった。

そう。つまりは。

ごゆっくりどうぞというやつです。

冠を被るために努力するぞぅ！　と言ったところで、即結果が出てくれるようなことは、ない。

ミシェーラたちが昔の資料を探してくれるそうだ。メイさんと冠はグレアが観察してくれている。

私がメイさんの隣にいたら甘やかすから観察にならない、っていう点も大いにありそう。

フェンリル様と昔話をしながら先ほどまでの騒動の疲れを癒してきてくださいましー、だって。

「そんなに足をジタバタさせていると、転ぶよ」

「わっ。……支えてくれてありがとう。この動き方って幼狼らしかった？」

「転ぶのはあまり。幼狼とはよく動くが、野性の本能で転倒は防ぐから」

「どちらかといえば人間の子どもって感じかぁ。ん――っ」

幼狼とは、なんぞや⁉ 問いが頭の中をぐるぐるしてる。

フェンリルは「ははは」ってのんびり笑う。

「グレアが言っていたね。フェルスノゥ王国のことを緑の娘に思い知らせるのだと。エルは？ 来たばかりで騒動に巻き込まれていて、冠を被るのは国王たちのためにと言いつつも、国王たちが冠をどのように見ているのかを、まだよく知らないのではないか？ そこから動き始めてみるのはどうだろうか」

「それもいいね」

ぎゅ、とフェンリルの手を握りながら返事をする。

焦っていて、丁寧に解いていくべき部分を、言葉だけで理解したつもりになるところだった。

私にこれまでの記憶があるからといって、万事万端ではない。

「ええと。じゃあ手をつけるとしたら、よく知ること。フェンリルの昔話その一？」

いや硬いか？ ミシェーラに言ってもらった「気楽に」みたいな言葉をまるごと律儀に遂行しようとしてしまった。フェンリルを見ると、同じことを思ったのか笑ってたけど、乗ってきた。

「グレアたちは勉強だが、私たちは、もっと感覚的にフェルスノゥのことを知っていこう。それから言葉に起こすなりしたらいい。私が以前訪れてからも随分と時間が経っているからね。昔話だけでなく、今のフェルスノゥにてゆかりのある場所で昔話を語るのはどうだ？」

「フェンリルの昔話探しってことね！」

「ああ。けれどそれは騒動の疲れを癒して……とは違うのだろうか。ううむ」

「ううん。すっごく癒されそう。やりたいっ」

興味あるよ！　雪山でのフェンリルはけっこう見てきたけど、人間の世界でどうやって過ごしていたかって想像も追いつかない。自分の想像に足りないことを知るのってもともと大好き。小学生の頃は図書館と博物館をキッズフリーパスで行き来するのが定番だった。そっか、私が好きだったことか。好きとか趣味とか、随分と忘れていたんだなぁ……。

フェンリルのこと、大好きだし、何か知っても傷つかないだろうって信頼してる。魔力を受け継いだときにしっかりと深く重なったから心がすり合わせられていて、安心する。

ここに冠がねぇ、ってフェンリルの頭をじっと見てしまった。

「戴冠のときにはまだ人型になれなかったからね。小さな幼狼は先代に咥えられて連れてこられた。そして冠を返したときにもまだ、獣型のままだったな」

「重大情報が来ちゃった。それならそもそもの前提が私とは随分と違うんだよねぇ」

話しながら廊下を歩いていると、私たちを見つめる視線が続々と増えてゆく。けれど話しかけられることはなく、気遣われているような感じ。玉座の間騒動はマイルドな物言いで城内に知れ渡っているんだ。私の頭に冠がないことも、きっとこの視線の意味なんだろう。

フェンリルがふと、私の手をぎゅっと握ってくれた。愉快さがにじむような声で言う。

「よし。逃げよう！」

ところ変わって、木々の影。

敵前逃亡なんて幼狼のとき以来でフェンリルのテンションが上がったらしい。とても獣！

周りから注目されないように姿を変えてみることにした。

「テイストチェンジ」

……という魔法を使う。私のオリジナル。

しくみとしては、動物が冬毛となるためのイメージを人型の服装に反映するの。見たことのある服を着た自分をしっかりと思い描いて、それが快適だから冬毛を変化させるのだと願いを込める。

私は、メイドスタイルに。膝丈フレアスカートに北のブーツ、白のエプロン。

フェンリルは執事スタイルに。端々までぴしっとボタンを留めていて凛々しい。

元の毛色が白銀なので、服も似たような色合いとなる。けれどフェルスノゥの従業員服といえば白が多く使われているから（雪染めというらしい）違和感なく似せることができてるね。

私は肩までの髪を編み込みにして、真珠のネックレスを巻きつけて髪留めにした。

フェンリルは首の後ろで一つにまとめてリボンで留める。獣耳だけはどうしようもない。グレアは獣の耳まで隠す魔法を使うけど、ものすごく練習したそうだ。即席でやるには私たちには「獣耳を消さねばならない」危機感が薄く、成功しなかった。

メイドスタイルに、耳を隠すくらいの大きめ帽子も違和感があるから、そのままにしておこう。

背景が白いところで遠目に見る分にはパッと見保護色になるだろう。そう、きっとこの甘さがあるからさっき成功しなかった。一連の考えを小さなノートにメモして、あとでクリスに託そう。有効利用してくれるはずだ。

音を立てないようにして、庭木の陰から出る。

よし、今注目している人はいない。北風のように走ってきたからね。

白い服装のものが庭に出てしまえば、白雪の世界で保護色になり目立ちにくい。雪面を歩くのはめちゃくちゃ慣れているので、お城の散策は、これから庭を進むことにする。従業員の皆さんは休憩のときに外気と降雪から魔力を浴びるのを好む方もいるから、私たちの行動も不審じゃない。

「ここはお城のどこだろうねー」

「わからない。増築されているようだ」

「これは本当に私たち、まったくフェルスノゥ城を知らないねぇ」

ふふ、とフェンリルと笑い合う空気はのんびりしている。

ふとフェンリルが前に出て、周りをぐるっと見回しているときに、目が合った。白銀の巨大オオカミという感じではなく執事の男性って感じられたのか、私は、わずかにドキッとした。おわあ。客観視して理解したかも……これなら、人々が冬姫エルを女性を見る目で見てしまうのも仕方ないのでは。だって表情が、こんなにも慣れ親しんだ人のように見えている。

なんだかむずがゆく思いながら、フェンリルの隣に並んで同じ景色を見た。

フェルスノゥ城は前からも後ろからも景観が似ている。だから確認するなら、塔など端の方に備え付けられた場所を目印に察するのがわかりやすい。それか、てっぺんの旗の方向から察することもできそうだけど、そこまで目が届くなら、いっそう高くそびえる雪山の方向を見つけるのが最適

だ。

塔の位置から察するに、ここはお城の裏側みたい。

来客はなかなか来ない場所なのか、静かで、なんなら薄暗いという表現もできるひっそりした場所。低木が鬱蒼と茂っている。ガーデン……なのかな？

「ああ、来たことがある」

「本当？　さっそく思い出の場所に当たったならよかった〜。どうしてここに来たの？」

「……」

「フェンリル？」

赤く、なって、いる……だと？　あのフェンリルが赤面？　わぁお。スマホが使えるなら写真に撮りたかったなあああ。なんという絵になる照れ顔。美しい。

「ごほん。約束だから語るとしよう。ここに来たとき、私は迷子だった。幼狼というものはそれは好奇心旺盛なので、さまざまなところに気がつけば動いている。まずは動いて、自覚はあとからついてきた。それは本能が養われていく経験にもなったかもしれない」

フェンリルもできるだけ言語化して私に伝えるように頑張ってくれているみたいだ。

「ヒイラギの葉だ」

フェンリルは低木に触れる。葉っぱはチクチクとしていて、赤い小さな実をつけている。

「空腹で衝動的にこの赤い実を口にした。口の中が葉で傷ついたし、実はここで育てている実は染料に使っているものだった。これがけっこう衝撃的でな、口が痛いし苦くて渋いし、しばらく幹の近くで伏せて縮こまっていたら、王族たちが迎えに来てくれたんだよ」

「それはなんとも。当時のフェンリルが無事でよかった」

「ありがとう。同じことを王族も言ってくれた。冠によって見つけやすかったとも言っていたような……」

「冠の銀色が光るから？　いやでも……この何層もある葉っぱに隠れていたらわからないんじゃ」

「冠特有の魔力がある、だった。思い出した」

「えらいっ」

すごい進歩だ。フェンリルはパチリと瞬きしてから、ニコッとしてくれた。

こうなれば散歩にもっと積極的になっちゃうね。ガーデン、探索していこう。

「迷路みたいだ」

かろうじて一人が通れるくらいのスペースが入り組んでいる。他は一面の低木！　このガーデンは植物の生育を重視しているようで、美観的にはあまり綺麗とは言い難かった。けれど手入れはよくされていて、葉には虫食いもなく、雑草が茎に絡みついているようなこともない。フェンリルが言った通り、赤い実を染料にするための場所なんだろう。そういえば廊下の彩色にも赤色があった。

ふと、視界の端に一瞬、影がよぎる。

ものすごく足の速い動物かと思った。

「ワンっ。…………!?」

ねえ、って話しかけようとしただけなのに！　また？

「幼狼になる時期が近い証だろうか。半獣人から獣になった例はないはずだが、エルだしな」

「そ、そうなったら冠ゲットが近くなってくるね！」人の姿でワンは恥ずかしいけどね……！

ヒイラギの小道を行ったり来たり。

ようやく影の正体を見つけた。

背中を小岩のように丸めた、ずんぐりとした農夫のご老人。立派なヒゲを蓄えている。濃い土のにおいだ。この人はガーデンを守る園芸師（ガーデナー）らしく、道具が入った袋を携えている。

ぽん、と肩に手を置いてみた。

「どわっふぅ⁉　なんやお前ェ、おうおう、こんな忙しいときに話しかけんじゃ、フェ――ッ⁉」

喧嘩腰に固まっていたら、あちらは囂々（ごうごう）と叫んでからぺたんと尻餅をついて高速で後ずさる。

後ろ向きなのになんでそんなに速いの⁉　そのバックの動きはなんなんだ。

追いついて、お爺さんのブーツをつかんだ。フェンリルが。

うわあ。狩りを前に爛々（らんらん）とした獣の喜びの顔つきだあ。

「すまねえぇ！　オイラたちはこぉんな言葉遣いしか知らねぇ。できねぇ。だぁから御身の前に現れちゃあいけねえんだ。離してくだせぇ、頼むんでェ」

「言葉遣いはそのままで構わないから、私たちと少々話してもらえないか？」

「ええと怒ったりしないので、どうか。このガーデンのことを教えてもらいたくて引き止めました。ここでの過ごし方に興味があるので、社会見学がしたいんです」

「しゃかいけんがく」

お爺さんは白眼になった。立派なお髭の下に隠れた口からは「あがあが」と声が漏れてる。そしてようやく持ち直すと、ぼりぼり頬をかく。

「げほん。オイラは……このガーデンを任されとる庭師のドヴァー一族のもんじゃ。普段喋らんもんでのぉ、声が汚くて申し訳ねぇ。服も汚くて申し訳ねぇ。お二人さんの……いやお二匹様？　すんません。立派なお召し物を汚すわけにはいかんのではねぇかい」

「土汚れにも負けない衣服ですよ」

獣の毛皮だしね。サラッサラの高級毛並みみたいなもの。土を擦りつけてもパパッと払えばすぐに元どおりの白銀色。だからメイド服とかがほとんど白色でも問題はないんです。ほら。

「何しとるん⁉」

「ええと幼狼特有の土遊びかな。ねっフェンリル」

「ああ」

「お、おお……………」

信じられないものを見るような目を向けられている。でも私も引けないし、せっかく着替えたし、土いじり結構好きだし。ガーデン見学、複合的な理由で参加させてもらいたいと相談する。

「わ、わかったですぞ。んじゃあ、オイラの仕事ってぇと、今はこれなんだが」

「切り花？」

「おう。切った花についた土をハケで丁寧にとってなぁ。そんで茎を布切れで包んで、よう曲げるんだ。これを編んでいきゃあ、リースができる。大量にこれを作るんよぉ」

「すごく綺麗。お城のどこかに飾るんですか？」

「うんにゃ。これから先に祭りがあるもんだから、街の家々に配ってやんのよ」

「知らなかった。この国からの贈り物だなんて、国民のことを大事にしてるなあ」

「知らんかったんかぁ⁉ ほげェー！ どうか内緒にしてもらえんか……頼むよぉ。上がそう判断したんなら、なんかお偉い理由があんだろう。それをオイラが台無しにしちまったんじゃ、申し訳ねえ。ナンマンダブ、ナンマンダブ。忘れておくれぇ」

「忘れました！」

「かたじけねぇ！ げほんごほん」

喋らせすぎちゃったみたい。そこの水筒を取ってくれェ、って言われたので渡す。ドヴァー一族の方の手はごつごつしていて分厚くて、土色の濃い肌。水筒の飲み物をあおるとシナモンのようなにおいが香った。

そのあと、彼がべしゃりとうつ伏せになったから「すわ毒⁉」とかびっくりしたけど彼の一族における最敬礼だそうだ。頭も体も地につける、地に誓ってという意味があるそう。

水筒を渡したくらいでそこまで畏まられると申し訳なくなってくるけど……私から社会見学をお願いしたんだから、うじうじされても困るだろう。よし。木の棒で彼をつついていたフェンリルを見習お……いや、何やってんの⁉……生存確認だったそうだ。

「オイラが切り花を渡すんで、そこの敷物の上で、リース作りをやってくださるかい。できるところまで、気が乗った分でかまわねぇ。おお、すげぇ、一発で器用になさるじゃねぇか⁉」

「こういうの好きなんです。見本に似せて作れていますか？」

「ああ、最高だ、ありがてぇ。花も幸せもんだなア」

彫りの深い顔の、くぼんだ目を和らげて、ドヴァー一族の方が花を愛でる。彼は名乗らなかったから、私たちも自らフェンリル族だとは名乗らないことにした。

やることをやる。

ゆったりと、充実した時間が流れていく。

敷物の隅に私たちは座り、真ん中にたくさんの花を広げていく。白のバラなんだけど、真ん中の方が青みがかったものがたまにあった。だんだんと青く色づいて、青のリースになるそうだ。地球では幻とされた青いバラがこっちでは一般的だなんて。すごくいいものを見ている気分。

茎を布地で包んでから曲げると植物の汁がにじみ、茎が柔らかくなる。しだいに指先がくすんでいく。けれどそれは大地を駆けたら足の爪先に土と雪がくっつくのと同じことだ。土いじりが好きだったのは、自然を感じられるからだったのかなーなんて。

「エル、またひとつ思い出したよ。幼狼の私を、雪妖精が捜しに来たんだった。先代のね」

「そうなんだ。せっかくだから状況を揃えてみるのはどうかな。ええと、私にとっての先代ってことで、フェンリルが契約してる雪妖精を呼んでもらってもいい？」

フェンリルは頷いて、パチンと指先を鳴らしただけで、小さな魔法陣を四つ現す。そこをくぐってやってきた雪妖精は、優雅なお辞儀を披露した。リリリリ、と翅を鳴らして仲間内で相談をすると、それぞれが役割分担してリース作りの手伝いを始めてくれる。すごい手際がいい！

リースが山となった。重なって傷んだりしないように、平らな箱に布地を詰めたところに、置いていく。追加の切り花を持ってきてくれたドヴァー一族の方々が、サッと籠を置いて、去っていくときのしわがれ声がささやかに耳に残った。

「夢のような光景だぞ。ドヴァーの敷物の上にフェンリル様たちが座してくださり、ワシらが育てた花を愛でておる。雪妖精様まで姿を見せてくれて、光景のなんと美しいことよ。こんな機会に立ち会えるたぁ、幸せじゃあ。あのリースは宝だぞぅ。ワシらの仕事は宝だぞぅ」

ハイホー、ハイホー、そんなリズムで。

彼らが歩いているものだから、私もつい鼻歌を歌う。

「リース作り。幼狼がやるにしては落ち着いた趣味だと思う？」

「やりたいことをやっている。それならば、エルという幼狼はそれが良いのだと思うよ。城の中でやっていたのは〝休まなくては〟だっただろう。あれはエルの趣味じゃない」

「あーそうだねぇ」

くるくる、くるくる、とリースを編んで。午後が過ぎていった。

夕方になると、場所を変えようとフェンリルが言う。

幼狼が活発になる時間だからだって。

ちょうどドヴァー一族の方々も片付けを始めたので、挨拶をしてから、ガーデンを離れて、ぷらぷら歩いていく。フェンリルが上を向いた。

「日が暮れる頃になると、よく、城壁を登っていたな。夕暮れの景色を見ながら走りたくなったよ

うな気がするんだ。そのときももちろん、冠を被ったままにね」

「よーし行ってみよう。でもガーデンのときみたいにお仕事を手伝えそうもないから、何か手土産くらいあった方がいいな。遠慮されにくくて、あるとありがたいもの」

「エルは慎重によく考えるね」

よしよし、と頭を撫でられる仕草は、親が子供にそうするような親愛表現。たまにぐーりぐり、と強めに乱されるのはオオカミの触れ合い方。髪を直してくれるのは、とても人間らしい仕草。

「給湯室、あった。もしかして……。すみません、そのお茶って城壁の警備員さんへの差し入れですか？　私たちが持っていきたいのですが、任せてもらってもいいでしょうか」

「よくそんなところに気づいたな」

「誰がどんな仕事をしているのか、把握するのは得意なんだよー」

癖だった。叱られないように、どんな仕事を振られてもできるようにしなければって。でも今、役に立ったのは良かったなって素直に思う。

メイドさんたちが顔を真っ赤にしながらフェンリルと私を交互に見て、いわゆるメロメロ状態だったのは、びっくりさせちゃってすみません……。彼女たちは非常に恐縮しながらも、お茶の配送を任せてくれた。メイド長さんが駆けつけてきた。この寒い中、温かい飲み物も一瞬で冷える。だから早く届けるように気をつけているんです、って小声ながらきちんと教えてくれた。メイド長さんはできる人だなあ。

バスケットに綿のような布を敷き詰め、木筒のお茶ボトルを入れて持たせてもらった。

「城壁への階段があるね。フェンリルはここを上ったの？」

「いや。……積み上げられている石材の隙間に爪を引っ掛けて上って、落っこちた。それが悔しくて、かえって何がなんでも上に行きたくなり、思いの強さで、氷柱の魔法を初めて使ったんだ」

「おー、氷魔法発祥の場だったんだ。恥ずかしそうなのに教えてくれてありがとう、フェンリル。大丈夫、幼狼が雪に落っこちるのって微笑ましいよ？」

「同じ視点でエルのことを見守っていると忘れないようにね」

「うわあ！　反撃が来た！」

そうして話しながら、足で魔法陣をえっちらおっちら書いていく。珍しい毛皮の状態になっているから、それを維持しながら大きな魔法を使うのはちょっと難しそうなので。円だけでもあると魔法を使うのがラクになる。せっかくなら昔のフェンリルと同じように過ごしてみたいからね。

「〝氷柱〟」

ぐん！　と伸びて一気に城壁まで。

私たちは氷柱の上に乗っていたから、速攻で到着した。

騎士さんが爆速で駆け寄ってくる。私たちが氷魔法を発動した瞬間、察して、即行動したみたい。この反応速度が出せるってものすごく優秀なんじゃないかな。騎士さんたちに敬礼してみせたら、顎が外れそうなくらい口を開いてた。毎度驚かせてすみません、慣れて。何しても驚かれるから、もうそれしか解決方法がない気がするの。

「差し入れをどうぞ」

「これを、フェンリル様方がお持ちくださったんですか⁉　いやはや……光栄なことでございます。有難く頂戴いたします。私どもに御用でしたら、なんなりと」

キラン、って私の目が光ったかも。騎士の三名はごくりと喉を鳴らした。

ニコッと微笑んでおきましょう。

「もしよかったらここにしばらくいてもいいですか？　社会見学したいんです」

「しゃかいけんがく」

呆然（ぼうぜん）とした声で繰り返されたものの、やっぱり反応が早い。

ザッと片膝をついて氷の爪を胸元に、そしてまた立ち上がった。

「承知いたしました。ベテランの騎士が案内します。何かあればその者に判断権が御座いますので、お申し付けください。ごゆっくり警備を眺めてくださいますと幸いです」

おおおかっこいい～！　頼もしくて、こちらこそありがたいです。

「足元を獣型に変えさせてもらいます」

足先がグンと冷える。スカートの裾から、ふかふかとした獣の足が覗いた。太ももから下だけを半獣人の仕様にしたの。これで夕焼けに向かって走ってみようと思っているんです。

騎士のみなさんがバッと視線を逸らしてる。女子のスカート付近を見ないように？　紳士だなー。対して、フェンリルはじっくりと獣の足を観察していた。

「成獣ほども筋肉がついていない。幼狼の脚がエルの身長に合わせて伸びただけに見えるな」

「そっかあ。肉球もまだフェンリルよりももっと柔らかいかもね。触ってみる？」

(触ってみる⁉)ごめん騎士さんびっくりさせて。あのね、獣の検証なので。

私は後ろ足をひょいと上げた姿勢になり、フェンリルが足の裏側を観察した。

ぷにー、と肉球を押されてもあまりくすぐったくない。そっか、くすぐったかったらまともに走れないもんね。肉球の弾力はやっぱり幼狼らしい。その場でピョーンピョーンと跳躍すると、二メートルくらいは余裕で跳べた。着地もすんなりと衝撃を吸収して、まったく痛くない。

「エルはここを歩くのが楽しいみたいだ。案内を感謝する」

「ハッ！　もったいないお言葉でございます」

ぴしり！　と俊敏な騎士さんの敬礼は、ポーズが地球の騎士さんと似ている。似るものなんだ。

ぐるりと半周はした頃。フェンリルが、お城の一部を指差した。

「あそこを見てごらん、エル」

「窓の向こう、図書館？　本棚が並んでるね。あっ、メイさんとグレアがいる！」

「素晴らしい視力ですね……。それにしても、メイシャオ姫がおとなしく勉強していらっしゃるとは信じられないくらいです」

ベテランの騎士さんは慎重に話した。

「みなさんから見て、メイさんってどんな方なんでしょうか？」

「少々きつい言葉になってしまいますが……。彼女たちは、平和なフェルスノゥの中で爆弾のようでした。ワガママ放題。傍若無人。北の王族を軽んじる視線。フェルスノゥの城内を案内したところ、女官との嘲笑が目立ちました。まったく友好的ではなかったのです」

彼は心配そうな顔をしていて、私たちがメイさんといることが多いから、気をつけて、と暗に伝えてくれたんだろう。大丈夫です。やばさはしっかり感じています。それをふまえて頑張りますね。

「そういえば。私たちがいるときには、女官の方々って姿を見せなかったね」

「従者の立場では、王族の方々に紛れられませんよ」

フェルスノゥの方々は礼儀を重んじるところが心地いいと感じていたけれど、それ以前に、身分の意識が大きいのかも。身分をわきまえているゆえ、私たちは最も丁重にもてなしてもらっている。

身分制がない近代日本人だから、まだ距離感が掴めないところだな。フェンリルにアドバイスを求めたら、獣の序列で説明をされそうだし。そっちもまだ実感を得るところまで至っていないなあ。

「身分かあ〜。フェンリル。私も高貴に見えるの？」

「エルは高貴に見られたいのか？　あまりそのように感じない。自分の理想に近づけるように、まずは理想を思い描いてごらん。高貴かどうか、その返事でどうだろう？」

「今の言葉が一番欲しかったかも」

あはは、って笑いかけた。フェンリルは頷いてくれた。

「交代の騎士がやってきました。目を替えて索敵をするため、交代は日に四度行われます。ここで交代する者も優秀な男ですから、気兼ねなくお過ごしください」

やってきた騎士さんも大柄でどっしりした体格、さらに毛皮の外套で着膨れている。これから夜になるとさらに冷え込むからなんだろう。まっ先に、私たちに向けて最敬礼をしてくれた。

二人が剣を抜く。

「『我らが国家に安寧を。夜空に雪、夕に虹』」

剣がかちりと打ち鳴り、合わされた。刀身は夕焼けを映して虹色を帯びた。

このたびの冬ではすっきりと空が晴れているので、お日様の光がまんべんなくフェルスノゥ王国に降り注いでいる。一面の雪にその色が映り込んで、世界は神秘的な黄色に染まっていた。朝には青白く、夕方にはすっきりとした黄色に染まる。ハチミツみたいなとろみのある世界。晴れた空は夜になれば満点の星々とオーロラをいっぺんに見ることができる。

「そろそろ暗くなります。北の夜は早い。おやすみになってくださいませ」

「今日はどうもありがとうございました！」

❋特級客室

一番星を眺めたあと、客室に案内された。

最も格式高いゲストルームなのか、置いてあるものがいちいち高級感がある。けれどフェルスノゥらしさは健在だね。北の人が長い間育ててきたカントリー調の文化を夢中で堪能する。民族文様が描かれた織物のカーペットとクッション。木々を組み合わせて作られたロングソファやテーブル、インテリアにはぬくもりがある。寒い外から帰ってきて部屋であたたまるような、シチューが似合う内装。暖炉の炎を覗き込むと、不思議な青みがかった色をしていた。炎は普通、赤色・黄・青・白の順に高温になってゆくものだけど、この青い炎は私たちの中心をあたためつつ指先を心地よく冷やす。燃やしている素材が特別なのか、魔力を与えてくれているんだ。すごいっ。

ここに通された他国の方々はいっぺんにフェルスノゥ王国を味わえるね。

それって外交的に素晴らしく、用意する国民も誇らしいだろう。

「今日は疲れたぁ～」

「そんなふうに言うのは珍しいな。雪山ではほとんど聞かなかった」

「今は気疲れの方だから。雪山はなんか、仕事しつつもアウトドアって感じているところが大きくて常時ＨＰが微回復しているの。人を相手にしてるとね、一人一人が考えてることがたくさんあるから、私は考えすぎちゃうみたい。さっき案内してくれた黒髪メイドさんだって、どんぐり食べたい、とかきっと考えてないもんね～」

「人間が食べるなら肉だろうな。それから人間にはしきたりが多い。フェンリルの姿になってからこの国を訪れたのは相当久しぶりだから、私も疲れたような感じがする」

「お揃いだね。それってなんだか頼もしい」

「どんと頼ってくるとよい」

ぷは！　と笑っちゃった。

フェンリルが淡く光を帯び始めている。

私は気づいたら即座に「待った」をかけて、周りを見回した。

「だめだよ。ここ巨大オオカミが留まること想定してないから。天井は頭に当たるだろうし、照明は壊れるし、尻尾が暖炉の火で焦げちゃうよ。今夜は、獣型になるのはやめとこう」

「それでエルが満足できるのか？」

フェンリルの疑問通りだよ！　きっと切ない！　うわーん白銀サラもふベッド！

ぼふん！　と木組みのベッドにダイブしてみる。これはこれでいいもの。でもね。

「……この最高級のベッドよりもフェンリルベッドの方が寝心地いいって、贅沢だな～」

「夏の大精霊の大亀であれば、このベッドが選ばれそうなものだがな」

「今はフェンリルの毛並みが素晴らしい話をしているので」

「そうだな。私が褒められているところだからな」

そうです！　大の字に寝転んでいる私の隣に、フェンリルが腰掛けた。

フェンリルは誇らしげに笑って、またわずかに光を帯び始めた。

人型のまま。尻尾がふっくらと現れている。

「枕だけであれば」

「嬉しい！」

「エルはとても頑張っていたからね。その時々で、最善を尽くしていたと思う」

「……でも、って言いそうになっちゃった。今……弱音が出てしまいそうで……」

「エルが言ってくれたことを覚えているよ。『フェンリルは冬を呼べなかった五年間、一番悔しくて、一番頑張っていたから尊いんだ』と、不満を口にする動物や精霊たちに何度も説いてくれていただろう。そうしてくれてありがとう」

「冬姫候補として当然です」

グレアみたいだ。物言いが。これって職種に自信を持っているから出る言葉だったんだな。私はできている方だと思っているんだろうか。今の、冬姫業について……。正直なところ、自負が芽生え始めてる。やったことに対して、お礼を言われたり褒められたりするので、そのたびに自信が育つ。

冬姫候補ではなく、冬姫として、って明日こそ言いたいな。

フェンリルが姿勢を変えて横になったので、私たちは、いつでも寝てしまえる体勢になった。食事は夕方に押しかけてきたメイさんとプロテイン桃を食べたから、それで十分。明日は朝食を用意しますからねってメイドさんが張り切っていたので、この部屋に似合うシチューをリクエストしてある。木の実が練り込まれたパンも人気だってオススメされたから、お願いした。

私たちがどんなリズムでも休めるように、しばらくは部屋に食事を運んでくれるスタイルだそうだ。この生活に慣れてきたら食卓をともにしましょう、と国王陛下からお手紙をいただいている。この国の手紙は、青の封筒に白銀の封蝋（ふうろう）。スノーリーフの香りがするの。

「エル」

「んん……？」

あ、危ない。さっそく尻尾枕の気持ち良さに負けて、寝落ちするところだった。

「エルがよく頑張った日には尻尾を枕にさせてあげよう。冠を被ることができたら、私が屋外で獣型になるので、しっかりと休むといい。どうだろうか？」

「うぐううっ」

耐えろ私！ 合理的だろうに！ でも、いざご褒美が未定となると、毎日与えてもらっていた丸ごとフェンリルベッドが恋しすぎる。くうう。生き物の熱がほっこりと心地よくてさらりとした冷気と包まれている感触が最高なんだよマジで。思い出すだけで尻尾枕を撫でる手が止まらないぜ。

フェンリルがくすぐったそうに身をよじった。

「ははははっ」

「努力するよぉ。そうしてみる。すごいやる気出た。メラメラだわ。冠欲しい！」

「その意気だ。エルは控えめだから、欲張りになるくらいでちょうどよいと感じる。緊張感を持たせて負荷を上げるのはエルの教育に良いからと、グレアに要望されていたことが役に立ったな」

「あんちきしょー！」

「うんうん。オマエたちも出会った頃を思えばよく打ち解けたね。そうだ、エルが綺麗ではない言葉を使ったら縦にした手のひらを頭に当ててほしいとも言われていたが」

「チョップでは!?」けれど頭に衝撃はない。とん、とおでこに添えられたくらい。

「はあぁ、フェンリルは私に甘いなー」

「エルは愛子であるからね。私が大事にしたいと思うものに、手をかけてやりたいんだ。付き合ってくれて助かるよ。頼もしい」

「望むところ」

照れるじゃん、そんなの。

「疲れたけど、有意義な日だったなー」

ベッドの上の天蓋をぼんやり見ていると、布がランダムに重なるところが、アパートのベッドスペースにちょっと似ていると思い出した。あれは引っ越したタイミングで、まだ新生活に希望を持ちわくわくとしていた頃。インテリアにもこだわって、ベッドとソファスペースはこだわりの家具を揃えていた。けれど仕事が研修時点から超ブラックで（そのうえ研修中はお給料出なかったしね！）しばらくするとベッドやソファを使わずに床で寝落ちするようなことが増えていった。お化粧はメイク落としシートで拭くだけ。二年目にもなると色々ボロボロだったなぁ。

今は、満たされてる。

疲れていても、天と地の差だ。

「これを体にかけるのか？　使い方がわからないな」

「ブランケットだね。上にかけて体をあたためるんだよ。人工の毛皮みたいなもの。きっと他国の人が泊まるときにお好きにどうぞってたくさん置いてあるんじゃないかな。ミシェーラが言ってた。タペストリーや布地に織り込まれている青い糸はフェルスノゥの特産品で、青い鳥の羽根を溶かして紡ぎあげていて、寒さに適応する力があるんだって」

私たちはこれがなくても夜に凍えることはないけど。

「フェルスノゥのせっかくの文化だし。いかが？」

「かけてみるか。私も人の暮らしに触れてみたい」

そしてフェンリルは私の欲しい言葉をくれる。

「エルが気に掛ける、いいもののようだからね。一緒に使えばあとでともに語り合える。それが非常にたまらないことなのだと、愛子に恵まれて私はようやく知ることができたんだ。フェンリル族が後継を大切にするのはしごく当たり前の流れなのだろう。ずっと一匹で暮らしていた頃にはもう戻れやしない。ともにいることはかけがえのない喜びなのだな」

「そーれーはーねー。こっちのセリフだよ～」

好意を持って、必要としてもらえることにどれだけ救われるか。ころり、と涙が真珠に変わってブランケットに紛れ込んだ。くふふ、と小さく笑ってみせる。

「嬉し泣きだし」

「エルは感情が豊かだ。それなのに天候を保てていて優秀だ。成長が早いな」

「……前ね、私、成長しないグズだなって言われたことがあるの」

「その者は見る目がなかったようだ」

今、フェンリルが見てくれる目の方がいい。そんな私でいたいから明日も頑張れちゃうのさ。

「愚痴、言っちゃった。聞かせてごめんね」

「私は単純な獣だから嘘は言わないし、エルを傷つけたりもしない。いろいろと語るのは好きだよ」

さまざまな柄のブランケットをランダムに体にかける。贅沢だ。広いベッドに足を放り出して脱力して、まったりと体が沈んでいくのを感じる。ああ、もう本当に寝そうなんだけど……。

「おやすみ、エル」

「フェンリルはさ、目がぱっちりじゃん。人型では眠りづらい？　手、繋いでおいてあげよっか」

「それもいいかもしれない」

おりゃ――――！　繋いだ手に魔力を込めまくったら、いくらフェンリルでも寝れるでしょ……。

いつぞやのユニコーン式です。強制寝落ちさせたけど、目覚めがいいやつだから許してね。寝顔見れられるのってなんか照れるしねー。

目を瞑（つむ）ると、やがて私も眠っていった。

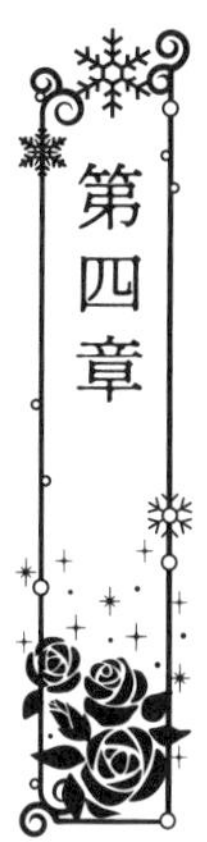

冬の遊戯

それから数日間、ガーデンの手伝いを継続した。城壁には夕方に顔を出す。だんだんと城内のみなさんにも慣れが出てきて、私たちと軽やかな会話をできる人が増えてきた。一時、我先にとなりかけたときもあったけど、フェンリルを前にするとどうしたって誰しも姿勢を正してしまう。氷の爪が、自分たちの敬うものを知っている。

私本人には、まだ威厳が足りていない。

一人でいるときには、チクチクとした視線もたまに感じる。フェルスノゥも一枚岩ではないらしく、派閥が存在する。未(いま)だに冠を身につけられない冬姫候補、異世界人。そして冠をよその国の姫に奪われたことも、ついでに問題視されている。ついでだって思うのは、表立って批判すると、あの場にいた国王様も責めることになってしまうから。

反対意見も持てるのは、政治としていいことって私は思うよ。ミシェーラたちのように賛成一筋だけでは、国が丸ごと、フェンリルのものになってしまう。

こっちの意見に耳は傾けてもらえるから、派閥もある現状で問題ないよ。

そう伝えたとき、ミシェーラが驚愕していたのが印象的だった。ずっと、フェンリル族が最優先だという価値観で生きてきて、それでも雪山で「自分の方が冬姫にふさわしい」と反発したことを、ずっと胸に抱えて悔いてきたらしかった。弱音を吐いてもいいのに、あの子は泣かないんだよね。

狭い己の世界を広げてくださりありがとうございます、って頭を下げてきた。

毎日午後ガーデンに通い、たくさんのリースができあがった頃。花がなくなったグリーンの庭園で「また趣があってとても素敵だよね」とフェンリルと話していると、グレアとメイさんが駆けつけてきた。

さて、学習の調子はというと。

……二人の仲が悪くなったのが目に見えちゃうね！

ギャーギャー言い争いながら歩いてきてる。

すごい。グレアがラオメイ語で合わせているのは、フェンリルに口汚いものを聞かせないためか？　学習中、グレアは相当厳しくしただろうし、メイさんは現実を思い知ることになったんだろうな。メイさんの従者をしていた黒髪のラオメイ女官の方々は甘やかしてばかりなので、グレアが遠ざけたって聞いている。世話をされ続けていたらメイさんが伸びないと知ってなお無責任にたぶらかすおつもりならば、そのように祖国に報告されるでしょう、だって。こっわ。そんなこと言われたら当然ビビるって。

（メイさんの冠は今日も外れてないか〜）

(うむ。グレアからは毎夜報告書が来ているが、片時も外れないらしい。髪を洗いにくくて非常に困っているそうだ。もういい加減外れてほしい、と本人が願ってもけして外れないとか)

メイさんは寝るときも寝づらいとのことで、黒髪に変な癖がぴこんとついている。

私の前までつかつかと歩いてくると、目をカッと見開いて見上げてきた。

「コレマデノ・メイジャ・ナクテヨ!」

エイリアンみたいな喋り方してる……!

「あっ。もしかして今の、フェルスノゥ語なの?」

声のイントネーションが違うから、もしや。グレアが鼻を鳴らしたので、その通りなんだろう。

「おおっ、すごいね、もう覚えられたんだ!」

「ソノ・トーリ。ダカラ・メイヲカイホウシテモ・ヨロシクテヨー!」

どうしよっかなー。プニプニの拳でぽこぽこ攻撃してくるのを、やんわりと受け止めた。

……メイさんはけっこうお太りになっている。

出会ったときには心配になるくらい細身だったけれど、今はバター色の肌がふくふくもっちりとしていて健康的。年相応の頬の丸みがとっても可愛い。これはプロテイン桃をメインに食育を施し(フェルスノゥの伝統食は保存性が高く、信じられないくらい高カロリーだ)ラジオ体操、勉強、追いかけっこ、と健康的な時間割りの結果だ。

彼女は今、一日を小学生のように過ごしていると思う。

私が概要を教えたとはいえ、グレアの研究成果には恐れ入りますな。

メイさんが抱っこを要求してきたので、ふんばりつつ、抱え上げた。ぎゅうっと抱きつかれつつ耳元で小声で文句を聞くことに。

「〝この従者ったらありえなくてよぅ！　しくしく！　嫌いな根菜も葉野菜も香味野菜も口に突っ込んでくるし、完食しないと甘味はお預け。味の感想をフェルスノゥ語で言いなさいって求めてくる。それから勉学は絵本からだなんてメイを馬鹿にしてるわぁ、もっと難しいものを読めるのよって、言わせるまでが作戦で、北の歴史書をここぞと読み聞かせてくるの！　居眠りしたら、雪合戦という戦いに引っ張り出されるのよ、野蛮だわッ〟」

今日の献立は根菜を煮たスープと、バターパイ、添え物のカスタードクリームだったっけ。

「〝俺もラオメイ語を学んだのでもう理解できるんですがね〟」

「ギャン‼」

カウンターが早すぎる。

「グレアが先生って大変だったと思うけど、よく頑張ったね」

メイさんに労りの言葉をかけると、涙を堪えたのか、ぐいいっと歯をくいしばった。お姫様って大変なんだろうな。きっと小さな体でも大きなものを抱えてる。大人たちをワガママに使っていたのは事実でも、そこに寄せられる期待に常に耐えている。

この子の頭に載っている重い金属の冠は、余分な重みのはずだから、とってあげなくちゃね。

これがあるから、フェルスノゥのどこに行っても、メイさんはさらに肩身が狭いみたいだ。

「一つわかったことがあるの。この冠が外れたとき、幼狼は急成長していたんだって」

「ソウナノ⁉ メイ、モットタベル。桃ヲタベル！」

成長を先にしたら冠が外れるかもって？ けっこう勘がいいな。その発想は良さそう。

桃の発音だけ完璧だったのは微笑ましい。

「カンムリ・イラナイ！ モウウンザリ。デモ、フトルノ・イヤ……」

「メイさんは健康的になってきたんだよ。体の調子はどう？ 前も可愛かったけど、今はもっと可愛く見えてるよ。大丈夫、すっごく魅力的」

ぷに、って自分の頬をつまんだメイさんは、私の肩口に隠れて少し震えた。にんまりと笑ってるような気がする。この子はわりと感情が大げさに顔に出るタイプなんだよね。

さっきまでは隠すように袖で頬のあたりを覆っていたので、祖国では痩せた体型がスタンダードだったのかもしれない。

「〝あのね……。……。……。……氷のショールをまとっていれば冬でも寒くないし、緑の魔力が苦しくないわぁ。ありがとう……〟」

小さな声。

でも獣耳と人間の耳を併用することで、よく聞き取れた。すごく嬉しい言葉だ。

これに真面目に返事をしても、恥ずかしがったりしてまともに取り合ってくれないはず。だから幼狼がじゃれたふりをして、小さな体をぎゅうっと抱きしめてみた。

「〝無礼よ⁉〟」

「わんわん」

「〝開き直ったりするんじゃないわよぅ！〟」

わずかに距離が縮まったような感じがする。雪国での時間の流れ方はゆっくりとしている。生きるために生きられる。みんながまず考えているのは、この冬を乗り越えることだ。そのために食べ物を分け合って支え合い、全体が一体になるような空気感がいいよね。メイさんも本人が望めば、そこに組み込んでもらえるはずだから、あとは意地っ張りなところをなんとかできたらいいのに。

（フェルスノゥのご飯は何が好き？）耳元でこっそりと聞いてみると（〝実はバターが美味なのよぅ〟）って教えてくれた。うん、うん。この国でのバターはトナカイからの乳製品。作るのが難しくて高級品だって聞いたけど、他国の方を招待するために、メイさんにもきちんといいものを振る舞っているのがフェルスノゥらしいよね。

「ユキガッセン・スルノヨ！」

「そうなの？　実は気に入っちゃった？」

「ソンナコト・ナクテヨ！　イライラヲ・カクサン・スルタメネ！」

イライラ、というよりも、自分が和らいできているむずがゆさをなんとかしたいみたいだ。

「それを言うなら〝発散〟ですので」

グレア・ステイ！　文句とともにチョップをするな！

メイさんは打たれ強いタイプだし、グレアも手加減をしてるけど、この二人は喧嘩友達というよりただの喧嘩だ。どっちも引かないので膠着（こうちゃく）するんだな。メイさんは意地っ張りなのでここで離れることもせず、技能だけは向上するらしいけど、精神衛生上よくはないだろう。

もともとグレアは万人にツンデレなわけではなく、フェンリル族・その周囲だからこそ関心を示している。従業員の方に遠くからキャーキャー言われても舌打ちをするくらい、キャパシティも心も狭い。狭いけど深い、優秀だから面倒見はやすやすできる、それがグレア。

その性質はこの人間社会にやってきても何一つ揺らがないようだ。まったくもう。

「イライラヲ・ハッサン・スルワァッッ!!」

「あ、メイさんよくできました。ほらグレア。ここで褒めることはできるでしょ?」

「〝学習能力は評価してもかまいません。真面目にやらなかったこれまでの人生の時間がもったいなかったな。『発散』のフェルスノゥの発音は他国人には高難度とされているので、ひとまず合格〟」

「合格、か……。そっちの方が言葉が伝わりやすいから、グレアはそう言ってくれたんだよね。グレアがツンデレゆえに私は『及第点(=合格)』しか言ってもらったことがありませんが⁉」

「エル様?」

「いいなあ!」

「おいエル様?」

「グレア。どうやらエルは幼狼の感情を発散しているようだよ。よい傾向だね」

「メイノ・マネカシラ……? イタタッ」

「! 冠がわずかに解けかけたようですね。この傾向は本当に効果があるのかも。よしエル様、続けてください。本心を飾りのない誠の言葉で、衝動のままに口にするのです」

「グレア! これから私が、冠に認めてもらえたら、合格って聞かせてほしい!」

「本心が小せえ！　目標は大きく」

「十分欲張ったつもり」

「欲がみみっちいんですよね。そこも原因では」

「ええぇ……。私ね、雪国スローライフに満たされているんだよ」

「欲だ、欲!!」

「幼狼になって、冠を被ることができて、メイさんとも仲良くなって、フェルスノゥとラオメイが友好関係になって、この冬は穏やかに乗り越えて、四季を超えてもまだフェンリルと過ごしたい！」

「メイト――――!?」

むうう、って堪えつつ赤くなってるメイさん、正直だよね。

「どれも当然のように突破できそうな欲だな。エルの努力があれば問題ないだろうと感じる。私であれば、まだ使用できない氷魔法をと望んでいたか」

「うーん、じゃあ私ももっと氷魔法を使いたい。どう？」

「〝変化がないわぁ〟」

「んむむむ」

メイさんの頭と冠の境目を触らせてもらう。頭の表面に吸着している感じで、この冠を揺らそうとすると、髪の毛がくしゃっと乱れた。それくらいの隙間はできているようで、けれどそれ以上の変化はないね。冠によって頭がひんやりするような感覚も変わらないらしい。

ビシ！　とグレアが私の方に指先を向けた。

「制限期間を設けます。負荷を上げる。冠を手にするまで、あと五日」

きびしっっ！

でも張り合いになるなら。それくらい経ったら、雪山の怪物被害の会合もあるし、そのときまでに冠問題のキリをつけておかないと、冬姫として出席することが難しくなるはず。各所への調整をしてくださっている国王様に申し訳なくなる。

「かといって、息抜きも必要だからね。よーし、雪合戦しようか」

「メイノ・イキヌキ！」

ここにいるメンバーは、四名。私、メイさん、グレア、フェンリル。

バランスわるっ。

ここで組むとすれば私とメイさんになるだろうな。だってメイさんはグレアに雪玉をぶつけたいらしいし。男子二人のペアは強力だけど、フェンリルが甘やかしてくれるのを願うしかない。

「あちらに氷魔法の訓練場がございます。暴れるならそこでしょうね」

どう見たってグレアが乗り気で不穏すぎる。フェンリルはその獣耳のご機嫌はどうしたのかな。

終わった。獣たちの野性が騒いでいるのが丸わかりだ。

「エル。せっかくだから氷魔法の練習をしてごらん」

「ああ、それもいいね。よーしこれまでやったことがない大きいやつ……は【冬を呼ぶ】レベルになりかねないから、ミシェーラがやっていたような繊細で難しい魔法に挑戦してみよう。古代魔法を使うのも練習してもいいなあ」

「やってみたいことがたくさんあるようだ。気分が上がってきたか？」

こっちを眺めてくるフェンリルの視線が優しい。

氷魔法の訓練場は広く、足場が雪かきされていて、その雪が訓練場の外側に山になっている。だから端っこを借りて、その雪を使わせてもらうことにした。自分から雪を創造するのはＮＧ。勝つためではなく雪合戦をやることが目的だからね。ドッジボールのコートみたいに地に線を引く。

「私たちに手加減してね。ほどほどに。じゃ、よーい……」

これを周知しておかないと、外野から見たら、男性チームが外道みたいだろうからね。

ベルを鳴らす。

リ――ン、という音がゴングの代わり。

雪玉を投げ合う。ほどほどに受けて、避けて、投げる！

だっ！　とそれぞれが雪山に走っていくまではよかったけれど、雪玉作りはどちらも下手くそだった。フェンリルたちは慣れない人間の手で淡雪の雪玉を作ろうとしているから、力の入れすぎで壊れちゃう。メイさんは小さな手で雪玉を作ると、しっとりと濡れてきちんと雪玉になっていた。湿気を操ったのかな。これを真似して私も繊細な魔法を心がける。――できちゃったのですが。

想像力があるからなのか、私は初見の魔法でも成功しがちだ。これは冠に対しては、まだ使用していない魔法を望んでアピールするのは望み薄かも。

とりあえず投げるぞぅ！　……顔面に雪ー！

「ぶはっ！　メイクしてないからぜんっぜんいいよ。フェンリル、そおれっ」

「風で加速させるのは基本だな。けれど速度が早すぎるのではないか、エル」

しゅいん！　……と手から飛んでいった雪玉。やりすぎた。フェンリルをぶっ倒しかねなかったので次は気をつけようっと。幸い、蚊を叩くように雪玉をガードしてくれたけどね。

「エル、ちょうどいい雪玉以外には当たってあげない。だから頑張ってごらん」

「それえっ」

「おや、曲がって戻ってくるとは。しかし気配察知ができたら避けられるな。さて次」

踊るように避けて、フェンリルは楽しんでいる。

その隣でグレアとメイさんが投げ合いっこをしていた。二人とも、量産パワー型だ。コツを摑んだメイさんがたくさんの雪玉を一摑みで生産していて、なかなかのコントロールで投げつける。グレアは大した威力がないメイさんの雪玉をまるっと受け止めつつ、あっちの足元に豪速で雪玉を投げ返している。メイさんは獣じみた動きで避ける。お互いに発散になっているなら、いいよね。

楽しい～！　獣耳がぴょんぴょんしてしまう。

「フェンリル。今度は雪玉の種類を変えてみてもいい？」

「どのようなものか興味深い。雪玉そのものに種類はあるのか？　やってごらん」

はーい！　両手にすくった雪をまとめていく。まとめ方を毎回変える。

固すぎず、ほぐれてこないように適度に凍らせる。

ここで氷魔力を練る。

まずは気持ち。こういう冬を呼びたいって願ったように、雪玉を作りたいって願ってみる。業務

的に淡々とやるんじゃなくて願うこと……想いを込めただけ、魔法は綺麗に形になる。体の中がすうっと涼しくなっていく。この感覚を言語化して記憶する。涼しくなるのは主に肘から指先までだ。

そしてイメージしていく。詳細に。ハサミを作ったときに構造を知っていればその通りになめらかに動くものが作れた。オーブとティトがあのようにハサミを作れたのも、雪山に落っこちてきた落し物を実際に触ったからわかったんだって。

雪玉の構造といえば、ぎゅっと外側から圧縮すること。

魔力を通していく。たくさん試そう。指の先っぽ？　爪の先っぽ？　細く？　広く？　まっすぐ？　尖るように？　どれがよく飛んでいくだろう？

「そおーれ！　毎回同じように避けてもらっていい？」

「いいよ。エルとこうやって戯れるのは初めてだが、癖になる。じゃあ一〇回ずつ投げ合おう」

「よっしゃ！」

「エル様言葉遣い！」

「ヨソゴト・キニシテル・バアイジャ・ナクテヨ！」

雪玉を同じフォームで投げていくことで、比較できる。どうしてそうなるの？　を考えて積み重ねた。フェンリルたちには無意識にわかっても、私にはまだわからないことばかり。わからないからって諦めるのは、お断り。まだやれることがあるっていう状況は、燃えるの！

これが暴走しすぎてしまったり、環境がダメダメだったりすると、限界社畜にまっしぐらなんだろうなぁははは。エル、気をつけられますよ。今ならね。

かなり体に雪がくっついてきた。だからブルルッと震えて雪を落とす。今のしぐさはなんだか幼狼っぽかった気がするね。

「緑の娘の冠に、氷魔法を見せつけるようにしてごらん」

こっちの！　方も！　幼狼っぽいですよ！　っと、っらあ！

フェンリルに雪玉を投げたあとは、まったく同じものがやんわりと返ってくる。

お腹痛いくらい笑ったの、ほんっと珍しいくらい。

「エエイ！」

あ⁉　メイさんがガチガチに硬くした雪玉をさらに春風に乗せて投げている。グレアはユニコーンだから治癒力が高いけどそれは危ないのでは⁉　メイさん本人も（しまった）って青ざめている。

しかし渾身（こんしん）の雪玉は、横入りで現れた雪豹（ひょう）が口に咥えていった。

そのまま、もごもごゴクンと呑み下している。

私は、目がテンになった。

〈ニャア♪〉

「プディ！」

「〝降りなさいよぅ！〟」

プディが飛びかかる際、メイさんも巻き添えになっていた。真正面から飛びかかってくる雪豹と開かれた口に牙、これはとても怖かったことだろう。メイさんは唇を噛み締めて泣くのを我慢している。下敷きになりつつガンガン抵抗するメイさんにおののいたのか、プディがやっと飛びのく。

メイさんが雪豹にプレスされた証の人型が、雪にくっきりと残っていた。

わなわなと怒ったメイさんは、失礼スルワ！　と飛ぶように走って帰っていった。

雪合戦は中断だね。

それにしてもどうしてプディが来たのか、国の許可もないだろうに……。いったん事情を聞こう。

雪豹〝プディング〟には雪山の山頂を任せていたんだけれど？

プディは目を瞑って、んん〜と体に力を込めると、淡い光をまとって人型になる。

なんと。全裸。雪山にいる頃はまだ人型になれなかったから、毛皮を服に変化させることを教えていなかった。とっさにマントで覆ってくれたグレア、ファインプレー！

「どうしてここに？」

「ニャア。あのねぇ、これ持ってきたの〜。異世界の落し物〜」

ぼとぼと、とマントの下からさまざまな雑貨が落ちてきた。おそらくもふもふの雪豹冬毛の内側に凍らせてくっつけてきたものが、人型になったことで外れて落ちてきたんだ。その種類の多さに目をみはる。こんなにも発見されたの……!?

「落し物があったってことは……。地震もあったのかな。フェンリル、私、気づけなかった」

「小さな揺れが、何度か起こっていた。わずかなものだから、エルが気づかないのも仕方がない。この国があるところは大地がとくに硬い。ゆえに揺れても気づきにくいんだ。そうだな、私は空気の違和感で察知していたが、吹雪や突風との差を見分けるのは経験だ」

そっか。でも、できなかったなあって思っちゃう。シュンとする。

「エル。契約妖精が雪山を保ってくれているのだから、連絡してこなければ、困るほどの異常はないはずだよ。そこを繰り返して信用になっていくんだ」

「ニャア！　スノーマンもねーレヴィもねー、無事だし元気だったよー」

環境を保っている精霊種が問題なく活動しているなら、それでいいってことか。ホッ。それからプディは狩りが得意な古代雪豹だから、もしも山頂近くに敵意があればきちんと勘付いてくれる。

そわそわした自分の心をひとまず落ち着ける。えいやっ。

「あれ？　これは見たことない」

拾い上げたのは、卵形で文字が刻まれている金属。用途がわからない落し物だ。

「……知らない言語が書かれてる」

漢字とアラビア語を交ぜたような文字が並んでいる。な、なんじゃこりゃ。

「エル様にはわからないはずです。ラオメイ語の古代文字ですから」

「うっそ。グレア、そんなものまで勉強してたの⁉」

「補佐官として当然です」

みんなで顔を見合わせた。フェンリルが、根元から折れた私の獣耳をつまんで立たせてくれる。

うっすら積もった雪面に残るメイさんの小さな足跡を、複雑な心境で眺めた。

「怪しい、よね……。何事も重なりすぎてる。雪山。外来種。フェルスノゥへの無理な来訪。ラオメイの古代語。何か悪いことをしていたんじゃないかって、メイさんを疑ってしまうよね……。……。でもあからさますぎるとも思うの。思う、って感覚なんだけどね」

「エルには、信じたい気持ちがあるんだね」

「うん」

メイさんに引っかかれた傷跡はまだ痛い。けれどそれだけともに過ごした時間があったってことで。冠の感覚について嘘を告げるようなこともなかったし。そもそも本人は一喜一憂するたった五歳の女の子。

理由を並べ始めた私の前に、フェンリルが青リンゴを差し出した。

「お腹が空いていては悪い方向に考えてしまうだろう。エルの心は決まっているのだから、信じようとしてみたらいい。あの娘が、エルたちを害そうとしていないことを信じて。それ以外のことは冬フェンリルには必要か？」

「今は必要じゃないかも。ミシェーラたちの領分だ。私だけの問題も解決していないのに、あちこちに手を伸ばしていても宙ぶらりんになっちゃうよね。けど、ここまできたら頭を突っ込みたいとも思う。そういうことを欲にしてもいいなら、欲深くなりたい。ミシェーラに声をかけよう。困っていたらこっちに相談してって、その前の部分はあなたを信頼して任せるからって」

「素直でいいね」

フェンリルはグレアとアイコンタクトをした。グレアがプディを腕でがっしりと小脇に抱え込み、私の斜め後ろに控える。

フェンリルは真上を向いて、空に向けてハウリングした。喉を細く絞って響かせた独特の音は、オオカミの耳によく届いて、これは魔物以上の知能を持つ生き物への連絡手段なのだと理解する。

空に、大きな影。

私たちを覆うように上空にやってきたのは、見事な冬毛の大翼をもつオオワシ。その大きさは翼を広げていると五メートルはありそうで、滑空してきたその背中に、フェンリルが颯爽と飛び乗った。そしてすぐさま上昇して、上から手を振る。

「私は雪山に異常がないことを、確かめてくるよ。オーヴェロンなどの仕事ぶりを見てくる。こうやって戻るかもしれないと、クリスにはあらかじめ言ってある。国事と雪山のことは心配するな」

フェンリル……。私がこっちの感覚に集中できるように、動いてくれたんだろうな。育てようとしてくれていることに、ジンとする。だったら私が言うことは一つっきゃない！

「フェンリルかっこいいー！」

「ありがとう」ははは！　って楽しげな声。

「こっちは任せて。行ってらっしゃい」

オオワシは雪山に向かって飛び、またたくまに小さくなっていく。

「任せろなんて、あなたが言えるとは思ってもみませんでした」

「ふっふっふ。……震えてるのは武者震いだから。問題が多いなって感じるってことはさ、感じられるんだよ。まだ引きずってるけど、前の職場だと、思考停止して手を動かしていたからさ。考えたくて考えられるって、嬉しいことなんだから」

「ハッ。よく言えたじゃないですか」

「一回鼻で笑わないと喋れない呪いとかにかかってるの？　グレアとまったく同じになりたいと

思っているわけじゃないけど、自分を誇らしく持っているから芯がブレないのはすごく羨ましいから目指そうかな。グレアとまったく同じになりたいと思っているわけじゃないけど〜！」

「俺が二人なんて御免ですね。最高の冬姫様になっていただかなくては」

じゃ、私たちは冠のことね！　プディをきちんと着せ替えて、メイさんに謝りに行くとしますか。

❋異世界の落し物

オオワシから降りて、雪面に足を下ろした。

雪山からこんなにも離れていたのは久しい。

昔、ふもとのあたりでヘマをして傷を負い三日ほど滞在したとき以来か……。あれはユニコーンが治療してくれたものの、しばらく立ち上がれなくて困った。今ならわかる。私は心に傷を受けていたのだろうな。まさか岩猪(いのしし)の突進に負けるとは、と。あなどって勝手に傷ついたのだ。讃えた言葉を思い出すといい、そんなときは。

ははは、とふと声がこぼれる。人の体は獣より感情的だ。

エルやグレアたちといるとき、私も随分と騒がしさの中に馴染んでいた。

人間の足で雪原をゆくとずいぶん感覚が違い、前のめりに転びそうになる。エルは雪山でも人里でも過ごせていて器用だな。一生懸命な姿がさまざま思い返される。

気づいているといい。その姿勢に多くの者が目が離せなくなり、やがて尊敬して影響を受けていると。舐めていたような視線は城にももうなかったよ。

ふと外来種の芽を見つけたので、冬の魔法をかけて、冬毛にした。少量ならこれで対応できる。ラオメイのメイシャオ・リーという者を、私は信用しなかった。グレアは嫌った。他国のにおいを雪山に振りまいたゆえ、内心、不愉快であると見限っていた。しかしエルが根気強くあれに構って、変えていったから、あのような者でも変わるのならばと、私もグレアも嫌悪感が減っていったんだ。これには我ながら驚いた。あの娘の行動もよく見ていけば微笑ましくもある児戯。よく見なければ迷惑な外来種。エルはよく気にかけてあげられる。

己が救ってもらった境遇に感謝しているからだ、とエルはよく口にする。

雪山に落っこちてきた異世界人を幸せにしてくれたからなのだと、私たちを見て微笑む。

「記憶を失わなかったのは、そのままで、他者を想(おも)える心があるから。……というのはどうだろう」

エルが幼狼になることについて、なんでも可能性を考えるように努めている。

たまたま私が尋ねたのがクマだったのが災いした。勝負を挑まれたのでしょうがなく倒した。肉を引きずって歩く。人型で一人食べるには多いな。

「人間たちの群れにいると、思い更けることが増えるな……。独り言もそういえば増えたか。フェンリル族の勘を研ぎ澄まさねば、接近してきたのがクマだと気づくのも遅かった」

ペチカの実を割り、火をおこす。焼けた木の根元にクマを置いておくと、ついでに焼けた。めっきりと腕をちぎり、皮を剝ぎ、かぶりつく。まあまあだ。毛皮（ふく）が生焼けの血で汚れたので、エルを真似て魔力から水を作り、丸ごと被った。汚れは落ちたし、冷たさが非常に心地いい。

体が凍える空気に溶け込んでいくほど、フェンリルとしての感覚が研ぎ澄まされてゆく。

馴染んだ体は、魔力たゆたう冷気の中を滑るように走ることが可能だ。雪原を進む。

「なんじゃあ。爆速の人間がおるかと思えば」

「お前さんかえ。人間くさいにおいをまといよって紛らわしい」

「！」

妖精王（オーヴェロン）と妖精女王（ティターニア）……。

こちらから向かおうとしていたのに、あちらから距離を詰められるとは。何やら並走してくる。

こうもたやすく姿を見せたのは予想外だった。エル以外の命令を聞く気はないはずだ。であれば私がやるべきは、話し合いではなくただの雑談から現状を聞き出すことだろう。

冷気の壁を作ってだんだん狭くしていくようなイメージで、加速を止めた。二体はスピードを落とすタイミングが遅れたので、そのまま前方にすっ飛んでいき針葉樹の太い木の幹に直撃する。木の幹が震え、駄目押しに二人は雪を被って、六枚翅を小刻みに震わせてみせた。

「ふふ」

どうしても笑いがこぼれてしまう。人の体は難しいな。

ぐるりとあちらが振り向く。すごいな。妖精王などとなると、悪鬼のような表情もできるのか。

雪妖精よりも感情が深いようだ。

「『見なかったことにせよ』」

「承知した。恥ずかしいのだろう？　その気持ちはわかるから、よそに告げることはしない。けれど契約者のエルにだけは尋ねられたら言ってもいいな？　あの子の生育のためになるやもしれない。よろしく頼む」

「だめ。こいつ天然なところが困るのじゃ」

「うむ。悪気なく傷口をえぐるタイプじゃ」

「傷口をえぐる……そうなのか。それは自覚しておいた方がいい。問題点はどこだろう？」

「気・に・す・る・な。大概の者にとってはお前が踏み込んだところで大喜びじゃろうて」

手をプラプラとさせて「しっしっ」とめんどくさそうな顔をしている。気分屋だ、とはエル談だ。

「我らはパトロールをしておった。聞きたいことがあれば答えてやろうぞ」

「妾らのところを目指しておったのはそうであろ。冬姫に会えと言われておったから会ってやる」

「ありがとう。そのように冬を満喫してもらえると嬉しいよ」

そういうところじゃ、と指を向けられたのは理解が及ばなかった。獣と人間の感性が違うように、獣と各精霊族の間にも違いは大きい。指摘されたならば理解したいところだが、本能的なところが、これの理解は難しいと感覚が訴えている。

であれば、私なりに礼儀を尽くそう。

それでわかり合えないときには、また指摘が来るだろう。そうしているうちに話し合いになり、互いを知ることに繫がる。

「これからもよろしく頼む」

「まあよいわ。で？　何を聞く？　希望があるか？　お任せか？　任せてみよ」

「雪妖精たちと契約しておっても、あやつらでは不足じゃろう。動物は単純、魔物も単純。精霊種はめんどくさいものが多いとくるから、妾らの環境感想を聞かせてやろうぞ！　あれは千の実を採ったときの……」

「すまないが用事はある。地震の影響と異世界の落し物について聞きたい」

「「キ――――！」」

精霊種レヴィに話しかけたときにもこのような反応をされたな。当時、エルが言っていたのは「自分たちの技術を見てもらう。それから相手の感情を受け止めて、やっとこっちからの感情を届けられる」だったか……あの子の姿勢を試させてもらおう。

この周辺のみを極寒にした。

オーロラで囲い、まつ毛が凍るほど寒く、風は厳しく、雪は硬く。誰も立ち入らない場所で芯から土地に魔力を染み込ませてゆく、私が教えられていた冬。

うむ、二人は動きを止めてくれたな。

「「いじめるなァ！」」

「わかった。やめようか」これは感情を受け止めたことになるのだろうか。いや、怒っている。間違えたのであろう。エル、これをスムーズにできる、オマエはすごいな……。

「全盛期の力が戻っているのは確認したから。もうするでないぞ」

「さっさと済ませるかの。ホレ、異世界の落し物じゃ」

二人が爪先で驚くほど精密な魔法陣を描いた。細い線は一定の細さで魔力の乱れが一切ない。白銀色は古代魔力の証だ。氷色が幾重にも凝縮されるとこのような魔力の色になると、先代から聞いたことがある。フェンリル族が一代で辿り着くことができない凌駕(りょうが)の力。

狩猟一族の家ほどもありそうな魔法陣が頭上に現れて、どさどさと見慣れぬ機械類が落ちてきた。小ぢんまりしたものから、大きなものまで。複雑な構造で使い方の見当もつかない。

己の一部のように慣れ親しんだ雪山に、まったく知らないものがこんなにもあるとは。

落ち着かないものだな。

「これが全部、落し物か……？」

「そうじゃ。我らとて遭遇したことのない事象。じゃが恐れることはない。帯びているのは氷の魔力がほんの少し。問題が起きれば即凍らせてしまえばよいだけのこと」

「いじってみても動かんので面白くないわい。あの冬姫エルであればどうかの、これらの利用方法を知っているかのう。やいフェンリル、できるだけ早く呼び戻せ。妾はのぅ、コレらで戯れてみたいのじゃ。便利に使ってやろうぞ。ホホホホホ」

「エルに早く会いたいのだな。伝えておこう」

「物言いを変換するなよ！　フェンリル！　存分に気をつけよッ！」

また怒らせてしまったか。恥ずかしいところを指摘してしまったのかもしれない。しかし高慢な物言いをそのままエルに聞かせたくはないので、物言いの変換はそっと継続しよう。

山になっている落し物に、一つずつ触れてゆく。エルが「家電・機械」と称したものだろう。つるりとした表面に複雑な構造。においを嗅ぐ。油のにおい、焦げたにおい、花の香りを混ぜた複雑なにおい……エルの着ていた服と同じにおい。これは、とひとつ引っ張り出したのは、細長い四角の布だ。厚手で毛羽立ったような織物。織物……だろうか。こんなにも均一に織られた布地はフェルスノゥでも見なかった。私たちのまとう冬毛のコートのように何かから直接切り出したのかと思うくらい、信じられない精密さだ。

「持っていってもいいか。エルの私物が稀に落ちてくると言っていた。おそらくこれだ」

「やはりアレが関わっているのか。異世界人であったな」

「関わりはあるだろう。エルが来てから地震と落し物の量が増えている。それは事実だ。しかしあの子が望んだものではない。雪山の環境の変化を私たち以上に心配しているよ。解決のために最も対応できるのも、エルのはずだ」

「ではあの娘はそのように動くのだろうか？　妾らが願ったのと同じ理想のために？　今は己の生きる場所のために懸命に働くじゃろう。しかし異世界の側に立ったら？」

「そちらに戻る術はない」

「あったら、とするのじゃ。落し物が山ほど落ちてくるほど、異世界は今、近しい。——ある仮説を立てていたフェンリル族がいる。夢見がちな奴じゃったのぅ。世界はいくつもあり、それがぶつかると地震が起きて、落し物がひょっこりと紛れ込むというのはどうか……とな。面白かったのでその当代には我らの妖精契約をくれてやったわ」

「冬姫エルは異世界に帰ることを望んでいるゆえ、世界が近しい、というのはどうじゃ？」

「莫大な魔力を持って異世界に帰ることが目的であったという説も浮かんできたぞい」

「フェンリル族を生き長らえさせておけば、その後、己が消えても後味も悪くないの」

「そうじゃ。フェンリルよ、お前が生命力を回復したなら、継承権はもう一度分あるのかえ？　もう継承ルールなど破ったあとじゃ。この世界の人間をもう一つくらいフェンリルに変えてもよかろう」

「んーそれは言いすぎかもしれんの。ほれ、キレておるようじゃ」

「わかりにくいのぅ。顔つきが変わらないとは。つまらぬぞ。それで威圧したつもりか？　国から何を学んできよった？　人間の形をしているのだから人間のように怒ってみるのもよいだろうに。ほれほれ」

怒り。

それを鎮める。

フェンリル族として教え込まれていたこと。

冬の天候のために守ってきたこと。それは私の誇りだ。変えるつもりはない。

ふ、と息を吐く。

「有意義な見解が聞けた。私が思い至らなかったことばかりだ。感謝する」

「「びっくり」」

夜空のような瞳がすぐ近くに、私をごく至近距離から、透かすように眺めていた。

「ピンときたんだ。人の群れでも同様のことが話し合われているのでは、と。私たちが訪れてから、会議だと騒いでいるのをよく聞いた。芯の強いミシェーラ姫が疲労していたのも、クリスがなかなか手を空けられないのも、異世界人という点に言及されているからだろう」

先ほど硬く凍らせた雪をジャリっと足先でのけると、ふんわりした淡雪が覗く。

空は気持ちよく晴れている。

「エルを見てきた私は信じられる。ともに冬を呼んだ。あの子の魔力と想像がこのような恵み豊かな冬にしてくれた。――けれどそれを知らなければ、信じるのが難しいのだろうなぁ。人間はとくに勘が鈍い。金や立場にも頼る。しかし記録を積み重ねて、最も有効なものを信じようと努力できる生き物でもある。彼らに信じてもらうために、エルは今、積み重ねているところなんだ。邪魔をしないでもうしばらく見守ってくれないか？」

六枚翅は動かないまま、空に静止し続けている。理を制御している。見事だ。

「人間の群れがどのようになっているのか」

「そこで奮闘する冬姫エルの動向をじゃと」

彼らは爪先をわずかに擦らせることで、薄氷のウィンドウを現す。もう使いこなしている！

そこにはエルの姿と草木が映っていた。まさか、木の陰にこれを隠して動かしていたのか！

「見ておったから知っておる」

「面白いからの。見守ろうぞ」

してやられた。

とっくに彼らは決めていた上で、私は、からかわれたのだ。

はあ、疲労を感じたのは久しぶりだ。

エルはふと見られたときであっても、認められるような働きをしていたのだな。誇らしく思う。

あのあと、訓練場で氷魔法の練習を本格的に始めたらしい。今の生活が、そのままこのウィンドウに映っている。ツララを覗き込んだように少々歪曲しているので、エル本人がウィンドウを作ったときの方が映り方は綺麗だ。

エルが的に向けて放つのは針のような氷。刺さったあとにはオナモミのように針が膨らんで数が増し、抜けにくく、広範囲に影響する技となっているのか。

たった針ひとつでここまで想像が膨らむか！

これをもしも機械怪物狩りに使えば……関節部分を刺して静止させられるかもしれない。妖精王たちがウィンドウに釘付けなのも当然だな。これは興味深い。そして、遠巻きに見ている兵士たちはエルのことをどう観察しているのだろうか。頼もしいと思うか。恐れるか。

そうだ、これもエルに話そう。〝敬いは恐れからも生まれる〟……と。恐れは、相手を己よりも上だと知ることから始まるのだと。そうすればあの子が傷つくことが減るだろうか？　それにしても、幼狼の頃に生傷を作ってばかりだった自分であっても、愛子がいざ傷つくかもしれないと、こうも頭を悩ませるものなのだな。

「「こんなのずっと見ててしまうぞ⁉　ええい‼」」

ウィンドウを雪に埋めるようにして、二人はむりやり中断した。えらいな。普段下のものばかりの面倒を見ているから、自然と褒めようとしてしまい、この二人の機嫌を損ねるところだぞと勘が働き、頭に伸ばしかけた手を引っ込めて、咳払いをしてごまかした。

「緑の国の……じゃったかのぅ。ちと話すかえ」

「そうか。国のことを見ていたから理解が早いのだな」

「ヒャッホーウ！」

木陰から何か飛び出してきた。とっさに獣姿になろうかと構えたが、現れたのは妖精女王だった。なぜだ。子どもが遊ぶような木の荷車に乗っている。

「次は我に変わってたもれよ。三〇秒じゃぞう！　さて、これについてじゃがの、緑の魔力がべったりと張り付いておって、機械が動き出したのじゃ」

「木の創造物……？　いや、油のにおいがあるな。内臓が機械なのだろうか」

「ふむ。オルゴールみたいなもんじゃ。木造りの創作物に金属を組み合わせることで動くからくり。もうけっこう昔からあった仕組みぞ？　内臓て。おい内臓て。プププ。……この機械細工、なぜ動いたか。春は芽吹き、植物が育ち花咲き乱れる、生命力そのものといえるのが緑の魔力じゃ。察してみせよ。緑の魔力は機械類に反応するかもしれぬのぅ。三〇秒！」

妖精王が場所を入れ替わり、木の荷車で、雪の丘を攻め始めた。

これをやりたいがために話を端折られた気がしてならない。

しかし雪山に貢献してくれた者が楽しんでいるのを、どうして私が止められようか。

「くっ、妾もまた三〇秒じゃぞ！　フェンリルよ、現在の雪山での問題は、外来種の発芽・それに伴う動植物の体調不良、ともに妾らが対処済みであるぞ。三〇秒！」

「本当にそんなに経ったのか⁉　ええい数え方が早いんじゃ。これ一個しかないんじゃから交代じゃぞ。緑の魔力を帯びてしまった種子などを総じて排除しておるところじゃ、これから先の影響など計り知れぬからの。我らは雪山が外来種の悲劇にさらされたことも経験しておるから適当な仕事はせぬ。三〇秒！」

「外来種の発芽があるところは、空気が異常にヌルくなっておった。それゆえ精霊種スノーマン族が溶けてしまったこと三件。三〇秒！」

「話の途中で区切りすぎじゃろうが！　ええい、スノーマン種は我らがアレンジしつつ古代式に強化しておいたから安心せよ。頭に輪のような魔法陣を書いてある。しばしスノーマン族の制御がなかったためにあたりの雪が溶けておった。三〇秒！」

「土の地面が覗いたところでは、地震のあとに、異世界の落し物がどさどさやってきたぞ。三〇秒！」

「オイイィ――――！　早いんじゃああ――――！」

「んなにをォ――――⁉　これ、乗り込んでくるなっ、妾の番じゃ！」

「相乗りじゃ！　我ら軽いからいけるじゃろう！」

「それはそう。ずっと乗っていられるということじゃの、きゃっほううう――――！」

乗り回す二人はよく目立っており、動物たちが驚いて避けていく。

雪面にはジグザグと自然界では起こりえない四輪の足跡が残っている。

うーむ……。……。これは、跡を見た者が不審だとして調査に無駄な時間をかけるかもしれない。クリスなどがやりそうだ。妖精王たちの戯れのせいだと共有しておこう。

「教えてくれてありがとう。おおよそ理解もできた。そして環境を保ってくれた手腕が素晴らしかったとエルたちに必ず伝えよう」

「「苦しゅうない！」」

キキッ！　と四輪を見事に止めて、二人は鼻から息を吐き出した。

これはこれは……本当に、普通の雪妖精とはまったく違う。

その後、動かなくなった乗り物を囲んで二人は言い争いを始めた。

「緑の魔力を使い切ってしまったようじゃ～！　んも～!!」

「そういうものなのか？　そういえば……エルの持っていた機械（スマホ）も雪山に来てしばらくは使えたものの、やがて動かなくなった。緑の生命力が尽きたためか？　いや、電気などと言っていたが」

「フーン。その電気というのは動くための力なのかの？　食料。成長。であれば緑の魔力はそのようなものの〝代わり〟も務めるじゃろう。冬は静止して蓄える。春は動いて命を進める」

しかしスマホには緑の魔力は付着していなかったはず。それを言おうとしたが、あちらの方が会話のペースが明らかに早い。口を挟む隙もない。エル曰く、引きこもっていると他人と話すペースが掴めなくなるそうだが、こういうことか？

「緑の魔力のことをあの春姫を名乗る者に聞くのか」

ジロリと眼力を強めた、妖精王の一瞥（いちべつ）。こちらの耳の根元がビシリと嫌な音を立てて凍ったほどだ。二人の銀の冠がギラギラとして見える。実際、あれは生きているのだ。氷の魔力が凝縮された泉の水を浴びているような状態なのだと、言い伝えを聞いている。

彼らが言いたいことは察しがついた。

そうするな。その価値もない、というのだろう。

例えば、二人がエルを眺める目は半人前を見る面白おかしさ。

それに対して、ちらりと映っていた緑の娘を眺める目は、下等生物への無関心。

「あれは春姫などではない」

「大精霊の寵愛などはない」

「それでも国が主張するならば、春姫なのであろうと受け取る必要があるそうなんだよ」

二人がぐいっと唇の端を下に曲げる。

雪妖精が人間に好意的になるときは、そのものに価値を見出したときだけだ。

妖精王・女王ともなればその目はひたすらに肥えていることだろう。

「フェンリルよ。格を下げてはならぬぞ。敬えなければ我らはフェンリルにも従わぬ」

「フェンリルよ。格を上げねばならぬぞ。愉快であれば妾らはエルに力を貸し続ける」

「心得た。そのように伝えたら、エルはきっととても頑張る。笑顔で嬉しそうに」

すぐにでも頭にその様子が浮かぶ。

ずいぶんと強くなった。

責任に重みを感じていたような入国時から、ふっきれてやりたいことを見つけていく最近の様子

に、愛のある期待がかかれば、エルは伸びやかに育ってゆける。

早く冠をあげたいところだ。もう十分だろうに。

「相談がある。この落し物をフェルスノゥの大地に運んでもらうことは可能か？　先ほど別の場所から現したように。私はかの国にまだ用があるため、早めに帰らなくてはならない」

これについては了承をもらう。ついて行きたそうな気配を感じたが、今は厳しい。

「そして緑の娘にも機械に触れさせてみるよ」

「胡散臭いのー」

「信用できるか？　を知るために試すんだ。エルの努力が報われていてほしいものだな。そして有益であるとわかれば、緑の娘も、あの北の輪に入ることもできるだろう。エルの心労も減る。それからは己を見つめ直し磨くために時間をかけることができる」

「関わらねばよかっただろうに」

「自ら関わろうとするような物事は、多くは訪れない。エルは人間の幼子であったから無償で助けようとして、あれが暴れるので対策を練って、考えることで城の者と仲良くなっていったのだ。意味はあったと思っている」

「それならば緑の娘が見つかったのも、よかったやもしれんの」

彼らはようやく、やれやれと肩をすくめた。

だが、まだ威圧感を覚える。全盛期のフェンリルであっても、あちらの機嫌一つで膝が凍る。ここまでとはな。エル、これらと妖精契約など、本当によく頑張ったね。

「では」

オオワシをまた呼びつける。

本来背中に何者かが乗る機会などないため、さっきの個体は疲れているはず。フェンリル族の体に触れた魔力酔いもあるだろう。そこで別の個体に送迎を頼むことにした。

「フェンリルの勘。鈍っていないかのー？」

「そやつに乗っているときに転がったりしないかのー？」

「勘は冴えているくらいだ。体力が戻ってきているからね」

囃し立ててくる。本当にこのたびの冬を満喫しているようで、何よりだ。

「けれど雪山にどれだけの魔法を常設している？　こんなものは死期を早めるぞ」

「全盛期に近しいくらい体力が戻っているのだ。少々削ってでもエルを十分支えたい」

「つまらんのー」

「古臭いのー」

自己犠牲的、とエルは嘆くだろう。

だからこれは伝えない。エルに「体大事に」と言ったことを、親が守れていないわけだから。一人静かに耐え忍び、そのままねばって寿命まで生きるのが、古き良きフェンリルだから、言われた通り、古臭いのだろうな。すまない。

土産物をたくさん渡された。そうして空に飛び上がったとき——

王国で煙が上がった。

※王子の憂鬱

フェンリル様がまっ先に、僕をつかまえてくれてよかったと思う。

オオワシで飛んでいる最中に驚異的な視力で僕のことを発見して、飛び降りてこられた。風によって着地の衝撃を緩和なさったとはいえすごい技術だ。僕は、服についた雪を払う。

「何があった？　あの煙は？」

「けほ、こほ。訓練をしていたプリンセス・エルのところに、またメイシャオ姫が乱入したためです。害意はなかったのですが、魔法が当たりそうになってしまって、氷の槍をとっさに解除した結果、粉雪が煙のように上りました」

検出された成分を閉じ込めたキューブ型の氷を、フェンリル様にお見せする。内側が空洞になっていて、スノードームのようにフワフワときらめきが舞っていた。

それと、ご入用かはわからないけど、成分について殴り書きしてある報告書。

これを大臣たちに持っていくところだったんだ。

フェンリル様がさっと目を通している。そのご尊顔を拝見しながら、今からの会議のスケジュールを立てる。

雪山調査隊の仕事をしてみてから、人の世は面倒な仕組みが多いなとしみじみ感じる。みなが納得できるように、手を尽くし言葉を選び、たまにはそれぞれの主張をぶつけ合って、妥協点を探さなければならない。国王の独断が必ずしも合っているとは限らないから。何者かが大損をしないためにも共有は大事である、と父に耳がもげるほど言い聞かされて育った。それゆえ僕は訓練場で冬姫エル様に久しぶりに会えたとしても、すぐに自主退散してしまった。はあ、もったいなかった。

……けれどフェンリル様にお会いできたのは幸いだ。

彼にもすでに状況報告できていると伝えられたら、大臣たちの説得が非常にしやすくなる。

「どうして緑の娘が乱入してきたのかは聞いているか？」

「実は。詫びを渡したかったらしいんです」

これです。と、別の紙を見せる。

小さな桃と花が編み込まれた花冠のスケッチ。

ふ、とフェンリル様は小さく口元を綻ばせた。

「これはエルが喜びそうだ。その結果は、どうだった？」

「ええ。プリンセスは花冠を手にとって、頭につけてみたりと気に入っていらっしゃいました。ともにいたグレア様の許可もいただき、悪意のない品と証明されています。桃の皮を布地のようにした小物細工とフェルスノゥの花で作られていました。ともに雪合戦をしたのがよほど楽しかったのでしょうね。仲良くなろうとしたのでしょう。思いついたら即行動、というのは困りものですけれど……」

フェンリル様の瞳がすうっと細くなる。

余計な言葉を付け足してしまっただろうか⁉　獣型のときよりも、人の方が表情がよくよくわか

るため、その内心が気になってしまう。いや、必要なことを伝えたのだ。僕たちはこの結果を受け止めてゆくのが仕事。

そっと胃のあたりを押さえた。

なぜか、フェンリル様は同じように僕の手のひらに手を重ねてくださった。彼の手が腹にある。不思議だ。

「ご、ごほん。とり急ぎの報告は以上です。お叱りはひとまず僕に頂戴できますと」

「オマエは私に似ているね」

「？」

フェンリル様のお考えがわからない。苦笑しているそのお気持ちとは？　ああ、こんなときでなければ精霊信仰学と人間・動物心理学の面からインタビューさせていただきたかった！　彼の後ろの柱の陰から、部下が腕時計を指差して〝移動を早く！〟と訴えてきている。くっ。

「クリスは急ぎのようだね。歩きながら話してもいいよ。雪山のことをオマエに伝えておきたいから、もうしばし私にも付き合ってくれるか？」

「光栄なことでございます！　お申し出、感謝いたします」

「うん。端的に、状況には異常あり、対応には問題なしだ。エルが契約した雪妖精たちが優秀だった。おや、そちらの壁は……」

「王族が使う道。ロイヤルシークレットへの入り口です」

胸元からペンサイズの杖を取り出して。壁をコツンと叩く。小道が現れる。

これは場所を知っていても、杖と、王族血統の氷の魔力がなければ道が開けない。

ガーデンだけでなく、城のさまざまな場所に、ロイヤルシークレット・スペースは存在する。

「こちらは憩いのためではなく、内緒話をしたり、万が一秘密裏に逃げたりするときに活用されます」

三メートルほどの天井。一人が通れるくらいの横幅。この周辺では珍しい赤煉瓦の壁で、積み重ねた煉瓦の隙間には銀色がぽうっと光り、明るい。王族の子どもは小さな頃にここをわいわいと通り抜けるのがみんな大好きだった。幼狼のように純粋に走り回る。そして道を出ると、体が赤茶色に汚れているので、どこにいたのかすぐにバレてしまい、お父様たちにコツンとげんこつをもらい叱られるものだ。

「香ばしい変わったにおいがする。雪山では嗅いだことがないのにどこか懐かしい」

フェンリル様は元王族男子。もしかしてこの場所特有のにおいを体が覚えているのだろうか。代替わりによって記憶がなくなっても、感覚は残っているものなのだろうか。調査したい。

自分の煩悩がうっとうしいので、一度壁に頭を打ち付けて冷静に努めた。

「ドジっ子というやつだな、クリスは。そういうところがある」

うんうん、と頷いてるフェンリル様は天然なところがあると思いますよ。そこも素敵です。

っと、ふと後ろから突き出してきた腕が僕の肩に載る。び、びっくりした。

「……小袋ですか？」

「雪山にて発見された外来種の種だそうだ。エルの契約妖精から預かってきた」

「拝見します。……東方原産の種ばかりですね⁉　遠出したメイシャオ姫にくっついていたのだと仮定してみても、さすがにこの量が発見されるのはおかしい」

そして付近の環境魔力が乱れていたことなどをうかがう。

絶句した。聖域への侵略じゃないか。故意でしかありえない。

僕の硬くなった肩に、フェンリル様が手を添えてくださる。触れられているところが急激に、冬の民であっても耐えられなくなるほど凍えてゆく。幼い頃に経験したきびしく層の厚い、冬が来たかのようだ。

フェンリル様の性質は本来、負荷をかけようとも世界を春までにしっかり癒すもの。

お叱りをいただくのは当然のことのように受け入れられた。

このまま凍らせられても構わない。

「まあ、そう緊張するな」

「……っ⁉」

「まだあるんだ。これらの種はかなり育っていたものを契約妖精が伐採した。とにかく気配がないことが特徴で数年間にわたり地中に潜んでいたようだ。大地が腐っていた形跡が発見されている」

より悪いじゃないか。

「青ざめているが、まだ気力を保て。今、どうなっているか思い出してごらん。土地の飢えを乗り越えて、エルがこの世界に冬を呼び、肥えた大地を雪妖精がともに守っているだろう。国にやってきた春の使者と冬姫が歩み寄ろうと頑張っている。ほら、大丈夫。深呼吸でもしてみるといい」

「そのように環境魔力が乱れてはフェンリル様のお体にも差し障ったでしょうに……！」

「妖精の泉は枯渇し始めていたそうだよ。妖精の傷の治りが遅く、新たな雪妖精はみな小さく弱かったそうだ。同じことが、以前の私と、冬の魔法にも起こっていたのだろうね」

どうして……どうして、フェンリル様はそのように穏やかにいられるのだろうか。

僕の肩から今、もう、手を離してしまわれたのか。

わからない。

ともにいさせていただいて、フェンリル様のお考えは研究していたのに。今の彼は穏やかすぎる。

この国のせい？　それとも雪山への遠出で？　彼は変わられたような気がする。

フェンリル様は種子を一つ手のひらに取ると、握り込み、開いたときには発芽させていた。冬の魔法をかけて、緑の種子を〝冬毛〟に変えてしまわれた。ふかふかと苔のように芽生えた植物に、小さな桃が実っている。青い。この地域の新種の植物として生まれたのだ。それを差し出された。

お、お望みであれば毒でも食しますが。

大きさは人差し指の第二関節くらい、小ぶりだ。つまんだようなツンとした先端、たわんだ丸みのある曲線は、やはり桃のようで植物本来の形を残している。においはほとんどないな。口に含もうとしたら、そこまででいいよ、とフェンリル様には止められた。

きっと私が作ったものは動物向けの味になっているだろうから、人には美味しくないだろうし、またエルに作り方を尋ねてからご馳走（ちそう）しよう、と。

「排除するのは簡単だけど、何も手に入らなくなってしまうからね」

――ここからお気持ちを新たに汲み取ろう。

行動とお言葉選びから、新たなフェンリル様のお気持ちを知っていくしかない。

胸元に氷の爪を揃えて、振り返って、わずかばかりだが礼を尽くした。

種子の袋はまたフェンリル様が懐にしまわれた。そして人差し指を立てて、自らの口元に当てた。

「この件は内緒にしてほしい。そのためのロイヤルシークレットでもあるだろう？」

背中を押されるようにして、歩き始める。心臓はバクバクと鳴っている。

「承知いたしました。第一に優先されるのは大精霊様のご意志でございます。……今のことを丸ごと会議に持ち込めば、混乱は必至でした。こちらが備える猶予をいただき感謝申し上げます。議題に上げるときがきたら、真剣に取り組むことを誓います」

「うん。また雪山においで、クリス。そして雪山調査隊に直接これらの環境のことを見つけてもらいたいんだ。これからはオマエたちにも手を貸してもらおうと考えている」

「⁉」

心臓がドクンと大げさに鼓動した。衝動的に振り向いてしまった。

「私が希望しているだけだし、フェンリルの本能に基づいた考え方でもないのだけど。だからな、少々人間側の意見も聞きたいとは思うのだが……」

フェンリル様がなんだか照れたように頬を指先でかいている。な、なんということだ⁉　爆速でスケッチを始めたくなる指の衝動をこらえるのに忙しい。死に物狂いで理性を絞り前を向き、そっとハンカチで鼻血を拭った。

「こうして今があることを、ただ喜んでいては、後々似た問題をまた生むだろう。いい結果になっているから過去を恨んだりはしないけれど、私たちも、愛子が和睦を目指しているように、ここから良くなるための努力をしてもよいのではないか。では何ができるか？　考えた結果、先ほどの意思が生まれたというわけだ。……変なことを言っているか？」

「理にかなっています。とても納得できましたよ」

「そうか。なんだか嬉しいものだな」

耳に届く声が優しい。フェンリル様自身の喜びが、ひんやりした空気に現れている。僕は、一生分の運を使い果たしたのではないか？　雪山調査隊をまた任せていただける。いやそれなら、これから先の人生の楽しみも運もまだまだあるってことだ。なんてことだ。

「いつでも……！　必要としてくださったタイミングで僕たちのことを呼んでください。魔法省も防衛省も、僕自身も技術を磨いて、必ずお力になれるよう備えております」

歩いている足の感覚がない。浮かれている。道を間違えないように注意しないと。

また壁を杖で叩き、新たな扉を開いた。目的地まではあと少し。

「私たちはきっと、手を取り合うのが遅かったのだな。聖域として区切りをつけていて、関わらないよう互いの領域を守ってきた。けれどフェンリル族は人と話せるではないか。雪妖精の手を借りているではないか。外来種のことも人の方(クリス)がよく知っていた。聖域に来てみたかったと言ってくれた。動物たちが生きているのにオマエたちが生活できないはずもないだろう。ふと、感じたのだ」

「以前の冬であれば、人間の柔らかい体が雪山に耐えられなかったかと……」

ははは、とフェンリル様が笑っている。ぽんと手を打ったようだ。

なんと軽やかな会話ができるものだ。

否定ではなくて相談が、威嚇ではなくて話し合いができる。

心がひやりと心地よい。なんという冬だろう。

ぐ、と資料を強く持つ。

フェンリル様方のご期待に応えたい。それには会議をまとめ、大臣たちの心を掌握する必要がある。冠を求めた彼女も、このような気持ちだったのだろう。弾むような。そして挑むような気合い。

「お二人の姫君を認めてもらえるように、僕とミシェーラも国内にて努力いたします。僕たちは冬の方を向いていなければ、氷の民でいられない。それなのに他国の事情なり外交なり、視野が散漫になっておりました。氷河の氷が溶けるまではひたすらに、冬の安寧に全力を注ぎます」

それがあるゆえ特例国家なのではないか。世界会議の壇上に立つことができる冬の国。

本分を忘れてはならない。僕たちの足元はいつも氷で固められていなければ。

「そういう方がきっとうまくいく。人は抱えすぎるようだね。こちらから頼みごとをしたのだから、私にできることがあれば言ってごらん。すべてを叶えることはできないが、私の力を見てきたクリスならば有効に望めるのではないか。そういうものをいろいろ聞いてみたい」

「……会議にてフェンリル様のお名前を出して、先ほどからのご意見を共有してもいいですか？」

緊張した。すごく。不出来な頼みごとをしてしまったらどうしよう、と。

「ああ、なるほど」

けれどせっかくのチャンスを逃すまいとしがみつく根性はあったようだ。

「わかった。内緒にと言ったが、まあクリスが使いやすいように調整してくれ。他には？」

他にも⁉

「プリンセス・エルがやがて冠を被ってくださると信じています。だから他は、大丈夫です。彼女であれば大丈夫。まだ待てますから。フェンリル様のご厚意に心からの感謝を」

「うむ」

「戴冠が成ったのち、祭りをします。【クリスマスマーケット】ではフェルスノゥ中の名産品が屋台に集まり、特産食材を使った北の料理がふるまわれて、狩猟民族のオオカミたちが芸を見せるのです。それを最大限盛り上げますので、よろしければ、フェンリル様も参加など、いかがでしょうか？」

「楽しみにしている」

「はいっ！」

そうだ、ここで。彼だけを別の扉に案内した。

「扉を抜けると訓練場へ繋がっております。プリンセス・エルの元へ行って差し上げてください。フェンリル様がいらっしゃらないと、やはり寂しそうですから。貴方(あなた)に見守られているときと比べて、今は、獣の耳が伏せている時間が長いのです」

「それは向かわなくては。おや？　エルを早々にプリンセスと呼んだのは内緒にしておこうか？」

フェンリル様は小道に足を踏み出しかけてから、人差し指を口元に当てて振り返った。そう。本

当は僕もまだ冬姫エル様と呼ばなくてはいけないのだ。

「いいえ。僕は彼女のことをプリンセス・エルとお呼びすると決めました」

勇気が必要だった。けれどフェンリル様と話して勇気は満たされた。これから会議の場で難しい顔をされようが、大臣たちに睨まれようが、僕は彼女のことをプリンセス・エルと呼べるだろう。冬姫様だと伝える。彼女を信じてほしいのだと、僕の意志として発信してゆこう。

フェンリル様を見送った。

さあ、胃を押さえていた手は、意見を言うために挙げてゆかねば。

❄癒されていく話

「エル」

扉を開けて声をかけたら、いかにもびっくりしたという顔でエルが振り返った。

秘密の小道から抜け出るときには、何もない壁から突然現れるように見えるそうだ。

エルは桃と花の冠をつけていた。これはこれで似合っている。可愛らしい。訓練場の片隅にある長椅子にエルは腰掛けていて、その周辺にはささやかに花が咲いていて、——トクン。

このような光景をどう表せばいいのだろうか？　言語化、というのはまだまだ難しい作業だ。

記憶するように見つめているうちに、エルはまん丸だった瞳をやんわりと細めた。

「フェンリル、お帰りなさい。肌に赤茶色の粉がついてるよ。どうしたの？」

エルは立ち上がると、私の頬を指先でこすった。たしかに赤茶色だ。

「どう答えようかな。冒険をした。うん。……エルは煙が上がるほど氷魔法を頑張っていたって？」

「あー。それはね、メイさんが二階から飛び降りてきたから。対処できてよかったよ」

「〝衝動的にいつの間にか、だったのよぅ！　ミシェーラ姫には絞られたんだから、あんまり繰り返さないでちょうだい……。過去は過去、そうでしょう！　ねっ⁉〟」

「そういうのはやらかした自分が言っちゃだめなんだよ～？」

緑の娘の、川のせせらぎのように流れてゆくラオメイ語はどうにも耳をすり抜けていく。独特の音だ。これを己が発音できるほど学んだグレアは大したものだな。

緑の娘が言うことはわからなくとも、エルの反応を見ていれば、以前より打ち解けていると信じられる。エルは緑の娘を抱えると、椅子に座って、太股に載せた。ああ、こういうのは「膝に載せる」というのだったか。私はフェルスノゥ語の使い方もままならないな。こういう表現の細微はエルに任せようか。任せられることが増えたものだな。

「フェンリル、すごい見てくるね？　この桃花冠が気になる？」

「それについてはクリスに会って聞いている」

しばらく話に花を咲かせた。

緑の娘もずいぶんとおとなしくしており、エルは動物を懐かせることが得意だ。動物的なものの相手の方が得意とまで言っても過言ではないだろう。

訓練場の片隅からグレアとプディが駆けてくる。そしてプディ、が私の方を見て目を輝かせて加速し、一瞬姿を消した。そして、

「ニャア！」

「〝ぎゃあ！〟」

長椅子の背もたれからプディがひょっこり顔を出したら、緑の娘はつんざくような悲鳴を上げた。ここも友好関係を結んだのか。ん？　妖精王たち曰く「なんか違う」という範疇だろうか。考えることが多いものだな。

そうか。緑の娘にとって他にも喧嘩する者がいれば、エルに対しては穏やかになるのやもしれない。

ここでやっと、正面から緑の娘を見ることになり、違和感に気づく。

「……緑の娘の頭に冠がない？」

「そうなんだよ」

エルが苦笑している。

「……プディの頭に冠だと？」

「そうなんだよ――。これどういう意味なんだろうね――!?」

エルが「よくぞ聞いてくれました！」と頭を抱えて叫び、ばたっと長椅子の背もたれに体を逸らしてみせた。はあ――、と長いため息。そうもなるだろう。

「これはどういうことだ？　グレア」

「そのメイシャオは正式な幼狼ではなかったのですから、冠は〝より幼狼らしい〟プディにくっついてみることにしたのではないかと。エル様は今後、プディ以上にはしゃぐ必要があるやもしれません」

「勘弁してくれ。二二歳だぞ～」

なるほど。それでエルがふやけているのか。

ここで恥じらいをなくせというのはかわいそうだし、間違っていると勘がひしひし訴えてくる。

引き続き、観察か。それにしたって、この緑の娘から解放されたというならば城内の状況は変わってくるはずだ。エルが過ごしやすくなれば良いのだが。

プディが長椅子をよじ登ってくると、緑の娘はエルを盾に反対側に身を寄せて、プディを威嚇した。緑の娘が舌を出してみせたことで、好奇心を刺激されたプディが飛びかかり、動物じみた動きで緑の娘が避け――プディはけして権力など気にしないからやりづらいであろうな。

エルの周りをぐるぐるぐるぐると二人が回り始めた。

「メイさんとプディ。二人の観察をするっきゃないな」

エルは手のひらを額に当てつつ、瞬きの回数を減らしている。

心は折れていないようだ。それならば、この子のやる気を見守るとしようか。

「二人とも！　そんなに元気があるなら、雪合戦、第四回目しちゃおうか⁉」

四回目？　どうやらここで数回雪合戦をしていて、その最中にプディに冠が乗り移ったらしい。

ヤケを起こしたように、三名が雪玉を投げ合い始める。

グレアと長椅子に腰掛けて、その光景を観察する。

さてどのタイミングで土産物を渡してあげるのがよいか……。状況が、私が想定するよりも急激に変わっていたため、把握にかかりきりになってしまったな。

持ってきた土産物は、エルが泣かないためのものだ。泣いてしまいそうなときに渡すのが、最もいいだろうか。そんなときが来なければいいが、エルはこれまでにも頑張ったあとには必ず私の毛皮を涙で濡らしてきたから、今回もそうなりそうだと想定している。

精いっぱいやった分だけ悔しくなるそうだ。だから悔し涙なのだと、言っていた。

弱いが、強い子だ。

「ちょ、雪玉に胡椒を混ぜたの誰ぇ!? はっくしゅん! へくしゅん! 卑怯!」

「〝卑怯ではなくてよ、基本だものぅ。ぶわあっ、ぐえ、おぶさるのやめなさいよぅ雪豹め!〟」

「ボクはプディだよ～? プディって言ってみて～」

……くしゃみからの涙は想定外ということでいいだろうか。

胡椒、嗅いだことのない、鼻の奥がくすぐられるような妙な感覚だ。あの緑の娘はそういえば、自衛の手段をやけにさまざま持っている。雪山の動物で例えると、喉の奥に毒を持つ蛇、嗅覚を刺激するスカンク、鋭い爪を持つサルなどが、合体しているかのよう。

それほど何かから狙われることが多い環境で生きていたのだろう。

なるほど、生体環境に詳しいクリスやグレアが研究しようとするはずだ。

「あのねー？　できるだけメーイにくっついていなさいって冬姫様が言ったじゃない～」

「ナンテ⁉　イマ・ナンテ⁉　ナマリデ・キコエナイノヨ！　ケモノ！　フユヒメ・ホンヤク！」

「えーとね。プディの頭に冠があるでしょ？　それってその子の頭と周りを冷やす効果が見られたじゃない。だからメイさんの冷静状態を長持ちさせるために、プディはメイさんにくっついているといいって話をしたよね、ってこと。よろしく」

「キィィ――――！」

地団駄を踏む緑の娘の足元に、ポタポタと緑の粘液がこぼれて落ちる。

前よりもずいぶんと花は小さくはなっているが、状況が戻り始めているのか。

「ニャア！　だからーボクがくっついていてあげるねー。レヴィがそうするみたいに、抱きついてたら、レヴィは温めるし、ボクは冷やしちゃうの、面白ーいふふふ～」

「まるで雪豹の毛皮のコートだ。よっ、高級品」

「〝嘘おっしゃい冬姫、もう！　半獣人が丸ごと抱きついてくるなんてこんなのもう婚姻よ！　国をまたいだ侮辱になるわぁ！　異類婚姻譚を知っていて？　メイの婚期を早める気なのかしらぁ。祖国と同じ発想をするなんて、冬も大して面白……つまらないものねっ！〟」

「ちょ、メイさん結婚の話ももうあったの？」

「〝メイが樹人病で朽ちる前に婚姻の儀をしてしまえという流れは当然よぅ〟」

「ヤケになって雪玉大量に投げるのはやめて⁉　しかも強化してない⁉　プディ、ゴー」

「〝狩りにそれを使わせないでちょうだいってば――――！〟」

ぺしょん。と伏せさせるように、緑の娘がプディに取り押さえられた。エルは風で雪玉を一箇所に集める。ゴスン、と音がする。これは当たったら危ないものだな。

エルが緑の娘の隣に寄り添う。

何をするのかと思えば、地面を手で叩き始めた。一、二、三……？

「ねえねえ。ねえねえねえ。メーイ。メーイ、ニャア！」

「ウルサイ・ウルサイ・ウルサイ………」

「ねえねえねえねえ、メーイはどーして怒ったの？　メーイが興奮すると危ないってー。興奮ってなんだろ～？　あっ、メーイの黒い髪が絡まってるー。違った、結んだの？　こんなにもむちゃむちゃと髪の毛を結んでるのなんでー？　その飾り紐にチャラチャラついてるの鳥の羽根ー？　これって故郷のものー？　羽根が三つなのは意味があるのー？　鈴もつけるー？　じゃあん、一つ持ってて、ボクが雪山から持ってきた落し物たくさんあってねー。また見せてあげるー。袋にまとめて入ってたの、フクブクロっていうんだって冬姫様に教えてもらったんだよー。ニャア・ニャア！　メーイはグレア様に常識教えてもらってたのー？　いいなあ楽しー？　そういえば落し物に詳しい二番目はレヴィなの。湯の乙女なの、知ってるー？　そっちの故郷にもいるのー？　ぐつぐつしてるレヴィのお湯に入るの好きなんだー。ボクの毛皮は頑丈な冬毛でねー冬姫様が強くしてくれたからお湯にも入れるのー。お湯から上がったらホカホカしてねー、ついてたお湯が凍っちゃって粒になるのー。ニャア！」

「ウ・ル・サ・イ……！」

うむ、納得。こうしてプディが長話をしていたら気が逸れたのか、緑の粘液がおさまった。興奮していた体が冷えたのだろう。

冠は、きちんと衝動を抑える効果があるのだな。

プディはこんなにも語彙がなかったし長話など不可能だったはずだ。これも冠によって冷静になった効果の一つなのだろう。

エルは緑の娘の手を取り、自分の方へと引き寄せた。よろけながらの瀕死(ひんし)の動物の動きで、緑の娘はエルの膝へと這いずってゆく。そうしたら手持ち無沙汰になったらしいプディはエルの背中へと寄り添って、そこでエルに向かってまた長話を始めた。この人間の国家についてさまざま尋ねる。

エルが、それも気になるね、また行きたいね、と丁寧に返事をする。

北の服が大量に売っているブティック。

海産物を扱う港の食料品店。

魔法を研究している実験棟、用具店。

やがてエルにもたれかかったまま、二人ともが眠ってしまった。

午後の日差しは穏やかに降り注いでいて、空気は寒く、寄り添う体はぬくもりがあり。

こうなってしまえば幼子はひとたまりもなく眠気にやられるだろうな。

おや。さっき少々席を外していたグレアが「チッ」と密(ひそ)かに舌打ちしたのが聞こえた。人型をよく使いこなしている。籠を持ってきたようだな。私に礼をしてから、エルの側に行き声をかけた。

「食べてから休憩にしてほしかったところですね。そうすれば幼子の体がよく育つので」

「その籠から、焼いた果物のにおいがする！」

「桃とリンゴのシナモンバターパイです。厨房に発注していたものを取りに、少々離席しておりました。エル様に子守りを任せてすみません」

「いいよ。フェンリルもこっちで食べよう」

スノーガーデンでの昼食のように、地面に腰掛けてピクニックもいいだろう。

しかし閃いたことがある。

「頼みがある。聞いてくれるか？」

「フェンリル様直々に、俺たちに？　もちろんうかがわせていただきたいです！」

「あっグレア早い。私も、私も聞きたいー！　やるやる！」

「そうか」

微笑んだつもりだったのだが、エルとグレアは氷漬けになったように固まってしまった。顔の使い方を間違えただろうか？　まあ悪意がないことはこの二人には伝わるだろう。

「エルも疲れているようだ。そして今は、仮にも、冠を被っているわけだから」

しー、と口元に人差し指をあてた。

ふぐうっ、とおかしな声を漏らして二人がまた固まった。今のうちに。

光をまとい、獣型になる。

体が世界に溶け込むような感覚拡張とともに、視界が広く高く、私の体は膨張する。

山から下りてきた風がそよりと白銀の長毛を揺らした。

騒ぎになる前にと低く伏せて、エルの背後に寄り添った。

「無理!!　ありがとうございます！」

エルが思い切り後ろに倒れ込んでくると、体の半分くらいが毛並みに沈む。

〈見逃してくれグレア。エルが冠を被ったとき、こうしてまたベッドになる約束をしていたのだ。私も眠くなってしまった。エルもよく休むべきだし、ともに褒美にしたい〉

我ながらつらつらと言い訳を並べてしまっているな。

グレアが何やら拳を握って、ぐっと己の腰のあたりに腕を引き込んだ。エル曰く「ガッツポーズするんかーい」だそうだ。

「あむ？」

「疲れを取るためには食事と睡眠ですので」

グレアはカットされていたパイをエルの口に差し入れていた。さくさく、と嚙み砕く軽い音がする。エルはそのあと、カップに注いだホットミルクも飲ませてもらっていた。そのあとは口をさわやかにするためとハーブティーを一口。エルの手は、両膝に倒れ込んだ子どもたちに摑まれていたので。

グレアが周りを鋭く見渡す。

「ここに何者も近づけさせません。人間の悪意にも慣れてまいりましたから、どんなものでも察知します。ユニコーンの角に誓い、フェンリル族の安眠を守らせていただきます」

〈いつもありがとう〉

「こちらこそありがとうございます!!」

グレアの礼が非常に深い。これ以上俯（うつむ）いたら頭が地面にめり込みそうなくらいだ。

エルが小声で「ずるいよねぇ」と言って微笑み、ホロリと、涙のにおいをさせた。

いや、エルには今、泣く理由がないはずだ。

であれば涙のにおいは、緑の娘の方かもしれないな。プディはもっと能天気であるし。

私の毛並みの濃い魔力の影響を受けないようにと、エルが薄氷のショールを幾重にもして緑の娘に巻いてやっている。プディはなんと直接私の毛皮に触れていても魔力酔いの気配もなく、問題ないようだった。あの冠の作用であろうことは明白だ。

また一つわかったね、とエルと目配せをした。

エルはことんと頭を毛並みに預ける。

「フェンリルに直々に触れられる愛子、とっても最高だ～……ふわもふ～……。すぅ……」

愛子の利点はそれでよいのか？　ひどく純粋なことを言って、眠ってしまった。

ふっ、と笑ってしまう。

心地よい気候に存分に浸りながら、私もしばらくの休息をとった。

第五章

真実と姫君と王子

はあ、はあ、はあ〜。冬姫エル様に会えなくなってから随分と経つような気がいたしますわね。それくらいわたくしの毎日が彼女たち一択になっていたからでしょう。はあぁ……。

「それではごきげんよう」

「引き続きよろしくお願いいたしまぁすミシェーラ姫様ぁぁ!!」

ウオオオオオオ!!　――なんて、魔法省の職員が盛り上がる。

思わず耳を塞ぎそうになってしまったところを、顔を引きつらせながらも、堪えた。

わたくしがこの魔法塔を訪れたのが五時間前のこと。

「ミシェーラ姫様!!」とやけに前のめりに挨拶をされたあたりで、いつもと何か違う予感はしていた。この時点ではフェンリル族のことならばどれだけでも語りましょうという気でいたけれど。

オタクの知識量が違った。

魔法オタクの彼らが、普段のおとなしさをとっぱらって、加減を知らない大音量でブツブツ

ブツブツブツッと理論をいっぺんにぶつけてきたかと思えば、こちらの一の情報に五〇〇の仮説を説いてくる。熱量はすさまじかったわ、褒めましょう。でも加減しなさいと氷漬けにしたこと七名。研究者仲間の惨状を見ても主張は止まらなかった。正直とても疲れました。

はあ、はあ、はあ……と息切れしています。

「いやあ、すごかったですよ。クリス様の雪山での研究レポート！　この生態系と環境魔力の組み合わせからまた新たな論文を山ほど書けます。そのヒントになるメモまであるから手が止まらん！」

くっ、お兄様！！！！

「それから冬姫エル様の魔法のサンプル。彼女が中庭に生やしてくれた冬桃と青リンゴの現物。これは解析班がきっちりと解明しようとこれから徹夜ですよ。後ほどまたミシェーラ姫に見せます」

お兄様！！！！

はあ、はあ…………。

よい、従者を持ちました。熱意は宝です。熱意あれば結果が生まれる。彼らは国の財産ですわ。

研究室の扉を、やっと閉められた。本当に長かった。

呼吸を整えてから背筋を伸ばし、深呼吸をして肺を冷たい空気で満たしてから、歩いてゆく。

廊下の曲がり角で、ちらりと黒髪のラオメイ・メイドたちの姿を見かけた。

彼女らには熱意がちっともない。国家交流のことを不勉強だし、メイシャオ姫をとりまいて機嫌を取ろうとするばかり。それも最近はうまくいかないものだから、祖国での自らの評価を恐れるためか、身内で小競り合いもしていて空気がギスギスしている。

彼女らにはフェルスノゥの従者もあまり近寄っていかない。

けれどなんとなく行く方向が一緒だったため、一定の距離を保ち後ろを歩いてゆく。

彼女らは黒髪をまっすぐに腰まで伸ばし、布を巻きつけるような民族衣装をはだけないように小さな歩幅で歩く。足音が一切ない独特の歩き方と、雪面を歩けない布の靴を、譲らない。

あの者たちは、変わる気がないのでしょう。

メイシャオ姫の付き人だけしていればいい、そんなときもあったのかもしれないけれど、そのメイシャオ姫が変わろうとしているのに、彼女たちだけ同じでいられるわけがないのにね。

布の靴では足が痛くなってきたのか、どっしりと太く編まれた絨毯をひそかに蹴っていた。

はあ……。

「ミシェーラ」

「お兄様。会議は終わって？」

ラオメイ・メイドの行き先だけ確認しておいて、兄との会話を優先することにした。

それとなくわたくしの唇が尖っていらしく、彼はハンカチを取り出すとわたくしの口元に当てた。

青バラのかぐわしい香りがします。こういうところは尊敬するのですけど。

フェルスノゥの者たちは体温の変化で鼻血が出やすいので、ハンカチを何枚も持っている。

「会議での話し合いが前進したんだ！　フェンリル様直々の情報で、強力な雪妖精が加わって雪山を守ってくださっていること、それがプリンセス・エルの契約妖精であることを報告したところ、慎重派だった大臣数名が、プリンセス擁護派についた」

「お兄様。その呼び方……」

兄は、プリンセス・エルと、呼ぶことにしたと。

又聞きしておりましたが、実際に耳にすると、あまりに堂々としていて絶句してしまった。

わたくしでもこの国内制約は破りづらくて、今でも腕に鳥肌が立っているのに。

これまでは、兄こそが国内情勢への配慮に次ぐ配慮をする、まさしく慎重な王子でした。けれど今は、批判があろうとも自分が信じたことを発信している。もちろん証拠ありきなのでしょうけど、そこまで動けたことが……わたくしはまた、羨ましいわ。

まだ冬姫エル様と呼んでいる己を振り返り、なんだか口の中が苦くなる。

「一つ、うかがってよろしいですか？」

「壁際に追い詰めてドンと腕をつきながらドスが利いた声で尋ねるようなことがあるのか……？」

「ええ。もしも、わたくしが彼女のことをプリンセス・エルと呼んだなら、どう感じるでしょうか？」

「よい真似はすればよいが。まさか弱気になっているのか」

お兄様はバカにするような人ではない。けれどこの一秒が、果てしなく長く感じた。

「……」

わたくしは王位継承権が欲しいゆえに、迅速に動けておりませんから。

「呼びたいか？」

「呼びたい……」

「待てるか？」

「待てますわ」

「僕は、待てなかっただけだ。国内での評判は落としただろう。けれどプリンセスの味方であると発信することを取った。ミシェーラはそのまま国内での評判を保ってほしいと、僕は思うよ。そうすれば雪山側からと、国内側からで、人としてフェンリル族をお守りすることができる。

それにミシェーラは僕よりも、プリンセスに近しい友人だ。後継候補として女子特有の絆があるとみえるよ。――だから、しばし待て。お前自身もプリンセスも焦らすことになるけれど、達成した暁にお互いを呼び合えば、かけがえのない思い出になるはずだ。そんなの、一生に一度だって味わえるかわからない最高の心地に決まってる。逃すなどありえないだろう！」

「……最後の方、研究者の視点ですね？」せっかく感動しておりましたのに。スンと興奮が引いた。

「ああ……。さっきまで会議で熱弁していたから、まだ抜けきってなかったかもしれない。大臣が泡を吹きながらも聞いてくれていたぞ」

赤くなった頬を、お兄様はぱたぱたと仰ぐように手を動かした。ニッと笑ってる。

それって「もういい耳が痛いわァ！」というやつなのでは。さっきわたくしが経験したような。

なんだかわたくしの視線が生ぬるくなったような気がしております。

「あの冠についての仮説だが。――冬姫様の魔力をもちつつ、幼狼のように未成熟な者にくっつく魔法道具ではないか。メイシャオ姫には氷のショールが、プディには直々の冬毛の魔法が贈られていただろう？　そして二人とも非常に危なっかしいところがある。すでに成長なさっているプリンセス・エルよりも幼い獣だ」

饒舌（じょうぜつ）な兄の瞳はまばたきが減っており、こういうとき、この人は核心をつく。

「プリンセス・エルは、あの冠を卒業されているのではないだろうか？　彼女はただ一人新しく、先に進んでいる。これからもおそらく新しくあり続ける。さて、冠に固執する必要はあるだろうか？　と問いを投げた」

「まさか」

「それはまた……。けれど彼女のお気持ちは？　あんなに頑張っていらっしゃるのに」

「もう一つある。フェンリル様が雪山から持ち帰っていらした土産物とはなんだったと思う？」

ピンときた。だってフェンリル様は愛子を溺愛しているのは明白ですもの。ちょっと多めに、甘やかしたりするんじゃないかしら。それに、兄がこれほど興味を持つなら、きっと新しくて珍しい〝物〟のことなのだわ。

「白銀の冠だそうだよ」

「なんてこと」

「それでもよいか？　と会議室で尋ねてみたんだ。国王陛下は大口を開けて笑っていた。おっと、これは内緒にしてくれ。認めたようなものになってしまうから」

「こんな廊下で話すことでもないでしょうに！　空間制御の魔法でもしていらして？」

「発動してあるよ。僕はそういう小さな器用が、唯一の特技だからね」

それって天才っていうのですわ。

「あとはプリンセス・エルが認めてくださるか、も必要なんだが。……お前はどう思う？」

「彼女はとても真面目です。雪山には雪山の、国には国のルールがあることを知り、それぞれに真剣になるくらい。頭の硬さなら氷岩（アイスロック）ほどもあるでしょう。まあわたくしたちの国が不甲斐（ふがい）ないせいなのですけれど」

「誠にその通り。しかし、やることがあるのは嬉しいから、と言ってくださるのだよな」

「国の法律が、いいえ、フェルスノゥの人々の考え方が変われば、彼女もまたそのことについてお悩みになるのでしょうね。新しい冠があるなら、考えてくださるでしょう。そういえば、先ほど、訓練場にてフェンリル様が彼女をお包みになったことをご存じ？」

「城中の噂（うわさ）だ」

ですよね。だってみんなフェンリル様たちに注目しておりますもの。

「そこではどんな悩みごとであっても、肩の力を抜けるのでしょうね。相談するならそのタイミングと合わせるとよいでしょう」

「ふふ。グレア様から一つ伝言を預かっているんだ。プリンセス・エルがどうしようもない頑固さを発揮したときには、強がってみせては逆効果。もっと頑張ってしまうだけ。例としては、わがままで意地っ張りなメイシャオ姫をどうしても遠ざけられなかったこと」

「ものすごい説得力ですわ」

「しおらしくしておくこと。どうか我々の気持ちを汲んでお心をゆったりと構えていただきたいのです……という願い方をすること。最終手段は土下座であると。すると……〝もうーそんなこと

やめてよぉ！』〃……と一発で方向転換が可能なんだと」

「そちらの面で危うい方ですわ」

「けれどこれも、ただし身内に限る、くらいの自尊心は芽生えているそうだよ」

お兄様と、にんまりした目を、見合わせた。

わたくしたちってこういうときに考え方がそっくりよね。一緒にいたずらをするのなんて幼少期以来かしら。腕は鈍っていませんことね？　とウインクすると、さわやかな微笑が返ってくる。

フェンリル様が彼女のためだけに用意した冠なのだもの。きっと似合いますわ。それこそ見てみたい！

「僕たちがプリンセス・エルに受け入れてもらえなければ、この作戦はそもそも成功しない」

「わたくしが真の友人になれるかどうか。腕が鳴りますわ」

「ガキゴキと拳を鳴らすんじゃない。しかし、ミシェーラは繊細に調整しているよりも、そのようにひたむきに前向きな方が似合うな。プリンセス・エルも頼もしく思うだろう」

「わたくしきっと、彼女に救われることに身を任せておりましたのよ……。してくださるから。けれどみんなみんな、救われたがっていたら、彼女を救う人がおりませんね。そうよ。きっとその志こそが、女王として必要な要素じゃないかしら！」

わたくし、フェルスノゥ王国の初代女王になりたいのです。

そのためには、普通に、普通の、普通すぎる、出世街道を望んでいては無理なのではなくて？

「目がぱっちり覚めましたわ」

「頼もしいなぁ」

ふと、お兄様が声をひそめた。

しっ、と静かにするように合図し、胸元のペンを振る。

わたくしたちの姿は透明になった。これ、動くと透明化が解けるのですよね。気をつけないと。

すぐ側を、ラオメイ・メイドたちが引き返して通っていった。

ズルズルと着物の裾を引きずる仕草がなんだか変だわ。先ほどとは動き方が違っていておかしい。

この者たち、従者であり女子ならば汚れを気にするはずではなくて？　こんな一面を見せるのはこれが初めて。ううん、これまでもあったかもしれないのに。関心を怠っていたのは、わたくしたちの罪かもしれないわ……。メイシャオ姫ばかりを追いかけていて、この者たちを諦めており、観察が足りていなかった。それは、これから取り返す。

今、メイシャオ姫がいないのに全員一〇名で移動しているのはなぜなの。

表情を横目で見ると、口元がブツブツブツと何やら動いている。

読唇術を試みる。いくつかの単語は聞き取れた。

（……兄君様……連絡……再開……）

（……もう、不要……承知…………知られる前、処分…………）

（可能な限り…………緑の園に……春姫……罪…………）

（我々……雪山……）

そうしてまた角を曲がって姿が見えなくなった。

少し時間をおいてからお兄様が透明化を解く。その間に単語を必死に繋げて思考した。

「春姫ねぇ……。ねえお兄様。あのメイシャオ姫、感情的になるうえに暴走するでしょう。何か悪巧みをこなせそうなものかしら？」

「僕ならば絶対に駒として使わない。バレないから作戦なんだ。成功するように組むはずだ。ましてや国家間のこと。もしも亀裂が生じたら、世界的に信用を失うのだから」

「であればなぜメイシャオ姫なのかというと、あの娘の価値は、かなり多めの緑の魔力を持っていることと、樹人病でそろそろ死んでしまいそうな王族ということよ。春姫だなんて戯言をわたくしたちももう信用していないわね。だって本物の冬姫様を直々に見ているもの。遠く及ばないのは歴然なのに」

「プリンセス・エルが引き継がなければ、ミシェーラが継ぐはずだった。彼女らが船でやってきたのはミシェーラが引き継ぐはずのタイミング。そこから見えてくるものは、引き継ぎの邪魔、かもしれないな。……フェンリル様が雪山で行ってくださった調査では、緑の魔力が濃いところがあり、そこは冷気が乱れて生暖かかったそうなんだ。神聖な雪山は精霊種に手厚く守られており、むやみに入らないことが大切であると僕たちは厳守してきた。けれどそれは、報告がなければ異常に気づけないということでもある」

「……っはあ、ふう。ごめんあそばせ。はらわたが煮え繰り返る、という異世界の巻物の言葉がありましたでしょう。それってこんな心地なのかしら。胸糞(むなくそ)悪いですわ」

「お前その言葉遣い、グレア様の悪影響を受けただろう……ああ、嫁入り前の姫が……」

「女王になるのですから婿を取りましてよ」

「まあ僕も同じ気持ちさ。こんなに嫌な気持ちは、プリンセス・エルの元会社と通話したとき以来だな。何かあちらに悪意の作戦があるのだとすれば、春姫なのだから冬姫様と友達になってきなさい、などと、メイシャオ姫に吹き込むというのはどうだろうか。僕ならそれを選ぶ。あらかじめ土地が弱っている時期を狙い、幼い女の子をめいっぱいさみしがらせておいて、友達になれる者がいるとそそのかし、その気にさせて送り込むんだ」

「さいってー」

「最低な戦略という本に書いてあったんだよ、本当だ。けれどプリンセス・エルには言わないでくれ。死ぬほど傷つくから」

お兄様は肩をすくめている。

そして先ほどのラオメイ・メイドたちがいた場所に立ち、鋭い目で周りを見た。

廊下の窓からガバッと身を乗り出したので、思わず服の後ろ裾を摑む。

ここ三階ですのよ！

「訓練場から近く、風の流れで緑のにおいが濃い。緑の魔力は空気に溶け込んで上方に行きやすいんだ。メイシャオ姫の魔力であれば冬の期間でも十分な濃さを持つ。そのうえ冠が外れたことによって、生命力が漏れる状態が再開。——ああそうか、さっきの、連絡再開ってそういうタイミングか。緑魔法を使い連絡手段とできる技術をもっているかもしれない。ここで重要な話をわざわざしていたのは、メイシャオ姫の緑の魔力が集う場所だったから。おお、床に苔が生えている。なるほど。これは魔法省で検証のしがいがあるな！」

「落ち着いてくださいまし。ふんっ」

投げ飛ばしました。真横に引きずるようにして。

駆けつけようとした従者には氷の微笑を見せます。そう、兄妹の話し合いだからもうちょっと二人にしてちょうだいね。よし。

「お兄様は重要なことをおっしゃいましたね。連絡手段があると？　そんなもの魔法界の大発見ですわ。この国は冬の間は氷河に阻まれて、よそとの行き来ができませんのに。こっちは連絡できないものと思っている中の、内緒話。それってとても貴重なことが話せるでしょうね。とーっても秘密にしたいようなお話、探ってくださるのですね？　た・の・し・み」

「〝兄君様〟とはラオメイの王子だろうな」

「クソ野郎とボンクラですか」

「言葉遣いッ！」

「メイシャオ姫は訓練場に〝落ちてきた〟のでしたね。それにもメイドは騒がなかった」

お兄様の顔が青ざめてゆく。

関係性はあるでしょうからね。

そのとき五歳の女の子が、どんなに怖かったか、虚勢を張っていたのか、と考えてしまったのでしょう。

わたくし、幼い頃に一階の窓から外に抜け出そうとして、引き戻そうとしたお兄様が背中を押してしまい、雪面に落ちたことがありますわ。当時、それだけでも泣いてしまうくらい怖かった。びっくりするのです。信用していた人に意地悪されたのかしらって。打ち身の痛さより、心がヒリヒリとしていたの。あのメイシャオ姫の心の痛みは、どれだけのものかしら。

「彼女のことは冬姫エル様が受け止めてくださり、良かったですね」

「そうでなければ亡くなっていた、か。くそっ、さっきの盗み聞きした会話といい、なんて嫌な繋がり方をするんだろう。これだから人類ってやつは」

それは怪しい本の読みすぎではなくて？　とも言い切れない。お兄様は唯一成人しているフェルスノゥ王子として、しばらく前までは外交関係を一身に引き受けており、一人ずつに肩入れしすぎる性格だから、深入りして人の嫌な部分もいっぱい見てきたのでしょう。

わたくしよりも非常に優しい人だから。

「お兄様！　せめて人間の価値の底上げをしなくては、尊き大精霊様に申し訳ないですわ」

「まったくだ。僕はさっきミシェーラが言っていた、緑魔法による通信のことをとり急ぎ調べる。緑の粘液を凍らせた現物もあるから、ラオメイの人々が使う魔法などと組み合わせて可能性を見つける」

がっしり握手をした。

「そうだ。その実験にはフェンリル様にも同行してもらおう」

「な、なぜ⁉」

「ご本人がおっしゃったんだよ。私も手を取り合えたら、と。もしかしたら通信機械（スマホ）の復活にも使える技術かもしれないし。そうなればフェンリル様も、プリンセス・エルに喜ばれてきっと嬉しいことだろう」

「お兄様……。ご自分の気づきであると彼女に報告なさいませんの？」

「喜んでもらえたらそれでいいじゃないか。きっと素敵な笑顔を見せてくださる」

「恋に負けるタイプですわ」

「んなっ⁉ なんでそこに繋がるんだ⁉ 関係ないだろうっ⁉」

鈍感ですのねー。フーン。ほうー。

まあなるようになるでしょう。お兄様は女性を喜ばせるのがお上手すぎて損をする。けれど、もしも、もしかしたらいいですよね。あとは運にかけるしかありませんわ。

わたくしも彼の隣に並び、訓練場を見下ろして、フェンリル様に包まれている冬姫エル様たちを眺めた。あれから時計の長針がくるりと一周したけれど、まだ彼女らはあそこで休んでいる。いいえ、休ませているのかもしれないわ。メイシャオ姫たちが目覚めるまで待ってあげているのやも。

こちらにお気づきになったのか、冬姫エル様は上体を伸ばしつつ大きく手を振ってくれた。

あら、お子様二人も起きたようね。

メイシャオ姫は周りをキョロキョロして「んぎゃあッ」と叫ぶ。一面フェンリル様の毛並みに囲まれているなんて贅沢をしておいてそれですか、はあ。わたくしがここから手を振ってみせると、彼女は小さな肩を跳ねさせて、プディにぎゅうぎゅう抱きついていたのが痛々しかった。

彼女が落っこちてきたという、この場所がポイントで、間違いない。

お兄様とパシンと手の平を打ち鳴らしてから、それぞれの持ち場へと動き出した。

わたくしはメイシャオ姫の手を引き、ついでにプディをつけて部屋に送り届けると「ナゼ・ココデモイッショ⁉」とごねられました。実際はさまざまな思惑が含まれますから「プディはここがいいのですって」「キー！」となりました。

そして外に出ると、杖で壁を叩き、壁の裏側にゆく。そしてメイシャオ姫の部屋側に耳をつける。

この一室は、来客者の中でも監視を必要とする方を案内する場所だから。

「〝……お兄様〟」

当たりですね。心細そうなメイシャオ姫の声がこぼれ聞こえてくる。

「〝どうしてメイに応えてくれませんの？〟」

声音は震えているけれど、泣いてはいない。彼女の、意地を張るほどの矜持(きょうじ)が、わたくしにはよくわかりますわ。国家の姫君たる者やすやすと心の弱いところを晒してはならない。唇を一度噛み締めたら、そのあとすぐに微笑んでみせるものです。まあどの部分を強がるのか、地域による文化の違いはございますが、心意気は変わりませんよね。

ラオメイ・メイドたちが戻ってきたわ。わたくしがいなくなるのを待っていたのでしょう。

「〝この雪豹はメイが欲しいからここに置くのよ。手を触れることは許さない〟」

「〝承知致しましたわ。春姫様〟」

ほっ、と杖を下ろした。

交代にやってきたお兄様と、ここを見張りながら今宵は月に祈りましょう。

※夜更けと暖炉と食事会

——あれから一〇日経った。

グレアからの合格チャレンジは失敗です。がぁん。

私は人の社会にもかなり慣れた。ううん、人の社会というよりもフェルスノゥの雰囲気に。ここにおいて季節が冬である限りフェンリル族は、どなたからも、敬いの姿勢で見られる。その対応はフェンリルの受け答えから学ばせてもらった。

ふと白銀のスカートを見ながら、考える。私がもしも黒髪黒スーツだったら、こうはいかなかっただろうって。この地域の人々が好む淡い色合いの半獣人だったことはきっと大きい。

見た目は大事だ。仲間だ、ってまず一歩近づきやすくなる。

その効果も期待して、さまざまなフェルスノゥの洋服にも着替えた。

今日はセーター調ロングワンピースにスリットが入ったもの。裏地のあるズボンをはいて、靴下もしっかりと履く。室内用スリッパに大きめのカーディガン。とある夜会に呼ばれているからだ。

夜。

王族のみなさんとの食事会にやってきた。なかなか全員が揃わなかったり、私たちもバタバタ忙しくしていたので、食事会の機会が遅れに遅れた。フェンリル族がどのような食べ物を好むのか確認をしてくれたのち、郷土料理をいただく。

こってりと濃厚なチーズと冬野菜の煮込み鍋料理。肉はベーコン。ほくほくとしたカブや芋がごろっと入っている。森の魔女が使うような大鍋から、それぞれの小皿に煮込み料理を入れてもらって、暖炉を囲んで食べるの。そのシチュエーションがすっごくあたたかくて幸せな団欒だった。

「冠のこと、私、諦めが悪いですよね」

雑談中にふと私が呟くと、国王陛下たちはくすくす笑いながら頷いた。

あったかいごはんのおかげか、空気が軽いまま大切な話をできそうだ。

「えーと、みなさんに力を借りないようにって、意固地になっているわけじゃないんですよ。冠の件がなくとも私を認めてくださるって、打診してもらえて、とても嬉しかった。けれど自分の気持ちに区切りがつかないことに気づいたので、お待ちいただけますかって返事になりました。だから、これからの頑張りは自分のためなんです」

「左様ですか。ご自身の滞在中の楽しみにしていただけるのであれば、協力いたしましょう」

「ありがとうございます。そう、私、楽しいんですよ。知ることってもともと好きだし、知ったことをまとめて検証して新しい視点を作るのも好きです。ずっと忘れてしまっていましたけど……。まとめてまとめてまとめて……ってそればかり何十時間も繰り返していたら、いつの間にか楽しさなんて抜け落ちてしまって無感情になっていました。ここで、思い出せてよかったです」

頑張れー、って手を振ってくれていた幼い王子たちが、この例えはピンとこないようで、揃って首をかしげていた。みんなふわふわの白金の髪を持つ、純粋な子供たちだ。王妃様に「どうしてー?」と聞きに行っている。王妃様からは、国王陛下との対話をお続けください、と気遣いをいただいた。

「不思議ですなぁ。フェルスノゥ王国とあなたの祖国は随分と違うようなのに、感情を思い出すこともできれば、こうして語り合っていると、感性がよく似ていることに気づく。あなた方と我々は同族なのでしょう」

「人間、ってどちらの世界も変わらないんでしょうねぇ。面白い」

串に乾パンが刺さったものを勧められたので、串を受け取る。乾パンの表面を暖炉の火で炙って、スープにつけて口に含む。じんわりと染み込むうまみに、思い出すのは日本の家庭料理だった。

煮る、焼く、炙る。食べ物と火を使って、料理するのは変わらない。

けれどコンロはないんだよね。比較をして、故郷の家庭を思い出す。

日本の故郷を思い出したままで、このたびの冬を呼ぶことができたから、胸がキュッとすることはあろうとも、私はこの二二年分の記憶を抱えたまま、冬姫様として生きていきたい——。

「冠を被ることを通して、人々に冬姫様って呼んでほしいな、と始めたことを達成してみたい。そんな私のワガママにお付き合いいただき、すみません」

「あなたは芯が育ちつつあるのだと感じますぞ。ワガママなどではなく、当然評価される軸をお持ちなのです。じっと耐え努力し、揺るぎなく己の手で摑みとろうと挑戦する姿勢は、恐れ多いことですが、氷の民のように素晴らしい。ぜひ、成功なさってください」

「ワンっ」

ごめんなさい。たまに幼狼が出ますね。なんでだろう。国王様があまりにお父さんっぽいから、つい安心して幼くなってしまうのか……？

国王様の頬が暖炉の光でほっと赤らんでいて、それは優しい表情だ。父親が娘を実家から送り出したときのような。近しくて大事な者を、親の手が及ばぬところに行かせるのを見たときの、苦さと祈りを含むうるんだ眼差し。

あ、黄色だ……。

「王族の方の瞳って、暖炉の光が当たるとまるで別の色に見えます。雪原の夕焼けの黄色にそっくり。フェルスノゥ王国は綺麗な色に溢れているって感じます」

「空が晴れていて冬に夕焼けが見られるのは、貴女様のおかげです。冬の陽だまりは本来、非常に希少なもの。冬は色が少なかったゆえに、色は贅沢なものとして城の内部はあれほどに色彩豊かにしております。それを今年は国民にも平等に与えてくださった。礼に、いいものを差し上げましょう」

な、なんだろう。受け取ってもいいようなものだろうか……。

国王様が渡してくれたのは指先でつまめるくらい小さな袋に入っている。

「デザートです。みなより一つ多いのですぞ」

それはすっごく嬉しいじゃん。あははっ。

打ち解けてみたら国王様はものすごく人間味のある人だ。これまで会った人々の中でもとびぬけて懐が深くて、おおらかに包み込むような存在。フェルスノゥ王国のことが好きになっていく。いただいたデザートの冷凍保存チェリーを食べて、やる気をチャージ。

……素敵な夜のひとときでした。と、こんなふうに穏やかな日々を送っていたら、また一騒動。

雪山から機械怪物が運び込まれた。

雪妖精のオーブとティトが発見してくれた、もう折れて朽ちかけている動かない物。オーブたちが念入りに関節を曲げて仕留めておいてくれたそうだ。

もう動かないとはいえこれが空をビューンと運ばれてきたから、国内は大騒ぎだった……。北風に乗せていたらしいけど、そんなの外観からはわからないので、国民から「道具が動いて空を飛んでいるのだが⁉」「助けてくれ！」って声明が届いてミシェーラが呼び出されることもあった。混乱して怖がってしまった人々を落ち着かせるのは大変だったそうだ。オーブ・ティトにきつく言っておいた。人はね、雪山の獣や精霊ほど勘が備わっていないし、肝が据わっていないんですよ！　説明は完了したものの、まだ空気がざわざわとしている。はーあ。

運び込まれた機械怪物は魔法省へ。私も呼び出された。ドラム式洗濯機や工具、何かのホースが溶接されたように混ざり、ずんぐりしたシルエットだった。洗濯機部分が大きく凹んでいるので、ゴロゴロ転がって岩か何かにぶつかったようだ。このシルエットで自ら空を飛べるわけがないでしょう、と言っても、そんなことは飛行機やロケットを知らないみなさんには伝わらないからね。

この機械怪物をどうするのか、って会議があり、結果保留になったらしい。

保留になっている間に、会議に参加させてもらえなかった私にも、考えを出してもらおうとクリスが掛け合ってくれた。そして、いったんフェンリルに【永久氷結】を施してもらい、考えることができる期間を延ばした。

仮説。実験。検証。

やりたいからです、ってクリスは口にしてくれる。

やらねばならないことだからって眉をひそめて口をへの字に曲げて取り組むのではなくて、楽しめるところは楽しまなくてはと、真面目でありつつも彼は柔軟だった。

私も、笑顔を心がけてみる。

毎日、やりたいことがある。

何か新発見があれば、魔法省の人を中心に、みんなが笑顔になった。仕事の先に喜んでくれる人がいると、わかること。会社員時代には目に見えなかった部分だけど、すごく大事だ。モチベーションを保ったまま、新たな魔法の法則を発見して、論文も書いた。楽しい！

今日も、フェルスノゥの従業員のみなさんに挨拶をしてから、バルコニーへ。ここで冬の気候を眺めながら資料とにらめっこするのが私の毎日の過ごし方だ。リーンリーン、と城の鐘が鳴る。もうお昼ごはんの時間かー。まだフェンリルが階段を上がってこなさそうだ、って耳を澄ます。

あ、下にプディとメイさん……花壇を見てる。

仲良くなったみたい。ずっと手を繋いでる。というかプディが引き回してるのか……？　ぷっ、と小さく笑うと雪豹の鋭い耳には声が届いてしまったみたいだ。

「あーっ！　冬姫様ー！」

「〝何をするのよぅ⁉〟」

またたく間に雪豹姿に変わってメイさんの着物の帯を咥え、バルコニーのある塔の側面の窓枠に獣の爪を引っ掛けて、ジャンプしながらプディは登ってくる。ひえーっ……！

「アリエナクテヨ！」メイさん、涙を堪えている。

「これはプディが悪いよ」

〈えー、どうしてー？　すぐに来たかったからなの。ボクはできるからやったの～〉

冠をつけたプディはあらゆる感覚が鋭くなり、さらに積極性が増している。移動も判断も早い。

「うーん、実際できたのはすごいけど、友達を巻き込んじゃダメ」

〈友達っていつも一緒にいるから友達なんじゃないのー？〉

「〝そうよ！　友達ならばすごいところを使用してメイを喜ばせ、敬うといいのだわぁ！〟」

それも友達の定義ではない。そして二人がラオメイ語・獣語なので私が翻訳するしかないのか。

どっちも天然でこれを言ってるから、どっちにも理解される説明なんて難しすぎる。

ちなみに私は会社員時代、友達がゼロだった。会社員生活が過酷すぎて二〇歳までの学友はみんな音信不通になりましたとさ……。遊びのお誘いを全部断っちゃったからね……ははは……。あのときは、会社に行かないことでどれだけ叱られるだろう、叱られたくない怖いって、そればかりだったな。

ここではもう見失いたくない。手のひらに、小さな氷のお人形を作ってみせる。

「私とミシェーラは友達でしょう。困ったときに助け合えて、離れているときにも好きでいて、会えたときには嬉しくなるのが、友達かなって思うの……。プディはさっきメイさんを困らせすぎちゃったんじゃない？」

〈ニャア……。ごめんねーメーイ〉

「……。……モウイイワ」

すりすり、とプディがすり寄ると、メイさんがプイっと顔を背けた。

プディは嬉しそうに飛びついて、またメイさんが押し潰されてしまってジタバタしてる。

私たちと真逆だなあ。私は、フェンリルの上にもふっと埋もれてしまうからね。

「〝ぷはあっ。〟ナニ・シテタノヨ？」

メイさんは私が持っていた資料と道具に目を留めた。私はいじっていたものを見せることに。

「これはね、スマホっていう機械。直したいやつだから、機械の一つだけど氷漬けにせず、充電方法を探しているの。ここに私の故郷の情報とかが入ってるんだよ」

「〝故郷の情報？　それってメイも聞きたいわ〟」

意外にもメイさんが食いついてくる。ひょいとスマホを取られた。

ああっ、これ画面が割れるから扱いには気をつけてほしい！　プディがメイさんのすぐ側にいるから、落ちても毛皮の上だろうけど……。今のメイさんならイジワルで投げたりはしないか……。

「〝お兄様が言っていたのよ。冬姫は仲良くする価値があるって。メイが春姫だからわかり合えるって。冬姫のことをよく聞いておきなさいってねぇ……〟」

かちゃかちゃとメイさんがストラップをいじる。そしてツツとスマホ画面を触る。

「お兄さんが留学を勧めたんだね。メイさんに学んでほしかったんだろうな〜。私からあなたに教えることができた冬姫業のことって少ないけど、メイさんが立派に学ぶ姿を見せたら、驚いて喜んでくれるだろうね。家族だから」

「〝家族だから？　はー、お気楽な頭をしているのねぇ、冬姫は。平民のようで意地汚くてよ。家族だから互いにすがっているわけではないの。メイは春姫だから、お兄様は次期国王候補であるから、高貴な立場ゆえに認め合っているのよぅ。喜ばれるというよりも、冬姫のなんたるかを知らずに帰ってしまえば、失望されるのが目に見えているもの……。だからもっと教えなさいよ〟」

しなりと落ち込んだかと思えば、一瞬で持ち直し、グッと目を見開いて私の胸ぐらを掴むメイさん。語気も荒くて、まるで根性が雑草のようだ。

もともと頑なな性格を、根性にまで昇華したのはおそらくグレアの教育だろうと察した。

「わかった。じゃあ聞いてくれるかな？　……フェンリルの魔法の言語化に、今、取り組んでいるんだよ。のちの幼狼やそれに関係する生き物が、困ったときに自分の力の使い方がわかるようにと思ってね。これは魔法省の論文を通して、可能な範囲を公表する予定。だって、春龍様も弱っているって聞くし、この世界のどこでも役立てられたらいいじゃない。冬も大事、春夏秋ももちろん大事。四季が補い合って世界ができている、ってフェンリルも国王様もおっしゃった。実感ある？」

「っ……ない」

「だからメイさんにもいてもらうんだ。このたびの冬を知って」

メイさんが息を呑んだ。

学び始めた彼女は、ここにいることを申し訳なく思い始めている。

自らの当たり前が、世間では傍若無人だってことを、自覚してきた。

それはつらいだろう。けれど反省しているときに、周りに受け入れられて応援してもらえたらきっとあなたも変われる。頑張れっ。

小さな手のひらに緑の粘液がじわじわとにじみ、あっという間にスマホを包んだ。そ、それ、防水じゃないんですけど⁉

「あ――――っ⁉」

「〝うるさくてよ。騒がないで。治ったんだから〟」

「なお……どういうこと？」

「〝春は芽吹き。生命力を高めるもの。緑の魔法が凝縮されたコレで包めば、だいたいのものは治るの。きちんと緑魔法をまとったから成功のはず。さ、感謝なさい。崇め奉ってよろしくてよ〟」

スマホの電源が……入った！　すごい……！　どうやって電気を確保して安全に通せるだろうか、ってことを考えていたのに。魔法一発。この世界で魔法の使い方を活用すれば、地球ほど科学が発展していなくても、別方向の発展から人々が便利に暮らせるんじゃないだろうか。

「スマホは機械なのに、どうして治せるって確信を持って包んだの？」

さっき、メイさんには迷いがなかった。壊れても別にいいや、って雰囲気ではなかった。

「〝だって治せると思っていたからあなたが手に包んでいたんでしょう？〟」

やっぱり勘がいい。

唇を尖らせて睨む仕草をしてる。私はその小さな口に桃を触れさせた。わしわしとかじってる。

「お礼。一緒に軽食にしない？」

ここにある籠には、果物とサンドイッチが入っている。もうすぐフェンリルと食べるつもりのものだけど、緑の粘液を出したことで腹ペコのお子様にあげないわけにはいかない。ピクニックシートの上に広げてあげると、メイさんとプディは好きなものを摑んで、いっぱいに頰張って食べ始めた。プディはスムーズに人型を取る。人型の方が舌が繊細なので、食べ物の味を美味しく感じるんだって。

私がオオカミになったらどんな味の違いが生まれるのかな。

そんなことを考えながら、〝治して〟もらったばかりのスマホに触れた。

ドキドキとしながら電源をつける。元会社からの着信履歴は、……ない。ホッ……！

お父さんからのメールが四件ある。

これは今見ようか、あとで見ようか……

フェンリルが、扉を開けてやってきた。その手にはなんだかいろんな贈り物が抱えられている。くんくん、と鼻を鳴らしてみると食べ物のにおいだ。おそらくお昼ごはんのときにフェンリルがうろついていたから差し入れされたんだろう。あまり人と関わろうとはしていなかったフェンリルが、誰かと話して、しっかり感謝されていることが、嬉しくってちょっとムズムズもする。毎日私が一番側にいたから、ちょっとだけジェラシーもあるのかも。

「エルがよく好んでいるレバーパイだというからもらってきた」

「食べるー！　この国のレバーパイはチーズが入っててまろやかで美味しいの」

青空の下、みんなで昼食をのんびりと食べる時間が愛おしい。

メールはすぐには返事をせず、今はこの雰囲気に浸ろうと思った。

❈クリスマスマーケット

国王の業務とは最も最後の決断である。

「クリスマスマーケットを開催することにした」

そう言うと、冬姫エル様はぽっかりと顎を落とした。実に表情豊かな方だ。

彼女はさまざまな表情や姿を見せてくださる。

ここを訪れていらしたときには、ミシェーラの守りが間に合わず花粉で汚れた姿をしていた。それからも服装を乱した姿をよく拝見したが、いざ玉座の間に来てくださったときには、想像していた通りの白雪のような冬姫様であらせられた。

「ワン」という不思議な鳴き声が出てしまったことを思い出し、髭の下でこっそり笑いを堪える。

さまざまな、彼女がくださった言葉を思い出す。取り繕おうとする者ばかりに囲まれているとあれくらい素直な言葉をくれる方を、ことさら貴重に感じるのだ。

「クリスマスマーケットで何をやるんですか？　私はまだ冠を被れていないので、戴冠の様子を見せることができません……それでは国民のみなさんの期待を裏切ってしまったりしないでしょうか？」

彼女の見識の広さには驚かされる。

人の社会と心理をよく理解しているのだ。平民だったと聞いたが、視点は上に立つ者のそれだ。感性も非常に磨かれており、会話のすれ違いも少ない。だから正直に申し上げることにしよう。

「この祭典の目的は、冬姫エル様のお披露目でございました。それによって国民に安心感を与えること。それを急いだのは、国民の間で噂が広がっているゆえでございます。良いものも、憶測が増幅したものも。これがねじれてお二人の耳に入ってしまう前に、正しい冬の姿を見せようと考えました。ですのでどうか」

「あ。頼ってくださったんですね」

ピン、と冬姫エル様の獣耳がまっすぐになり、左右に揺れる。

この仕草にやられた者は数多い。洗濯室には鼻血に染まったハンカチが日々持ち込まれている。物陰で悶えてしばらく仕事にもならないメイド、慎重派だったが推進派に鞍替えを申し出た大臣、お姿をまた見たいがためにスケッチをする者で溢れかえったこともある。冬姫エル様が「写生大会⁉」とおっしゃったのが、言い得て妙だったな。

このような素直さが、幼狼らしさとしてあの冠にも認められたらよかったのだが。

「ええ。ありがたくもお力を我々に貸してくださるならば、ここで、ぜひ」

「どのような内容で協力したら良いですか？」

すぐに「わかりました」と確約しない分、お考えが深いのだと好感を持つ。

こういうところが彼女に相談をしやすい理由だ。そして不快を顔に表さない。

フェンリル族として穏やかでいらっしゃる。

「ミシェーラとともに手を繋いでみせていただきたいのです。フェンリル族の方の毛皮に触れるのは大変名誉なこと。これまでは冠を添えさせていただくことで、触れ合いの印と表しておりましたが、このたびは図々しくも、直接の親交を国民に見せたいのです」

「やりたいです。フェンリル、いいかな？」

「問題ないよ。好きにやってごらん」

「ありがとう」

なんと心地よいやりとりなのか。

彼女らの態度が儂の勇気を引き出してくださり、受け入れられる。普段はもう決まっていることに国王の「決定」を渡すことがほとんどの業務。けれど大臣たちを前に、挑戦してきたいのだと、踏み出した甲斐があった。クリスの一喝もよく効いた。自分の名前を出して断られたらミシェーラがもっとやる気を出すから損なしですし、などと言いよった。

戴冠に比べて光景は地味にはなるが、もっと意味のある、最高の了承をいただくことができた！

顔がふやけそうになるのを堪えて紳士な表情を心がけ、無難にまとめかけたときだ。

「あのー。私とミシェーラが手を繋いでいたらいいんですよね？」

「その通りです」

「だったら二人分のすんごい極大魔法ができちゃいそうですよね！　それもやりたいです」

儂は大変久しぶりに、天を仰いで大笑いすることになった。

❋そなえるのが好き

「前夜祭」

私が提案したら、ミシェーラはニッと笑った。

「そんなことまで計画していただけるなんて！　ともに手を合わせるなら、極大魔法を使うための魔力の波長合わせもできますし、いっそそれもパフォーマンスのうちにできればよろしいのに……と思っておりました。山盛りで嬉しいですわ。さっそく関係部署に打診いたしますね」

「ありがとう。魔法を合わせるのって、二人が同じ空間で魔法を使うこと、だけでいいらしいし、これまでやったことがある魔法を復習するだけなら簡単だね」

魔法省から借りてきた冊子をめくりながら再確認していく。

「エル様は復習が得意でいらっしゃるの？」

「うん。再現性がないのってもったいないなーと思ってて。復習して理解できるくらいにまとめるのが好きだし、その資料を見るのも好きかな。だって一回成功したら二回めはもっと上手にできるのに、一回きりで感性を切り捨てちゃうとまた一から始めないといけない、もったいないでしょ？」

「〝んー。言ってることがよくわからなくてよ。説明が下手ね〟」

メイさんがぶつくさ言う。ロイヤルシークレットにすっかり慣れて入り浸り、甘いお茶を飲んでむせていたから、たまたま聞き取れなかっただけでは？　でも私は二度目の説明に入る。再現性と、もっとよくなることを意識して説明するの。やりがいがある。

「感性を切り捨てるっていうのはね、天才の才能のせいにしちゃうってことじゃない。せっかくいいものだけど一代で終わっちゃう。二度、三度、同じように試せたなら、せっかくのいいものを、もっと良く再現できるんじゃないかな？　そういう方が素敵に感じるんだ」

「〝ん〟」

メイさんがこっくりと頷いた。ここにいて仲間外れにされないのが嬉しいってことなのか、椅子から放り出された二つの足が、ぱたぱたと動いていて可愛らしい。

「それでは、どのような魔法を行いますか？　わたくしが得意なのは氷の槍ですわ」

「〝物騒ね〟」

「なるほど。私は氷馬とか得意だよ。二人とも創造系で形のあるものを作る……か」

あー。いいこと思いついちゃったなあー。

「ドッキリ！　冬姫エル様とミシェーラ姫の、氷像バトル～！」

「〝はあああ？　野蛮ではなくて⁉　クリスマスマーケットってこう……文化的で豊かな娯楽の祭りって聞いていたけれど？　言ったのはあの補佐官ょぅ。〟アノ・ホサカンンン！」

あいつめみたいな言い方でグレアのこと呼ぶよね。合ってるよ。

ミシェーラがキラキラした目をして手を挙げている。メイさんがちょっと引いた。

「冬姫エル様。どのような意図があって氷像と、そして戦闘(バトル)とおっしゃったのでしょうか？　恥ずかしながらわたくしの想像が及んでおらず……！」

「うん。どうして見せるのかって国側の事情としては、もったいないからだけど、その先にあるのは国民のみなさまの不安を解消するため。不安のきっかけは機械怪物が空を通ったことでしょ。迎撃できる戦力があると信じてもらえるのがいいんじゃない？」

「そのための戦闘なのですね！　うふふふ、うふふ。そうだ、動く相手と戦うと民衆のイメージがしやすいでしょうか？　けれど、戦いになってしまうことを想定させるのはかえって不安を募らせる危険性もありますね……」

「そこはエンターテインメントにしよう。氷像で生き物を作って、屋根の上を飛び回らせる。氷像がぶつかったら衝撃音を風で拡散して演出。氷がみんなに振り注ぐ前にダイヤモンドダストに変えてしまうの。そうすれば綺麗な思い出になってくれそうじゃない？」

「最高です。ときめきが止まりません！　ああ、どのような氷像にしましょう」

「いろいろいた方がいいよね、目を飽きさせないために。直接的に機械怪物を出すのはやめておこう、それだけ守ればなんでもいいよ。みなさんにとって馴染みのある森の動物はどうかなぁ。狩りを想定してもらうの」

「それならフクロウやキツネなど――！」

ミシェーラとすっかり話が盛り上がった。

やがてお腹をクッキーで膨らませたメイさんがプディを背もたれにして眠ってしまうと、ミシェーラは声をひそめた。私が聞いたのは、胸が痛くなるようなメイさんの秘密。けれど、まだやれることがある状況だった。前夜祭は明後日に決まった。

✳思いやるのが嫌い

メイは、メイシャオ・リーだから。

春姫にしてラオメイ王家の血筋。

目が覚めたら桃を食べる。千年桃と言われる特産品は世界的な高級品で、ラオメイでこれを食べることが許されているのはメイだけよ。それから着物はすべてラオメイの素材で作った絹織物。染料を何度も塗り施し、鮮やかな色になった布地を重ねるようにまとい金の帯で締めるのが姫君の証。一つ一つは軽くても重なると重い。それでもこれで立つのがメイシャオ・リー。

今朝、女官たちは桃を用意していなかった。

叱り飛ばして持ってこさせて、そのあと蹴飛ばした。

プディにしがみつく。そうしないと冷静さを保てないから。

「ニャア？　ふすー……」

「イツマデ・ネテルノ？　ゼンヤサイ・ナノヨ」

「野菜ぃ？　ボクはねー肉がいいのートナカイが好きー」

「クリスマスマーケット・ナノヨッ」

「行くうー」

やっとだわ。騒々しい。プディは毛皮を変化させて、モコモコとした寝間着から外出着になった。これは冬姫から教えてもらっていた人の世を楽しむための術らしい。冠を取られたというのにほんっとうにあの冬姫ときたら呑気なものね。蹴ってやりたくならないのかしら。怒ったところを見たことがない。いつもヘラヘラと笑っていて、こっちの気が抜けちゃうわ。

「行ーくーよー。ほら、メーイ」

プディはメイを易々と抱えて窓から飛び降りる。誰も追いかけてこられないわ。

どこに連れていってもらうのかしら。街並みの中をなんだかぐるぐるしている。……迷子になったんじゃないでしょうねぇ。薄氷のショールをぎゅっと握りしめた。

周りは異常に大きな北人たちばかりだ。屋台のようなものを組み立てている。ほとんど無言で、たまに氷が割れるような不思議な音で話し、フェルスノゥの民謡であろう独特なリズムを口ずさむ。機嫌がいいのかと思いきや、横目で顔を見てみたら彫りが深くて影がかかっているの。無表情に見えて怖いのよ。最悪っ。

でもこれが普通であって、ただ骨格が違うのだとわかってしまう。ピューイ、と北人が唇を鳴らすのはおそろしくご機嫌の証なのだと冬姫の補佐官が言った。これは人を呼ぶための合図だったのか、そのとたん子どもが集まってきて何かを無料で分けてもらっている。「クリスマス・プレゼントは夜更けに枕元にある冬の贈り物だけれど、慌て屋の小人がたまに夕方時にやってくることがある」という文化だそう。「この厳しい寒さの小国において子どもは宝なのだ」と国王は語った……。

「君たちも、どうだい？」

「もらうー！　口に入れてー！　あーん！　おいしー！　この子にもー！」

ちょっと⁉　北人がぬうっと何か差し出してきた。……メイも食べてしまったわ。さわやかな甘みと果物の果肉、氷砂糖で煮たベリーなんだって。

(冬姫様ってどんな方だと思う？　なんかさぁ異世界人で、腕が六本、足が四本とか)

ひどい噂を立てられたものね。

(これから見られるんだ。見させてもらえばいいじゃないか)

こういうところが嫌いだわ。北人は我慢強い。見せつけられているような不快な気分になる。

組みかけている屋台があと一歩というところで、彼らは作業の手を止めて、空を見上げた。

ここまでなのね、今日は。だって前夜祭が始まるのだから。

――空に氷の華、ふたつ。

夕焼けの黄色の光を浴びて、氷の華たちは、三つの太陽のようにきらめいている。

これが霧散してしまう前に、氷像のショーが始まるのだと、メイは特別に教えられている。

「メーイ。屋根に登ろー。そぉれ、横向きに抱っこしたらいいんでしょー？」

プディが家の屋根を指差す。三階相当の建物ってラオメイにはないわ。屋根に連れていかれたから、ぺたんと腰掛ける。

ズガガガガガ!!

……氷像のショーってそういう!?

氷のオオカミとヘラジカが大ジャンプしてきて、きらめく氷の華の真下で、衝突。

すると粉々に、本当に細かく砕け散って、そのかけらがすごくキラキラと眩しいの。

国民はもっとこの魔法を見せてほしいって願うでしょう。願いを叶えるのは冬姫様の本分って、あの人なら言うのでしょう。

笑って。と、彼女なら……。

次に左右からぶつかったのは、クマとシカ。〈コディアックヒグマは鮭（さけ）を主食とし海岸地域のフェルスノゥ人と縄張りを争ってきた。ワピチはその立派な角が採取できるため人と共存しているなお単独で会ったらどちらも凶暴で即死させられるので逃げること〉。

図鑑をめちゃくちゃ読まされたわよぅ！　あんの補佐官!!

また違う地点で、オオワシとホワイトピューマ。〈人には絶対に懐かないけれどフェンリル族が使役することがあると言われる精霊種にも近い生き物で、これに会ったら幸運が訪れるとフェルスノゥでは信じられている。ちなみに人間が単独で挑めば即死だから、臨戦態勢になったら逃げること〉。

精霊種は秘境なら何かしらいるらしいわ。霧と谷の秘境、緑の国ラオメイにもいたのかしらね。

メイは見たこともなかったけれど。

パイソン。イノシシ。……フクロウとかウサギとか言ってたのはどうしたのよ？　あの者たちってば、血の気が多いったらないわぁ。

わあぁっ、と歓声が広場の方から聞こえてきた。

「冬姫様だぞ。綺麗……！」

って。

「〝綺麗なんかじゃない〟……」

メイの口からこぼれた呟きはひどく濁った音で、思わず口を押さえた。ぎゅっと眉をひそめて体を強張らせて衝動に耐える。体の中で緑の魔力が膨張することでメイの興奮を引き起こすらしいから、プディと背中合わせになって座って耐える。

けれど、プディがさっきから微動だにせずショーを眺めているのも腹立たしいのよ。

ふと、屋根から屋根へ飛ぶものがある。

ドレス姿の冬姫が軽やかに飛び回っている。きっと足元に北風をまとって。

どんな化け物なのよ。

こんなにも動きながら何発も魔法を使って、一つも乱さないだなんて。

メイの頬がひくひくと引きつっているのがわかる。あんなのと比べられたら、春姫なんて名乗れやしない。そんなの、だって、思い知ったもの。学ばされてしまったんだもの。

うるむ視界がやけに腹立たしく、唇を引き結んで冬姫エルを睨んだ。

「〝！　……桃の花冠……〟」

信じられないものを見た。どうして。今、それをつけているの？

まだ冠を被れないからこのショーになったはずよ。それなのに。かああっと顔が熱くなる。

「〝もう、もうっ、見せつけないでよぅっ！〟」

「うニャ⁉　どうしたのメーイ」

メイを呼ばないでよ。溢れゆく緑の魔力が怖い。樹人病に侵された体が嫌い。

寝起きの桃も、もういらない。メイが欲しいものは何一つ理想の通りになってくれないもの。

「メーイ…………ニャっ」

いきなりのことだった。目の前をプディの小柄な体が飛んでいく。メイに近寄ろうとしたのを、拒絶されたように、横なぎに。そしてぐったりと倒れて動かないの。

「あ……」

さっきまで自分から拒絶したくせにってわかっているわ。けれど近くに寄らずにいられなかったの。そして触る直前で気づいた。メイの手がどろどろの緑の粘液まみれになっているわ。頭が鈍くて重くて、吐きそうなくらい気持ち悪くて、ゴトンとそのまま突っ伏してしまいおでこを打った。

ごそごそと視界の端で何かが動いてる。

メイを包んでいた薄氷のショールは剥ぎ取られた。

「ア……アナタタチ……⁉」

黒い装束の人間だった。この祭りの夜に紛れようとしたのかもしれなかった。けれど、氷の華と光のショーは長く続いていて、夜がまったく暗くならないからだ。

白雪が柔らかく降り積もった街並みの中で、ここだけ黒い人間に囲まれている。目的はメイだ。メイの背中に針が突き立てられている。樹人病の治療に使われる薬品であり、痛み止め、けれど頭の動きを鈍くしてしまう副作用が大きいものだ。それを大量に使えば痛みも伴う。

この場においてはメイの思考と動きを奪うもの。

ただただうずくまっていたら、凍えるような空気に今にも意識を奪われそう。

そして気を失ったあとには、緑の魔力に包まれながら暴れるに決まっているわ。声を絞り出して。

「〝なぜ……こんなことを……?〟」

「〝兄君様はメイシャオ様におっしゃったでしょう。冬姫に近寄るようにと。そしてもう目的は果たされました。兄君様はお怒りなのです〟」

「〝……どうして……⁉〟」

「〝環境ヲ緑色ニ乱シテ雪山ヲ荒ラシタノニ、更ニ強力ナ冬姫ガ現レルナンテ。使エナイナア。メイシャオハ・モウイラナイ〟」

古代語のラオメイの言葉を、メイが教えられたのはこのためだったの。

グレア。あなたもここに今いないくせに。

悔しい。悔しい。悔しい。

どうしてメイの周りにはメイのことを一番に考えて愛してくれる人がいないの。その答えも知ってしまっている、メイに冬姫のような良いところなんてない、悔しい。悔しい。悔しい——!!

緑の魔力がぐつぐつと沸騰するように体の中で暴走している。

メイの命を吸い上げて、感情もすべて奪って、何かに、花開こうとしている。

悔しい。悔しい。悔しい。

「〝死——……〟」

こんなふうに悔しい思いをして死ぬのなら、学ばなければよかったわ……。あの補佐官グレアの手を振り払って、冬姫の頬を張り飛ばして、プディを蹴飛ばして、何も知らないままとびきりみんなに迷惑をかけてやったらよかった。メイはどうしてこんなに悔しくならなきゃいけないの。でも、悔しくならないのも、もう悔しいのよ!!

せめて、思い通りになってやるものか。

緑の魔力を必死に抑え込む。

悔しい。落ち着くために思い出すのは雪合戦にひどいお茶会に屋上の昼食。そうやって顔を合わせたことなんてなかったわ、お兄様とも、両親とも。悔しい。あの子たちが教えたからこんなにも苦しいのにメイにはこれしかない。悔しい。もっともっと、その先も学んであの氷像のように強くなっていられたら、メイは、恨まずに済んだのかしら。

もしかして笑ったりなんてしてて。

はあ、前向きに考えて感情を変えようとしても、メイには無理よぅ。冬姫、それどうやるの?

「〝フン……〟」


女官はメイの黒髪を踏みつけてぐちゃぐちゃにした。

その瞬間に、氷像が当たるキ――ンと澄んだ音がした。いっそう大きく。

そして、メイの黒髪ごと頭をすくうようにして抱え、ここに、冬姫がやってきた。

ひどく痛んだ頭痛が、冷やされることによって緩和されていく。メイの心臓が凍るようにきしみ、動きをゆるめた体は興奮が引いていく。かわりに、冬姫の腕はどろどろになり緑の魔力と同調していく――。メイの魔力に彼女が負けるわけないのは知っているけれど、心配になる。心配って。ばかみたい。全部メイのせいなのに。そう言われたしそう思う。けれど湧き上がるのは怒りなの。

「この子を便利な道具みたいに扱わないで!!」

冬姫がオオカミのように叫ぶ。

感情をまるごとぶつけるような本能の音。

メイの頭がくらくらとする。けして交わるはずのない緑と氷の魔力が同調でもしているのか、たくさんのこの冬姫の過去を走馬灯のように一瞬で走りぬけた。それはひどく繊細な悲しみに彩られていた。

何ができるわけでもないけど、思わず彼女の腕に手を添える。

ぎゅうっと抱きしめてくれるのはどうしてなのか、今となってはなんとなく感じとれる。

言葉にできなくはないけれど、個人的な感動なのだから、誰かに教えてあげるのはやめておくわ。

ぶわっと冷気に包まれた。彼女が手のひらでひと撫でしたらメイの黒髪は艶やかに戻って、いつの間にか薄氷のショールに包まれていた。

こんなことしてる場合じゃなくてよ!? と訴えたいのに彼女の腕を振りほどく気になれない。やけに攻撃が行われない。メイの意識がはっきりとしてくると、女官たちは全身を霜に覆われて凍えきっていた。がちがちと自然の摂理で歯が鳴っている。動けないのだってメイにもわかった。

「メイさん、耐えていて、えらかったね」

「…………」

キ――ン、キ――ン……

体がどんどん涼やかになってゆく。

ああ、散々言われたことがあるの。悪運だけは強い姫君だわ、って、柱の陰からこっちにわずかに聞こえるように。そういう陰口は、やがて春姫扱いされるようになってからは聞かなくなったものだけど、そういえば目前で凍えている女官も言っていたかもしれないわねぇ……。

「!!」

まだ立って動く者もいる。いったん動けないふりをして隙をうかがっていたのでしょう。冬姫の意識がメイに注がれたときを狙って。その動きは暗殺に特化した殺気あるもので――

逃げなさいよぉ!! ってまだ口が動かなくて。噛み締めていた唇がギギギとしただけ。

冬姫はメイに微笑むばかり。

〈ニャア!〉

プディ! 飛びかかっていった雪豹はぞっとするほど大きい。は? 何あれ? キ――ン、と氷

像の響きのたびに膨れ上がってゆく。冷気を吸収して毛皮を大きくしているの？　まだ動きそうな女官をまとめて潰してしまった。体当たりによって残り数人は下に落ちてしまった。…………。

はあ、はあ。息……整えて。

興奮したらもう、制御ができなくなる。

「お疲れさま」

頭を撫でられると、全身が熱を持ったように熱くなるんだってばぁ！

優しくしないで。もういいわ。もういらない。そうしたらメイはあなたを気にせずにいられる。

自分の中の緑の魔力だけ見ていられるもの。それなのに意識に入ってこないでよ。ねえ邪魔なの。

本当に大変なんだから、あなたを気にしたまま、魔力を、抑えるのって。

「悔しいっ」

どうして抱きしめてくれるの。

「せっかくメイさんが頑張って耐えてくれていたのに、ここに来るのが遅くてごめんね。髪の毛も痛い目に遭ったし……背中には針の跡が、残るかも……。痛くて怖かったよね」

……。……。……待って。こんなにも意識をこっちに割いていたら氷像はどうなっているのよ？

ゾッとして首を無理やり動かして横を向いた。

まるで変わらず氷像同士で打ち合っているわよ。いい加減にしなさいよ。この魔力バカ。

「ん？　なになに」

耳元で噛み付くように言ってやる。でも声はかすれて。届いたのは気持ちだけみたいだった。こんなに近くにいておかしいくらいの氷魔力で包まれているから、筒抜けになってしまうの。恥ずかしくて顔が真っ赤になる。

（あなたばっかりずるいわよぅ……！）

ああもう、こんなふうに表現したくなかった！

悔しい。でもこれ以上にわかりやすい言葉で届けられそうもなかった。

冬姫は獣耳を伏せながらも、目を背けなかった。

「私はずるい……そうだね。この魔力一つとっても、フェンリルたちが育んだ何百年もの働きの上に立たせてもらっているだけなんだ。私だけが一代で頑張ったものなんてどれだけもないよ。しゃかりきに限界社畜したことで入った経験値なんてほとんどない。無駄な時間をたくさん経て、それなのにこの優しい世界で真ん中に近いところに置いてもらっていて、私はずるいよね」

だんだんと獣耳がユラユラ揺れて機嫌が良さそうに。なぜ？

やっと言えた。って、ちょっと。それあなたが言うの？

あなたをスッキリさせるためじゃなくてよっ。

「ふさわしくないんじゃないかって、私もたくさん悩んだんだよね。やっぱり効いたのは冠に拒否されたとき。あんなに大勢の前で、お前はダメだ～って言われたみたいで正直折れそうだった。自己中心的な原因だけどね。そんな立場にいても、まだ期待してくれる人がいたから、認められたうえで冬姫になりたい。ふさわしくなれるようにこれから頑張るの。まだまだ、ずるくてごめん」

どこまで。

どこまでやったらこんなふうに言えるの？

ずっと動いていたじゃない。北国とラオメイが不仲にならないようにって。煩わしいくらいの人に囲まれても笑顔で、休んでいいと言われても部屋にこもることもなく目標のために歩き回って。冠に選ばれなくても誰にも鬱憤をぶつけずに抱え込んで。それでどうして笑えるの？

メイは無理よ。

メイシャオ・リーという名前が嫌い。

だって麗しくあれという意味だもの。樹人病で醜くなるメイにそんな名前が似合わない。だからあえてメイをメイと呼ぶようにしたわ。そうなるようにと祈りを込めて。

ならなかった。でも動きようはあったのかしら。考えることを知らなかったわ。

悔しい。悔しい。悔しい。

（〝メイがいなくなるんだからもう大丈夫よぅ。だってお兄様、メイ以外にこの国に干渉の手段がないもの。お兄様の指示がないと女官は動けないもの。だから安心なさい〟）

「いなくなったら……って。そんなこと言わないで」

それ……それぇ……。っ…………それだけがほしかったのに！

メイのことをまっすぐに大事にしてほしかったの。ああもう。どうして今ぁ⁉

（〝メイはもうっ、命が、尽きるわ。頭の花がどうせ満開になってるでしょう。わかるもの、命の残量が。それじゃあ、さようなら〟）

……諦めてない顔してるわぁー。ここにはフェンリルもいないじゃない。のしかかってきてるプディぐらいよ。ぐええ、雪豹の前足がお腹押さえてる痛いじゃないの！

ああ本当に気が遠くなってきた。こんなふうに眠るように亡くなるのは、悪くないかも。外が冷えているからメイの体も落ち着いて緑の粘液に包まれていないもの。淡雪がメイの髪を飾っている。

「――冬・ステキネ」

もう最後だから、これくらい言ってもいっか。

「そう言ってもらえて嬉しい。いい冬を保っていくよ。春姫様」

「『その者は春姫ではないのじゃ』」

っ⁉

何この……翅の生えたもの。

変な大きさ。子どもか大人かわからない。

そしておそろしく綺麗。はあ……メイの周りにはもっと綺麗なものばかりなんて冗談じゃないわぁ。思いの外、意識が続いてる。ぼんやりした目で騒動を眺める。

「春姫様でいいじゃない。この冬の氷河が解けるまではここは閉ざされた世界なんでしょう。このたびの冬は海が凍っていなくても北の秘境を囲むように氷がそびえてる。だったら、ここでは春姫でいてもいいじゃないの〜！」

「『新しいから、良いのぅ！』」

良いの⁉　……恥ずかしい。メイが春姫らしくないなんて、とっくにバレていたのね。あなたやミシェーラ姫とメイが同じはずがないじゃない。友達でもないのだわ！　ぐええ！　プディー！

「ナニヲ・スルノヨ……!!」

「「怒りのあまり息を吹き返しよったわ。新しいのぅ」」

〈メーイ！　死なないで～！　ボクと春にも雪合戦しよ～！〉

「コノ・ケダモノ……！　ゲホッゴホッ」

獣のままじゃ何言ってるかわかりゃしないわ。

冬姫の瞳からは涙が溢れ続けている。メイが涙を流さない代わりのように。

そんなことされなくてもいいわよ、悔しい。メイだってきちんと自分で泣けるんだから。泣きながら、笑ってやるんだからぁ。

「〞冬姫。メイのこと、凍らせてちょうだい。芯まで、しっかり、凍らせて〞……」

「え。やだ。遺体を凍らせたら保管できるみたいなの、い、いやだ……っ」

ワガママ言わないでよぅ。ようやく汚いところを見られるかと思ったらワガママまで綺麗なの？　いい加減にしてよ。冬ってほんっとうに素敵なのね！　嫌になっちゃう!!

「〞雪山のときみたいに、生き返らせたらいいでしょうっ。やって、ちょうだい〞」

「そっか、命があるうちにやったら結果が変わってくる。努力する。解凍はいつがいい？」

そつがない。とんと打てば返ってくるような。真面目に覗き込んでくる顔が驚くほど美しい。

ひくっ、と喉が鳴った。

「〞春〞」

「そうしよう」

「〝綺麗な、春が見たいの〟」

祖国の春は――知らないの。樹人病が春には活性化してしまうからって、別宅に閉じこもるばかりだった。一〇名の女官と座敷に差し込むほのかな光しか知らないわ。それだけが春のすべてだなんて思えない。この冬を見たあととなっては。

このたびの冬みたいにとんでもなく綺麗な春が見られるかしら。

「メイさん。スマホを治してくれてありがとう。だからこの願いを叶えるのは、私からのお礼」

真珠の形になった涙が、メイの首にそっと繫げられる。この感じって……冠によく似ているわ。どうしてなのかしら。冠に一生懸命だったあなたにこのことを教えたいのだけど。もう、眠くて。

メイの体はプディの毛並みに預けられた。

メイの心の拠りどころだった〝四季姫〟の本物が、美しく舞っている。氷の涼やかな靴で屋根を踏みしめて、あまりにも豊かな魔法陣を描く。演舞のように、翅を持つ二体がともに輪に入って

――

メイの首回りには束のような桃の花が。真珠が花飾りに。親しんだ桃の香りに包まれて眠る。

「春になったらまた会おう」

（〝ありがとう。ごめんなさい〟）

こーるどすりーぷ、って彼女が呟いたのは何かしら。

けれど声がとても優しかったから。安心する。

とても繊細な冷気が体を芯から凍らせていく。

メイ、この冬がとても好きだわ。こんなこと言う資格なんてない。けれど許してもらえるならば。またやり直しができるかしら。寿命はどれだけあるかしら。目覚めたときに言う言葉は決まっているの。きっとメイを目覚めさせてくれるのはあなただから。

冬姫エル――この世界に来てくれてありがとう。

エピローグ

✳︎この世界が大好き

メイさんが入った籠を運んでいってもらった。

とても綺麗ないくつもの花を追加で添えた。この屋根には桃に似た冬の木がいくつも生えたから。なみなみと溢れた緑の粘液がさまざまな花を作った。それはこれまでの緑の苔などではなくて、冬の植物ばかり。なんとなく、メイさんが好んだのは花の図鑑だったってグレアからの情報を思い出した。故郷の庭には見られなかった花々を興味深く紙越しに観察していたらしい。

グレアがプディを連れていった。長寿の種族が、やがてたくさんの死に立ち会うことを言い聞かせるそうだ。私には「及第点」って言われた。そこは合格を頂戴？　なんてね。

オーブとティトの分身が籠の護衛をしてくれている。なんとあのウィンドウを二つに分解して、薄っぺらく伸ばし、自分たちの姿を映すという荒技を習得していたの。なぜ来たかといえば、氷の華を見たくなったからに他ならないそう。

そろそろ行かなきゃ。

二〇分くらいミシェーラが国民の目を集めてフォローしてくれている。メイさん襲撃事件に対応しているのは長かったように感じたのに、たったこれだけしか経ってないなんて。

同じくらい私がパフォーマンスを見せなきゃ。けど、座り込んでしまってまだ立ち上がれない。

……すごく感覚が澄んでいて、こんなにも人が多いのに、どこに何があるかわかる。緑の魔力を持った女官の方々は、魔力が練られた縄で縛られて、まとめられて運ばれていった。騒ぎに気づかずにお祭りを楽しむ人々の歓声。そして上ってくるひとつの気配。

ぐす、と鼻をすすった。

溢れた涙がまた真珠になったから、ミニドレスに集めた。

「フェンリルぅ～……！」

「エル。お疲れ様。よく向き合うことができたね。よくできた」

「メイさんとのやりとりが、つらいぃ。これって、ぐす、これまでみたいに言語化できない。心がただ痛いの。どうしよう。でも関わらなきゃよかったとはまったく思わないんだ……っ。この世界に来てから二人目の女の子の友達だったからぁ～」

フェンリルの腕で包まれると、まるで安全な家みたいで、本心を吐露してしまう。

「何もかも活かしたりする必要はないよ。そうだな、エルが言っていた感覚でゴーというやつだ」

「ゴーしちゃだめだ」

ふ、と泣く衝動が途切れる。やっと、呼吸が乱れていたのを整えられそうだ。ふと、すがっていたフェンリルの腕が、震えた。

「フェンリル……？」

「ん？　エルの心につられたようだ。幼狼のような心地で」

「え、ええ。でも私は幼狼らしくなくて、まだ冠を……」

「これはプディから外れた分」

フェンリルが後ろ手にしていたものはまさにそれ。プディが下に行ったタイミングでフェンリルが上ってきたのは、挨拶でもしてたのかと思いきや、これ……⁉

「なんっ、外れたのぉ⁉　なんで」

「理由をつけようとするなら、先ほど、プディが十分成長したからではないだろうか？　そしてこれが二つ目の冠――」

慎ましやかで繊細な細工のまごうことなき宝物だ。涙ひっ込んだ。びっくりして。

「それこそなんで⁉」

「エルが必ずつけられる冠をだな……妖精王と女王が作ってよこしたのだ。フェルスノゥの宝というのは古代の雪妖精の賜物のようだし、性質はよく似ているだろうと言っていた。雪山に行ったときの土産にね。しかし、頑張っていたエルを見ていて私も悩み、これまでは持っていた」

「それは……。もしも先に出されていたらショックだったかも……」

「勘が合っていてよかった」

フェンリルがホッとした表情をしている。珍しいなぁ。

呼吸、完全に整った。びっくりしすぎて。名残惜しいけど、待たせてるからもう行かなくちゃ。

「……あのね。弱音を聞いてくれる？」

「久しぶりだね。いいよ」

「私は、強くはなれないと思うんだ……メイさんたち、お姫様の覚悟に触れたけれど、私とは耐久力が全然違うよ。けれど冬姫様の役割を降りたくもないの。今回はフェンリルたちがメイさんのことを一緒に考えてくれたり、手伝ってくれたから余裕があった。こうして余裕があったら、強くはなくても私が問題に対応していくことはできる。だから、フェンリルたちに一緒にいてほしいの」

何を言うかと思えば、って軽く扱われるかなって、少し俯いた。

私のこの気持ちはきっと特別弱虫だ。

信じてないわけじゃないけど言葉が欲しいし、束縛するつもりはないけど約束をお守りにしたい。

足先についていた粉雪はふいに、風に吹き上げられて頬を冷やした。

「努力しよう」

とびっきり優しい声だ。

「エルは本当に深く物事を考えるものだ。そして、私の知らなかったことを教えてくれる。力を分けてくれたから私の寿命は長らえたが、それでも、終わりのある命。雪山ではどのような生き物も、魔物も、精霊も、ふとしたときに命を終えることはありえる。だからこそ生き続ける努力をして、足りなければ祈ろう。エルは一人になったりしない」

フェンリルは氷像のフクロウを一つ作り、広場に向かわせた。スイスイと驚くような精度で街中を飛び回り、人々を感動させている。……あ、ショーを手伝ってくれたんだ。フクロウがふと私にウインクした。すっごい魔法操作するじゃん。フェンリルの腕の中で小さく拍手した。

彼と手を触れ合わせたら、毛並みを撫でているような優しい気持ちになる。

冬の大精霊フェンリルが願いのままに叶えてくれるような気がしてくる。

願いを叶えてもらえるなら、私は、冬姫の仕事をお礼に捧げられるよ。ずうっと。

私自身がやりたいことだけど、フェンリルが最も欲しい価値のあるものでもあるでしょ？

……仕事そのものよりもエルが大事、とか言ってきそうだな。天然だからなあ。照れるの必至だから、口にはしないでおこうかな……。

口からは溢れなかった。私、幼狼らしくなくて、心を隠すのがうまくなったみたい。

それなのに今になって冠を被っているってなんだか不思議だ。私のための冠があるなんて。

「フェンリル。助けてね」

「もちろんだ」

抱きしめてくれるの。

え、え、ちょっ、人間の姿のままは非常に照れる。今までで一番近い。待って。待っ……！

ぽふん。

うそ。

これって。

フェンリルが超大きくて、顔がごくごく至近距離で、しっかりと包み込まれていて。

私はとっても小さくて、顔は生まれたてのような繊細な毛に覆われていて、獣の手にちんまりした爪、足も同様。肉球はきっと水色で、尻尾がパタパタ揺れる。

幼狼になっちゃった。

今⁉

〈ミャウミャウ、ミャウ〜！〉

「ふっ、ははは。そうか。よく成長したな、エル」

〈これって成長なの？　退化なの？　ミャウミャウ。うっわ、喋りづらっ〉

「いずれは成獣になってゆくんだ。だから成長だよ。幼狼と半獣人の姿を可能とし、すでに氷魔法をよく扱い、頭もいい。エルはすごいじゃないか」

一つ目、冠を装着。完了！

二つ目、冠を小さくして（オーブとティトの古代魔法便利すぎない？）前足に装着。完了！

三つ目。首に、桃と花の冠を装着。完了！

完全にお祭りに浮かれている幼狼である。

フェンリルは私を抱えたまま広場へ向かう。ミシェーラが目を丸くして、ぱああっと頬を染めた。

フェンリルが私を抱えたまま、ぽふん、と手と前足で握手。

前夜祭、超完了だ。

これからもよろしくね！　ってフェンリルを見上げて〈ミャウ！〉。

おでこを合わせて笑い合った。


冬フェンリルの愛子となった私が、絶望から癒されていく話②／完

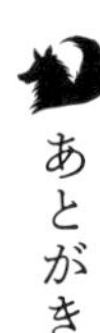

あとがき

お久しぶりです。黒杉くろんと申します。

「冬フェンリルの愛子となった私が、絶望から癒されていく話2」をお手に取ってくださり、誠にありがとうございます。読者様、マッグガーデン・ノベルズ様、花ヶ田様、正田しろくま様、関係者のみなさまに心よりお礼申し上げます。

このたびの物語は書き下ろしにいたしました。というのも、WEBそのままの展開では、エルの親悩みのターンが長くて「雪国スローライフ」する余裕がなかったためです。本として帯に掲げたものを、まっすぐにみなさまに届けたかったので、編集様方とプロットから再構築していました。

どのようなシーンを入れるのか、エルたちの生活を切り取るように、選んで、縦書きで映えるように整えて（WEBは横書きのため、微妙に読み口が変わってしまうので）イラストで見ていただきたい姿をあれこれと相談して……。結果、このたびの物語にまとまりました。エルは冬姫業務を乱されつつも、一巻当時よりも随分と心を落ち着かせて、対処できています。こうした変化に注目して書きましたので、その点を意識しつつ読んでいただけたら、また楽しいと思います。

こだわった分、長くかかりました。お待ち下さり、本書を手に取ってくださったみなさま、誠にありがとうございます……！　次はもっと早く執筆します！

エルの話をいたしましょう。私は本文を書き始める前に、キャラクターと会話するつもりで乱文するのですが（二次創作のような感じですね）エルはいつも「正しくありたい。大事な人の前で、ふさわしい人でいたい。それを本当の私にしたい」と〝思って〟いました。けして伝えないんです。実力が備わるまで、エルは黙々と努力をし続けてしまうので、助けを求めるのが下手な人でした。このまま口にするのはエルらしくなくて、けれど、彼女の芯なので書いてあげたくて。

幸い、この二巻では、完全に味方となったフェンリルとグレアが側に居てくれました。

二人に「エルに声をかけてあげて。様子から察してあげて。ハードル高い要求で申し訳ない……」と伝えながら乱文したところ、エルがやってくれている冬姫業への感謝に比べたらなんてことないよ、とすぐに彼らなりの言葉で励ましてくれました。助かる。

こうして、エルはまた冬に癒されました。二巻でも変化した彼女は、またこれから新しい表情を見せてくれると思っています。落ち込んだ時、元のネガティブに戻るのではなくて、「やったろうじゃん！」してくれるだろうなあと。頑張れ！（強制ではなく応援の意向）と声をかけながら表紙のイラストを眺めている今です。うん、すっごく可愛い笑顔です！

初登場で問題児のメイも、可愛く描いてもらえました。彼女は故郷で肖像画を描いてもらったことがないんです。だから表紙を見たときに、フェルスノゥで写真機械や肖像画に記録された彼女の気持ちを想像しました。嬉しいことが北国には多かったから、春に目覚めてくれるでしょう。

それでは、またこの雪国で会えますように。

二〇二一年九月　黒杉くろん

冬フェンリルの愛子となった私が、絶望から癒されていく話②

発行日　2021年10月23日 初版発行

著者 黒杉くろん　イラスト 花ケ田　キャラクター原案 正田しろくま

発行人　保坂嘉弘

発行所　株式会社マッグガーデン

〒102-8019 東京都千代田区五番町6-2

ホーマットホライゾンビル5F

編集 TEL：03-3515-3872　FAX：03-3262-5557

営業 TEL：03-3515-3871　FAX：03-3262-3436

印刷所　株式会社広済堂ネクスト

装　幀　小椋博之、佐藤由美子

本書は、「小説家になろう」（https://syosetu.com/）作品に、加筆と修正を入れて書籍化したものです。

ISBN978-4-8000-1134-3 C0093　Printed in Japan